王必胜 ◇ 主编

·中国百年散文典藏书系·

自然卷

树会记住许多事

郁达夫 叶圣陶 等 / 著

人民日报出版社

图书在版编目（CIP）数据

树会记住许多事 / 郁达夫等著. —北京：人民日报出版社，2013.12
(中国百年散文典藏书系 / 王必胜主编)
ISBN 978-7-5115-2100-2

Ⅰ.①树… Ⅱ.①郁… Ⅲ.①散文集－中国－现代②散文集－中国－当代
Ⅳ.①I267

中国版本图书馆 CIP 数据核字（2013）第 208031 号

书　　名：树会记住许多事
著　　者：郁达夫等

出 版 人：董　伟
责任编辑：宋　娜　张　扬
装帧设计：金刚创意

出版发行：人民日报出版社
社　　址：北京金台西路 2 号
邮政编码：100733
发行热线：(010) 65369527　65369846　65369509　65369510
邮购热线：(010) 65369530　65363527
编辑热线：(010) 65369521
网　　址：www.peopledailypress.com
印　　刷：北京中新伟业印刷有限公司

开　　本：880mm×1230mm　1/32
字　　数：197 千字
印　　张：8.5
版　　次：2014 年 2 月第 1 版　2014 年 2 月第 1 次印刷

书　　号：ISBN 978-7-5115-2100-2
定　　价：29.00 元

序

散文这个精灵

王必胜

尽管散文是一个没有确切定义的文体，尽管散文的历史是一个没有定论的悬案，尽管散文也曾不被某些作者所认可——有所谓雕虫小技、壮夫不为的戏言。然而，散文的实际状况是它的生命是强盛而博大的，她是文坛一株大树，她是文学的一个精灵，无远弗届，无所不在，从古至今，林林总总，留下了众多精品，制造了许多经典。对于文化的传承，对于文学的发展，对于人生的精神引领，散文之功，善莫大焉。可以说，泱泱华夏文坛，散文成为一个漂浮于人生和社会之上的文学精灵，对社会和文坛的影响，不可忽略。设若没有散文，中华典籍会留下多少空白和遗憾。即便自现当代文学实际看，散文成就了许多大家，也是各类高手们一试天地的园地。所以，散文这个文学精灵，游荡于文学的天空中，也裨益于社会人生，成为许多读者心中的爱神。文学，是一个经典不断被传承的活动。当我们面对诸多散文经典时，我们不能不以一种敬畏虔诚的心，享受着散文大家给予的精神滋养，也享受着散文佳作带给我们的阅读愉悦。

这就是，为什么当下文学并不太为读者所青睐，而散文或可一枝独秀，仍有不少读者追捧，仍有众多的集子和年度选本行销于世。在灿烂的文学天空，散文的绚烂光影，灵动而优雅的姿态，温暖而亲和的面容，装点出无边的风景。

为什么，一个并没有明确的文本定义、杂糅了诸多文学样式之长的文体，一个亦古亦新的文本样式，在如今文学分工越来明确、细化之时，仍有相当的人气，在创作和阅读两个端点上仍然相得益彰，为当下其他文学形式所鲜见。除了她轻巧的文本样式，灵动的文学情志，雅致的文化情怀，摇曳的文体风格等等之外，我以为，这个文学宝库中，屹立着若许的文学精品，众多的文本经典，成就了这一文学形式有如高山大原般的气象。这些出自不同时期、有着不同风格的佳作，如同厚厚的基石，构成了散文文本的经典性，形成了散文世界的斑斓景观。散文这株文学长青树，其生命葳蕤，其枝繁叶茂。

于是，在浩繁而迹近泛滥的散文选本中，人民日报出版社郑重地推出一套《中国百年散文典藏书系》，以七个不同的专题，收纳了四百余篇、二百余位作家的佳作，让我们从气势和规模上，感受到泱泱中华散文王国里，草长莺飞，洋洋大观；这条文学的山阴道上，目迷五色，气象万千。散文的选题，是开阔而多彩的，散文的写作手法，是开放而不拘泥的，散文的语言，是多彩而个性独特的。我们可以从这数百篇文学名篇佳作中，体味到散文文本的经典气象，领悟到不同的人生和社会内容，其包罗万象，妖娆多姿，其情怀悠悠，风致卓然。我们也可以从这个选本中读到，在文学王国里，那些亲情、友爱、恋情，这事关人生普通情感的诸多题旨，其丰厚的内涵和感人的情怀；也可从中体会到大千世界、浮世人生，所持守的人类基本情怀；我们还可以看到，这些人情世情，自然人文，如何在大家们的笔下，表达的如许精微，如许的热烈，也如许的透彻。当然，那些高情大义、普世情怀，那些相濡以沫，危难与共，或者那些相忘于江湖，君子之交等等，不同的情与义，相同的人情与友爱等话题，在众多的作品中，有充分的展现和精彩的描绘，让读者产生共鸣。当然，作为时下丰富而轻捷地展示社会人生，书写时代精神与个人情怀的散文，在更广阔的视野上关注现实，展示民生，描写情怀，丛书选题也相应地以城市、乡村、自然、哲理等不同部分划分，有的甚至是相同的题旨下选同题文章，更有一种特别的意义。自近代以降，散文大家英雄辈出，几代人在不同的时空中，共同书写相同的题旨内容，它们被纳入其中，这虽是编辑的巧妇之作，却权当一次有如穿越性的文学同题竞技，其意义独特，足可玩味，让读者诸君从这些同题目、或同题材的展示中，更为丰富地理解散文对于人生情感和自然人文，别有情致的书写。同时，也可以体会到不同作家们的功力与魅力。无论是老者，那些上世纪初年驰骋文坛的泰斗宿将，还是后来者，那些晚出几十年后才活跃文场的新进后生，他们对于社会人生的感受，人各有异，着眼点不一，却能够在不同的背景上展示出自我，展现一个人独有的文学世界、一个人特殊的心路情怀。这种老与新、传统与现代，互为交集的文学景象，很有意义。作家们倾力倾情地写出心中的自然，写出变化的城市与乡村，写出现代文明下的精神求索，包括种种认同与抗拒，寻找和皈依，等等，无论是正面的书写，还是质询与期待，出于人生的一种大爱，出于对社会人文、自然生态等等的敬畏与尊重，在多姿多彩的散文世界里，打造了一个集合型的文学的人文精神，书写出一个整体性的人生世界。

  对散文的经典性认定，没有明确统一的标尺，但读文相类于识人，大体是雅致清丽，有品位，有情味者，方可为大雅之作。如是，这套丛书放在你面前，你可从容地品评，或许，从这众多佳作中，看到了编辑们的心血，或者，读它们，有了一次关于散文的有意味的文学之旅，那就够了。对于散文来说，丰富了我们的生活，增加了人生的某种见识，得到了文学的快乐，甚至引发出阅读后的感悟，找到了自己的某些共鸣。这样，编者万幸，文学也是有幸。

文学的经典，可以是恒定的，有时也是一个活的流动体，或者，它是在不断的开掘和发现中阐释其特殊的意义的。

是为序。

写于 2013 年 12 月 10 日

目 录
CONTENTS

雪 / 鲁　迅　001

苦　雨 / 周作人　003

白马湖之冬 / 夏丏尊　006

五峰游记 / 李大钊　008

峨眉山下 / 郭沫若　011

上景山 / 许地山　014

游了三个湖 / 叶圣陶　018

赏菊狮子林 / 周瘦鹃　024

白杨礼赞 / 茅　盾　027

泰山日出 / 徐志摩　029

钓台的春昼 / 郁达夫　031

秃的梧桐 / 苏雪林　039

峨眉山上的景物 / 许钦文　041

在山阴道上 / 方令孺　048

荷塘月色 / 朱自清　053

庐山面目 / 丰子恺　056

快阁的紫藤花 / 徐蔚南　060

大明湖之春/老　舍　063

辣　椒/王了一　066

海　上/冰　心　069

西湖的六月十八夜/俞平伯　073

听　潮/鲁　彦　079

西湖的雪景/钟敬文　082

克钦山道中/艾　芜　089

江行的晨暮/朱　湘　092

雨　前/何其芳　094

鸟的天堂/巴　金　096

雨/楼适夷　099

栗和柿/施蛰存　101

山　水/李广田　105

镜泊湖/臧克家　109

北游漫笔/叶灵凤　114

在赣江上/冯　至　121

春　雨/梁遇春　125

难老泉/吴伯箫　128

桐庐行/柯　灵　133

初冬过三峡 / 萧　乾　136

风 / 杨　绛　141

清塘荷韵 / 季羡林　143

可贵的山茶花 / 邓　拓　147

华山谈险 / 黄苗子　153

枯叶蝴蝶 / 徐　迟　161

白蝴蝶之恋 / 刘白羽　163

悠然把酒对西山 / 陈从周　165

天山景物记 / 碧　野　168

海滨仲夏夜 / 峻　青　175

说　树 / 吴冠中　177

澜沧江边的蝴蝶会 / 冯　牧　179

秦淮拾梦记 / 黄　裳　184

桃花源记 / 汪曾祺　190

黄山小记 / 菡　子　195

那　树 / 王鼎钧　200

一朵午荷 / 洛　夫　204

紫藤萝瀑布 / 宗　璞　209

巩乃斯的马 / 周　涛　211

山的呼唤 / 琼　瑶　217

遥远的自然 / 韩少功　220

北海的早晨 / 斯　妤　227

阿拉干的胡杨 / 高建群　230

西湖重 / 陈祖芬　236

旱季高原 / 汤世杰　241

倾听原野 / 李登建　247

辋川尚静 / 朱　鸿　250

树会记住许多事 / 刘亮程　255

鸟　群 / 周晓枫　259

雪

■鲁　迅

　　暖国的雨,向来没有变过冰冷的坚硬的灿烂的雪花。博识的人们觉得他单调,他自己也以为不幸否耶?江南的雪,可是滋润美艳之至了;那是还在隐约着的青春的消息,是极壮健的处子的皮肤。雪野中有血红的宝珠山茶,白中隐青的单瓣梅花,深黄的磬口的蜡梅花;雪下面还有冷绿的杂草。胡蝶确乎没有;蜜蜂是否来采山茶花和梅花的蜜,我可记不真切了。但我的眼前仿佛看见冬花开在雪野中,有许多蜜蜂们忙碌地飞着,也听得他们嗡嗡地闹着。

　　孩子们呵着冻得通红,像紫芽姜一般的小手,七八个一齐来塑雪罗汉。因为不成功,谁的父亲也来帮忙了。罗汉就塑得比孩子们高得多,虽然不过是上小下大的一堆,终于分不清是壶卢还是罗汉;然而很洁白,很明艳,以自身的滋润相粘结,整个地闪闪地生光。孩子们用龙眼核给他做眼珠,又从谁的母亲的脂粉奁中偷得胭脂来涂在嘴唇上。这回确是一个大阿罗汉了。他也就目光灼灼地嘴唇通红地坐在雪地里。

　　第二天还有几个孩子来访问他;对了他拍手,点头,嘻笑。但他终于独自坐着了。晴天又来消释他的皮肤,寒夜又使他结一层冰,化作不透明的水晶模样;连续的晴天又使他成为不知道算什么,而嘴上的胭脂也褪尽了。

　　但是,朔方的雪花在纷飞之后,却永远如粉,如沙,他们决不粘连，撒在屋上，地上，枯草上，就是这样。屋上的雪是早已就有消化了的，因为屋里居人的火的温热。别的，在晴天之下，旋风忽来，便蓬勃地奋飞，在日光中灿灿地生光，如包藏火焰的大雾，旋转而且升腾，弥漫太空，使太空旋转而且升腾地闪烁。

在无边的旷野上，在凛冽的天宇下，闪闪地旋转升腾着的是雨的精魂……

是的，那是孤独的雪，是死掉的雨，是雨的精魂。

苦 雨

■ 周作人

伏园兄：

　　北京近日多雨，你在长安道上不知也遇到否，想必能增你旅行的许多佳趣。雨中旅行不一定是很愉快的，我以前在杭沪车上时常遇雨，每感困难，所以我于火车的雨不能感到什么兴味，但卧在乌篷船里，静听打篷的雨声，加上欸乃的橹声，以及"靠塘来，靠下去"的呼声，却是一种梦似的诗境。倘若更大胆一点，仰卧在脚划小船内，冒雨夜行，更显出水乡住民的风趣，虽然较为危险，一不小心，拙劣地转一个身，便要使船底朝大。二十多年前往东浦吊先父的保姆之丧，归途遇暴风雨，一叶扁舟在白鹅似的波浪中间滚过大树港，危险极也愉快极了。我大约还有好些"为鱼"时候——至少也是断发文身时候的脾气，对于水颇感到亲近，不过北京的泥塘似的许多"海"实在不很满意，这样的水没有也并不怎么可惜。你往"陕半天"去似乎要走好两天的准沙漠路，在那时候倘若遇见风雨，大约是很舒服的，遥想你胡坐骡车中，在大漠之上，大雨之下，喝着四打之内的汽水，悠然进行，可以算是"不亦快哉"之一。但这只是我的空想，如诗人的理想一样也靠不住，或者你在骡车中遇雨，很感困难，正在叫苦连天也未可知，这须等你回京后问你再说了。

　　我住在北京，遇见这几天的雨，却叫我十分难过。北京向来少雨，所以不但雨具不很完全，便是家屋构造，于防雨亦欠周密。除了真正富翁以外，很少用实垛砖墙，大抵只用泥墙抹灰敷衍了事。近来天气转变，南方酷寒而北方淫雨，因此两方面的建筑上都露出缺陷。一星期前的雨把后园的西墙淋坍，第二天就有"梁上君子"来摸索北房的铁丝窗，从次日起赶紧邀了七八位匠人，费两天工夫，从头改筑，已经成功十分八九，总算可以高枕而卧，前夜的雨却又将门口的南墙冲倒二三丈之谱。这回受惊的可不是我了，乃是川岛君"佢们"俩，因为"梁上君子"如再见光顾，一定是去躲在"佢们"的窗下窃听的了。为清除"佢们"的不安起见，一等天气晴正，急须大举地修筑，希望日子不至于很久，这几天只好暂时拜托川岛君的老弟费神代为警护罢了。

前天十足下了一夜的雨，使我夜里不知醒了几遍。北京除了偶然有人高兴放几个爆仗以外，夜里总还安静，那样哗喇哗喇的雨声在我的耳朵里已经不很听惯，所以时常被它惊醒，就是睡着也仿佛觉得耳边粘着面条似的东西，睡的很不痛快。还有一层，前天晚间据小孩们报告，前面院子里的积水已经离台阶不及一寸，夜里听着雨声，心里胡里胡涂地总是想水已上了台阶，浸入西边的书房里了。好容易到了早上五点钟，赤脚撑伞，跑到西屋一看，果然不出所料，水浸满了全屋，约有一寸深浅，这才叹了一口气，觉得放心了；倘若这样兴高采烈地跑去，一看却没有水，恐怕那时反觉得失望，没有现在那样的满足也说不定。幸而书籍都没有湿，虽然是没有什么价值的东西，但是湿成一饼一饼的纸糕，也很是不愉快。现今水虽已退，还留一种涨过大水后的普通的臭味，固然不能留客坐谈，就是自己也不能在那里写字，所以这封信是在里边炕桌上写的。

这回的大雨，只有两种人最喜欢。第一是小孩们。他们喜欢水，却极不容易得到，现在看见院子里成了河，便成群结队的去"蹚河"

去。赤了足伸到水里去，实在很有点冷，但是他们不怕，下到水里还不肯上来。大人见小孩们玩的有趣，也一个两个地加入，但是成绩却不甚佳，那一天里滑倒了三个人，其中两个都是大人——其一为我的兄弟，其一是川岛君。第二种喜欢下雨的则为虾蟆。从前同小孩住高亮桥去钓鱼钓不着，只捉了好些虾蟆，有绿的，有花条的，拿回来都放在院子里，平常偶叫几声，在这几天里便整日叫唤，或者是荒年之兆吧，却极有田村的风味。有许多耳朵皮嫩的人，很恶喧嚣，如麻雀虾蟆或蝉的叫声，凡足以妨碍他们的甜睡者，无一不深恶而痛绝之，大有灭此而午睡之意，我觉得大可以不必如此，随便听听都是很有趣味的，不但是这些久成诗料的东西，一切鸣声其实都可以听。虾蟆在水田里群叫，深夜静听，往往变成一种金属音，很是特别，又有时仿佛是狗叫，古人常称蛙蛤为吠，大约也是从实验而来。我们院子里的虾蟆现在只见花条的一种，它的叫声更不漂亮，只是格格格这个叫法，可以说是革音，平常自一声至三声，不会更多，唯在下雨的早晨，听它一口气叫上十二三声，可见它是实在喜欢极了。

这一场大雨恐怕在乡下的穷朋友是很大的一个不幸，但是我不曾亲见，单靠想象是不中用的，所以我不去虚伪地代为悲叹了。倘若有人说这所记的只是个人的事情，于人生无益，我也承认，我本来只想说个人的私事，此外别无意思。今天太阳已经出来，傍晚可以出外去游嬉，这封信也就不再写下去了。

我本等着看你的秦游记，现在却由我先写给你看，这也可以算是"意表之外"的事吧。

白马湖之冬

■ 夏丏尊

　　在我过去四十余年的生涯中，冬的情味尝得最深刻的，要算十年前初移居白马湖的时候了。十年以来，白马湖已成了一个小村落，当我移居的时候，还是一片荒野。春晖中学的新建筑巍然矗立于湖的那一面，湖的这一面的山脚下是小小的几间新平屋，住着我和刘君心如两家。此外两三里内没有人烟。一家人于阴历十一月下旬从热闹的杭州移居于这荒凉的山野，宛如投身于极带中。

　　那里的风，差不多日日有的，呼呼作响，好像虎吼。屋宇虽系新建，构造却极粗率，风从门窗隙缝中来，分外尖削。把门缝窗隙厚厚地用纸糊了，椽缝中却仍有透入。风刮得厉害的时候，天未夜就把大门关上，全家吃毕夜饭即睡入被窝里，静听寒风的怒号，湖水的澎湃。靠山的小后轩，算是我的书斋，在全屋子中是风最少的一间，我常常把头上的罗宋帽拉得低低地，在洋灯下工作至夜深。松涛如吼，霜月当窗，饥鼠吱吱在承尘上奔窜。我于这种时候深感到萧瑟的诗趣，常独自拨划着炉灰，不肯就睡，把自己拟诸山水画中的人物，作种种幽逸的遐想。

　　现在白马湖到处都是树木了，当时尚一株树木都未种。月亮与太阳都是整个儿的，从上山起直要照到下山为止。太阳好的时候，只要不刮风，那真和暖得不像冬天。一家人都坐在庭间曝日，甚至于吃午饭也在屋外，像夏天的晚饭一样。日光晒到哪里，就把椅凳移到哪里，忽然寒风来了，只好逃难似地各自带了椅凳逃入室中，急急把门关上。在平常的日子，风来大概在下午快要傍晚的时候，半夜即息。至于大风寒，那是整日夜狂吼，要二三日才止的。最严寒的几天，泥地看去惨白如水门汀，山色冻得发紫而黯，湖波泛深蓝色。

  下雪原是我所不憎厌的，下雪的日子，室内分外明亮，晚上差不多不用燃灯。远山积雪足供半个月的观看，举头即可从窗中望见。可是究竟是南方，每冬下雪不过一二次。我在那里所日常领略的冬情味，几乎都从风来。白马湖的所以多风，可以说有着地理上的原因。那里环湖都是山，而北首却有一个半里阔的空隙，好似故意张了袋口欢迎风来的样子。白马湖的山水和普通的风景地相差不远，唯有风却与别的地方不同。风的多和大，凡是到过那里的人都知道的。风在冬季的感觉中，自古占着重要的因素，而白马湖的风尤其特别。

  现在，一家僦居上海多日了，偶然于夜深人静时听到风声，大家就要提起白马湖来，说"白马湖不知今夜又刮得怎样厉害哩！"

五峰游记

■ 李大钊

我向来惯过"山中无历日,寒尽不知年"的日子,一切日常生活的经过都记不住时日。

我们那晚八时顷,由京奉线出发,次日早晨曙光刚发的时候,到滦州车站。此地是辛亥年张绍曾将军督率第二十镇,停军不发,拿十九信条要胁清廷的地方。后来到底有一标在此起义,以众寡不敌失败,营长施从云、王金铭,参谋长白亚雨等殉难。这是历史上的纪念地。

车站在滦州城北五里许,紧靠着横山。横山东北,下临滦河的地方,有一个行宫,地势很险,风景却佳,而今作了我们老百姓旅行游览的地方。

由横山往北,四十里可达卢龙。山路崎岖,水路两岸万山重叠,暗崖很多,行舟最要留神,而景致绝美。由横山往南,滦河曲折南流入海,以陆路计,约有百数十里。

我们在此雇了一只小舟,顺流而南,两岸都是平原。遍地的禾苗,都很茂盛,但已觉受旱。禾苗的种类,以高粱为多,因为滦河一带,主要的食粮,就是高粱。谷黍豆类也有。滦水每年泛滥,河身移从无定,居民都以为苦。其实滦河经过的地方,虽有时受害,而大体看来,却很富厚,因为他的破坏中,却带来了很多的新生活种子,原料。房屋老了,经他一番破坏,新的便可产生。土质乏了,经他一回滩淤，肥的就会出现。这条滦河简直是这一方的旧生活破坏者，新生活创造者，可惜人都是苟安，但看见他的破坏，看不见他的建设，却很冤枉了他。

河里小舟漂着，一片斜阳射在水面，一种金色的浅光，衬着岸上的绿野，景色真是好看。

天到黄昏，我们还未上岸。从舟人摇橹的声中，隐约透出了远村的犬吠，知道要到我们上岸的村落了。

到了家乡，才知道境内很不安静。正有"绑票"的土匪，在各村骚扰。还有"花会"照旧开设。

过了两三日，我便带了一个小孩，来到昌黎的五峰。是由陆路来的，约有八十里。从前昌黎的铁路警察，因在车站干涉日本驻屯军的无礼的行动，曾有五警士为日兵惨杀。这也算是一个纪念地。

五峰是碣石山的一部，离车站十余里，在昌黎城北。我们清早雇骡车运行李到山下。

车不能行了，只好步行上山。一路石径崎岖，曲折的很，两傍松林密布。间或有一两人家很清妙的几间屋，筑在山上，大概窗前都有果园。泉水从石上流着，潺潺作响，当日恰遇着微雨，山景格外的新鲜。走了约四里许，才到五峰的韩公祠。

五峰有个胜境，就在山腹。望海，锦绣，平斗，飞来，挂月，五个山峰环抱如椅。好事的人，在此建了一座韩文公祠。下临深涧，涧中树木丛森。在南可望渤海，碧波万顷，一览无尽。我们就在此借居了。

看守祠宇的人，是一双老夫妇，年事都在六十岁以上，却很健康。此外一狗，一猫，两只母鸡，构成他们那山居的生活。我们在此，找夫妇替我们操作。

祠内有两个山泉可饮。煮饭烹茶，都从那里取水。用松枝作柴。颇有一种趣味。

山中松树最多，果树有苹果，桃，杏，梨，葡萄，黑枣，胡桃等。今年果收都不佳。

来游的人却也常有。但是来到山中，不是吃喝，便是赌博，真是大杀风景。

山中没有野兽，没有盗贼，我们可以夜不闭户，高枕而眠。

久旱，乡间多求雨的，都很热闹，这是中国人的群众运动。

昨日山中落雨，云气把全山包围。树里风声雨声，有波涛澎湃的样子。水自山间流下，却成了瀑布。雨后大有秋意。

峨眉山下

■ 郭沫若

　　我的故乡是在峨眉山下，离嘉定城有七十五里路。大渡河从西南流来，在峨眉山的第二峰和第三峰之间打了一个大弯，又折而向东北流去。因此我的家所在地，就名叫沙湾。地在山与水之间，太阳是从渡河的东岸出土，向峨眉山的北后落下去。

　　山很高，除掉时为浓雾所隐藏，或冬天很早就戴上雪帽之外，一片青苍，没有多么大的变化。

　　水流虽然比起上游来已经从群山之中解放了，但依然相当湍急，因此颇有放纵不羁之概；河面相当辽阔，每每有大小的洲屿，戴着新生的杂木。春夏虽然青翠，入了冬季便成为疏落的寒林。水色，除夏季洪水期限呈出红色之处，是浓厚的天青。远近的滩声不断地唱和着。

　　外边去的人每每称赞这儿的风景很好。有山有水，而且规模宏大，胜过江南。论道理是该有它的好处，但不知怎的，我自己并不感觉着它的美。这或许是太习惯的缘故吧？我直到十三岁下乐山城读书为止，每天朝夕和它相对，足足十三年，怕因此使我生出了感觉上的麻木吧？

　　真的，就是现在，我已于它也没有留恋。旧时代的思乡情绪，在我是完全枯涸了。或许是不应该，但我不想掩饰。倒是乐山城的风物，多少还有使我留恋的地方，那便是乌尤山附近和那对岸的大坝。其所以使我留恋者倒并不因为故,而是因为新。

我在乐山城住小学、中学,一共住四年,奇妙的是和城仅隔一衣带水的乌尤山,我却一也不曾去过。

乐山城本身并没有什么好处。虽然王渔洋说过"天下之山水在蜀,蜀之山水在嘉州",但这所说的应该不是指的城的本身吧。

大渡河和南下的岷江在城的东北隅合流而东行,和城相对的北岸有凌云山、乌尤山、马鞍山,鳞次而立,与西南面的峨眉三峰遥遥相对。在凌云山上有唐代韦皋镇蜀时海通和尚所凿成的与山等高的石佛,临江而坐。山顶又有苏东坡的读书楼。因此这个地方一向便成为骚人墨客所好游的名地。

乌尤山本各乌牛山,以山木葱笼、青翠之极有类于乌,而形则似牛,故名乌牛。一说秦时蜀郡太守李冰所凿离堆即此。它是与岸隔绝了的一座弧耸的岛屿。由乌牛而乌尤,是王渔洋使它雅化了的。山上有乌尤寺,有汉代郭舍人注《尔雅》处的尔雅台。论山境的清幽,乌尤实在凌云之上。

奇怪的是我在乐山读书的四年间,正是我十三岁至十六七好游的少年时期,我虽然常常往游凌云,而却不曾去乌尤一次。游乌尤,是在抗战期中回乡,离开了故乡二十六年后的一九三〇年。凌云是彻底俗化,而且颓废了。石佛化了装,一个面孔被石灰涂之上弄得不成名器。东坡楼住着些散兵游勇。洗砚池是一池的杂草。但乌尤山却给予了我新鲜的感触。毫无疑问,是要感谢我是第一次的来游。

乌尤寺同样带着浓厚的俗气,并不佳妙。但山的本身好,树木好,山道好。尔雅台在危崖头,下临大江,在林深箐密中只能听得下面的滩声,而看不见流水,那也恰到好处。我就喜欢这些。晚间或凌晨,在那山下泛舟,有一种清森的净趣,也很值得玩味。

王渔洋所赏识的应该是这些地方吧？只有这些使我有些系念。那山对岸的胡家坝，一片空阔也给人心胸开朗之感。但这情趣也是我在一九四〇年回乐山时才领略了的，学生时代也不曾前去玩味过。

假使要把范围放宽些，乐山城也应该可以说是我的故乡。但不应该得很，我对于它怎么也引不起的怀乡病了。是我自己的感情枯涸了吗？还是时代使然呢？

峨眉山对我倒还保持着它的神秘性。我虽然在那山下活了十几年，但不曾上过山去。因此它的好处，实在我也不知道。专为好奇心所驱遣，如有机会去游游金顶，我倒也并不反对。峨眉山之于我，也仿佛泰山之于我一样了。

上景山

■ 许地山

　　无论那一季，登景山，最合宜的时间是在清早或下午三点以后。晴天，眼界可以望到天涯底朦胧处；雨天，可以赏雨脚底长度和电光底迅射；雪天，可以令人咀嚼着无色界底滋味。

　　在万春亭上坐着，定神看北上门后底马路（从前路在门前，如今路在门后），尽是行人和车马，路边底梓树都已掉了叶子。不错，已经立冬了，今年天气可有点怪，到现在还没冻冰。多谢芰荷底业主把残茎都去掉，教我们能看见紫禁城外护城河底水光还在闪烁着。

　　神武门上是关闭得严严地。最讨厌是楼前那枝很长的旗竿，侮辱了全个建筑底庄严。门楼两旁树它一对，不成吗？禁城上时时有人在走着，恐怕都是外国的游人。

　　皇宫一所一所排列非常整齐。怎么一个那么不讲纪律底民族，会建筑这么严整的宫廷？我对着一片黄瓦这样想着。不，说不讲纪律未免有点过火，我们可以说这民族是把旧的纪律忘掉，正在找一个新的咧。新的找不着，终久还要回来底。北京房子，皇宫也算在里头，主要的建筑都是向南底，谁也没有这样强迫过建筑者，说非这样修不可。但纪律因为利益所在，在不言中被遵守了。夏天受着解愠的熏风，冬天接着可爱的暖日，只要守着盖房子底法则，这利益是不用争而来的。所以我们要问，在我们底政治社会里有这样的熏风和暖日吗？

最初在崖壁上写大字铭功底是强盗底老师，我眼睛看着神武门上底几个大字，心里想着李斯。皇帝也是强盗底一种，是个白痴强盗。他抢了天下，把自己监禁在宫中，把一切宝物聚在身边，以为他是富有天下。这样一代一代，到头来还是被他底糊涂奴仆，或贪婪臣宰，讨，瞒，偷，换，到连性命也不定保得住。这岂不是个白痴强盗？在白痴强盗底下才会产出大盗和小偷来。一个小偷，多少总要有一点跳女墙钻狗洞底本领，有他底禁忌，有他底信仰和道德。大盗只会利用他底奴性去请托攀缘，自赞赞他，禁忌固然没有，道德更不必提。谁也不能不承认盗贼是寄生人类底一种，但最可杀的是那班为大盗之一底斯文贼。他们不像小偷为延命去营鼠雀底生活；也不像一般的大盗，凭着自已的勇敢去抢天下。所以明火打劫底强盗最恨底是斯文贼。这里我又联想到张献忠。有一天他开科取士，檄诸州举贡生员后至者妻女充院，本犯剥皮，有司教官斩，连座十家。诸生到时，他要他们在一丈见方底大黄旗上写个帅字，字画要像斗底粗大，还要一笔写成。一个生员王志道缚草为笔，用大缸贮墨汁将草笔泡在缸里，三天，再取出来写。果然一笔写成了。他以为可以讨献忠底喜欢，谁知献忠说，"他日图我必定是你。"立即把他杀来祭旗。献忠对待念书人是多么痛快。他知道他们是寄生底寄生。他使命是来杀他们。

东城西城底天空中，时见一群一群旋飞底鸽子。除去打麻雀，逛窑子，上酒楼以外，这也是一种古典的娱乐。这种娱乐也来得群众化一点。它能在空中发出和悦的响声，翩翩地飞绕着，教人觉得在一个灰白色的冷天，满天乱飞乱叫底老鸦底讨厌。然而在刮大风底时候，若是你有勇气上景山底最高处，看看天安门楼屋脊上底鸦群，噪叫底声音是听不见，它们随风飞扬，直像从什么大树飘下来底败叶，凌乱得有意思。

万春亭周围被挖得东一沟，西一窟。据说是管宫底当局挖来试看煤山是不是个大煤堆，像历来的传说所传底，我心里暗笑信这说底人们。是不是因为北宋亡国底时候，都人在城被围时，拆毁艮岳底建筑木材去充柴火，所以计划建筑北京底人预先堆起一大堆煤，万一都城被围底时，人民可以不拆宫殿。这是笨想头。若是我来计划，最好来一个米山。米在万急的时候，也可以生吃，煤可无论如何吃不得。又有人说景山是太行底最终一峰。这也是瞎说。从西山往东几十里平原，可怎么不偏不颇，在北京城当中出了一座景山？若说北京底建设就是对着景山底子午，为什么不对北海底琼岛？我想景山明是开紫禁城外底护城河所积底土，琼岛也是垒积从北海挖出来底土而成底。

从亭后底梧树缝里远远看见鼓楼。地安门前后底大街，人马默默地走，城市底喧嚣声，一点也听不见。鼓楼是不让正阳门那样雄壮地挺着。它底名字，改了又改，一会是明耻楼，一会又是齐政楼，现在大概又是明耻楼吧。明耻不难，雪耻得努力。只怕市民能明白那耻底还不多，想来是多么可怜。记得前几年"三民主义""帝国主义"这套名词随着北伐军到北平底时候，市民看些篆字标语，好像都明白各人蒙着无上的耻辱，而这耻辱是由于帝国主义底压迫。所以大家也随声附和，唱着打倒和推翻。

从山上下来，崇祯殉国底地方依然是那棵半死的槐树。据说树上原有一条链子锁着，庚子联军入京以后就不见了。现在那枯槁的部分，还有一个大洞，当时的链痕还隐约可以看见。义和团运动底结果，从解放这棵树，发展到解放这民族。这是一件多么可以发人深思底对象呢？山后底柏树发出幽怗底香气，好像是对于这地方底永远供物。

寿皇殿锁闭得严严地，因为谁也不愿意努尔哈赤底种类再做白痴的梦。每年底祭祀不举行了，庄严的神乐再也不能听见，只有从乡间进城来唱秧歌底孩子们，在墙外打底锣鼓，有时还可以送到殿前。

到景山门，回头仰望顶上方才所坐底地方，人都下来了。树上几只很面熟却不认得底鸟在叫着。亭里残破的古佛还坐着那没人能懂底手印。

游了三个湖

■ 叶圣陶

这回到南方去,游了三个湖。在南京,游玄武湖;到了无锡,当然要望望太湖;到了杭州,不用说,四天的盘桓离不了西湖。我跟这三个湖都不是初相识,跟西湖尤其熟,可是这回只是浮光掠影的看看,写不成名副其实的游记,只能随便谈一点儿。

首先要说的,玄武湖跟西湖都疏浚了。西湖的疏浚工程,做了五年的计划,今年四月初开的头,听说要争取三年完成,每天挖泥船轧轧轧的响着,连在链条上的兜儿一兜兜的把长久沉在湖底里的黑泥挖起来。玄武湖要疏浚,为的是恢复湖面的面积,湖面原先让淤泥跟湖草占去太多了。湖面宽了,游人划船才觉得舒畅,望出去心里也开朗;又可以增多鱼产。湖水宽广,鱼自然长得多了。西湖要疏浚,主要为的是调节杭州城的气候。杭州城到夏天,热得相当厉害,西湖的水深了,多蓄一点儿热,岸上就可以少热一点儿。这些个都是顾到居民的利益。顾到居民的利益,在从前,哪儿有这回事?只有现在的政权,人民自己的政权,才当做头等重要的事儿,在不妨碍国家社会主义工业化的前提之下,非尽可能来办不可。听说,玄武湖平均挖深半米以上,西湖准备平均挖深一米。

其次要说的,三个湖上都建立了疗养院——工人疗养院或者还有机关干部疗养院。玄武湖的翠洲有一所工人疗养院;太湖、西湖边上到底有几所疗养院,我也说不清。我只访问了太湖边中犊山的工人疗养院。在从前,卖力气淌汗水的工人哪有疗养的份儿?害了病还不是咬紧牙关带病做活,直到真个挣扎不了,跟工作、生命一齐分手!至于休养,那更是做梦也想不到的事儿,休养等于放下手里的活闲着,放下手里的活闲着,不是连吃不饱的一口饭也没有着落了吗?只有现在这时代,人民当了家,知道珍爱创造种种财富的伙伴,才要他们疗养,而且在风景挺好、气候挺适宜的所在地给他们建立疗养院。以前人有句诗道,"天下名山僧占多"。咱们可以套用这一句的意思说,目前虽然还没做到,往后一定做到,凡是风景挺好、气候挺适宜的所在地,疗养院全得占。僧占名山该不该,固然是个问题,疗养院占好所在,那可绝对的该。

又其次要说的,在这三个湖边上走走,到处都显着整洁。花草栽得齐整,树木经过修剪,大道小道全扫得干干净净,在最容易忽略的犄角里或者屋背后也没有一点儿垃圾。这不只是三个湖边这样,可以说哪儿都一样。北京的中山公园、北海公园不是这样吗?撇开园林、风景区不说,咱们所到的地方虽然不一定栽花草,种树木,不是也都干干净净,叫你剥个橘子吃也不好意思把橘皮随便往地上扔吗?就一方面看,整洁是普遍现象,不足为奇。就另一方面看,可就大大值得注意。做到那样整洁决不是少数几个人的事儿。固然,管事的人如栽花的、修树的、扫地的,他们的勤劳不能缺少,整洁是他们的功绩。可是,保持他们的功绩,不让他们的功绩一会儿改了样,那就大家有份,凡是在那里、到那里的人都有份。你栽得齐整,我随便乱踩,不就改了样了吗?你扫得干净,我嗑瓜子乱吐瓜子皮,不就改了样了吗?必须大家不那么乱来,才能保持经常的整洁。解放以来属于移风易俗的事项很不少,我想,这该是其中的一项。回想过去时代,凡是游览地方、公共场所,往往一片凌乱,一团肮脏,那种情形永远过去了,咱们从"爱护公共财物"的公德出发,已经养成了到哪儿都保持整洁的习惯。

现在谈谈这回游览的印象。

出玄武门,走了一段堤岸,在岸左边上小划子。那是上午九点的光景,一带城墙受着晴光,在湖面跟蓝天之间作个界限。我忽然想起四十多年前头一次游西湖,那时候杭州靠西湖的城墙还没拆,在西湖里朝东看,正像在玄武湖里朝西看一样,一带城墙分开湖跟天。当初筑城墙当然为的防御,可是就靠城的湖来说,城墙好比园林里的回廊,起掩蔽的作用。回廊那一边的种种好景致,亭台楼馆,花坞假山,游人全看过了,从回廊的月洞门走出来,瞧见前面别有一番境界,禁不住喊一声"妙",游兴益发旺盛起来。再就回廊这一边说,把这一边、那一边的景致合在一块儿看也许太繁复了,有一道回廊隔着,让一部分景致留在想象之中,才显得繁简适当,可以从容应接。这是园林里修回廊的妙用。湖边的城墙几乎跟回廊完全相仿。所以西湖边的城墙要是不拆,游人无论从湖上看东岸或是从城里出来看湖上,就会感觉另外一种味道,跟现在感觉的大不相同。我也不是说西湖边的城墙拆坏了。湖滨一并排是第一至第六公园,公园东面隔马路,一带相当齐整的市房,这看起来虽然繁复一些儿,可是照构图的道理说,还成个整体,不致流于琐碎,因而并不伤美。再说,成个整体也就起回廊的作用。然而玄武湖边的城墙,要是有人主张把它拆了,我就不赞成。不知道为什么,我总觉得那城墙的线条,那城墙的色泽,跟玄武湖的湖光、紫金山覆舟山的山色配合在一起,非常调和,看来挺舒服,换个样儿就不够味儿了。

这回望太湖,在无锡鼋头渚,又在鼋头渚附近的湖面上打了个转,坐的小汽轮。鼋头渚在太湖的北边,是突出湖面的一些岩石,布置着曲径磴道，回廊荷池，丛林花圃，亭榭楼馆，还有两座小小的僧院。整个鼋头渚就是个园林，可是比一般园林自然得多，又何况有浩淼无际的太湖做它的前景呢。在沿湖的石上坐下，听湖波拍岸，单调可是有韵律，仿佛觉得这就是所谓静趣。南望马迹山，只像山水画上用不太淡的墨水涂上的一抹。我小时候，苏州城里卖芋头的往往喊"马迹山芋艿"。抗日战争时期，马迹山是游击队的根据地。向来说太湖七十二峰，据说实际不止此数。多数山峰比马迹山更淡，像是画家蘸着淡墨水在纸面上带这么一笔而已。至于我从前到过的满山果园的东山，石势雄奇的西山，都在湖的南半部，全不见一丝影儿。太湖上渔民很多，可是湖面太宽阔了，渔船并不多见，只见鼋头渚的左前方停着五六只。风轻轻的吹动桅杆上的绳索，此外别无动静。大概这不是适宜打鱼的时候。太阳渐渐升高，照得湖面一片银亮。碧蓝的天空中飘着几朵若有若无的薄云。要是天气不好，风急浪涌，该就会是一幅完全不同的景色。从前人描写洞庭湖、鄱阳湖，往往就不同的气候、时令着笔，反映出外界现象跟主观情绪的关系。画家也一样，风雨晦明，云霞出没，都要研究那光跟影的变化，凭画笔描绘下来，从这里头就表达出自己的情感。在太湖边作较长时期的流连，即使不写什么文章，不画什么画，精神上一定会得到若干无形的补益。可惜我来也匆匆，去也匆匆，只能有两三个钟头的逗留。

　　刚看过太湖，再来看西湖，就有这么个感觉，西湖不免小了些儿，什么东西都挨得近了些儿。从这一边看那一边，岸滩，房屋，林木，全清清楚楚，没有太湖那种开阔浩淼的感觉。除了湖东岸没有山，三面的山全像是直站到湖边，又没有衬托在背后的远山。于是，来了个总的印象：西湖仿佛是个盆景，换句话说，有点儿小摆设的味道。

这不是给西湖下贬辞，只是直说这回的感觉罢了。而且盆景也不坏，只要布局得宜。再说，从稍微远一点儿的地点看全局，才觉得像个盆景，要是身在湖上或是湖边的某一个所在，咱们就成了盆景里的小泥人儿，也就没有像个盆景的感觉了。

湖上那些旧游之地都去看看，像是学生温习旧课似的。最感觉舒坦的是苏堤。堤岸正在加宽，拿挖起来的泥壅一点儿在那儿，巩固沿岸的树根。树栽成四行，每边两行，是柳树、槐树、法国梧桐之类，中间一条宽阔的马路。妙在四行树接叶交柯，把苏堤笼成一条绿荫掩盖的巷子，掩盖而绝不叫人觉得气闷，外湖跟里湖从错落有致的枝叶间望去，似乎时刻在变换样儿。在这条绿荫的巷子里骑自行车该是一种愉快。散步当然也挺合适，不论是独个儿、少数几个人还是成群结队。以前好多回经过苏堤，似乎都不如这一回；这一回所以觉得好，就在于树补齐了而且长大了。

灵隐也去了。四十多年前，头一次到灵隐就觉得那里可爱，以后每到一次杭州总得去灵隐，一直保持着对那里的好感。一进山门就望见对面的飞来峰，走到峰下向右拐弯，通过春淙亭，佳境就在眼前展开。左边是飞来峰的侧面，不说那些就山石雕成的佛像，就连那山石的凹凸、俯仰、向背，也似乎全是经名手雕出来的。石缝里长出些高高矮矮的树木，苍翠，茂密，姿态不一，又给山石添上陪衬的装饰。沿峰脚是一道泉流，从西往东，水大时候急急忙忙，水小时候从从容容，泉声就有宏细疾徐的分别。道跟泉流平行。道左边先是壑雷亭，后是冷泉亭，在亭子里坐，抬头可以看飞来峰，低头可以看冷泉。道右边是灵隐寺的围墙，淡黄颜色。道上多的是大树，又大又高，说"参天"当然嫌夸张，可真做到了"荫天蔽日"。暑天到那里，不用说，顿觉清凉，就是旁的时候去，也会感觉"身在画图中",自己跟周围的环境融和一气,挺心旷神怡的。灵隐的可爱,我以为就在这个地方。道上走走,亭子里坐坐,看看山石,听听泉声,够了,享受了灵隐了。寺里头去不去,那倒无关紧要。

这回在灵隐道上大树下走,又想起常常想起的那个意思。我想,无论什么地方,尤其在风景区,高大的树是宝贝。除了地理学、卫生学方面的好处而外,高大的树又是观赏的对象,引起人们的喜悦不比一丛牡丹、一池荷花差,有时还要过几分。树冠跟枝干的姿态,这些姿态所表现的性格,往往很耐人寻味。辨出意味来的时候,咱们或者说它"如画",或者说它"入画",这等于说它差不多是美术家的创作。高大的树不一定都"如画"、"入画",可是可以修剪,从审美观点来斟酌。一般大树不比那些灌木跟果树,经过人工修剪的不多,风吹断了枝,虫蛀坏了干,倒是常有的事,那是自然的修剪,未必合乎审美观点。我的意思,风景区的大树得请美术家鉴定,哪些不用修剪,哪些应该修剪。凡是应该修剪的,动手的时候要听美术家的指点,惟有美术家才能就树的本身看,就树跟环境的照应配合看,决定怎么样叫它"如画"、"入画"。我把这个意思写在这里,希望风景区的管理机关考虑,也希望美术家注意。我总觉得美术家为满足人民文化生活的要求,不但要在画幅上用功,还得扩大范围,对生活环境的布置安排也费一份心思,加入一份劳力,让环境跟画幅上的创作同样的美……这里说的修剪大树就是其中一个项目。

赏菊狮子林

■ 周瘦鹃

节气已过小雪,而江南一带不但毫无雪意,天气还是并不太冷,连浓霜也不曾有过,菊花正开得挺好,正是举行菊展的好时刻。大型的菊展,是在狮子林举行的。凡是苏州市各园林的菊花,几乎都集中于此,大大小小数千百盆,云蒸霞蔚地蔚为大观。

一进狮子林大门,就瞧见前庭陈列着不少盆菊,五色缤纷,似乎盛妆迎客。沿着走廊北进,到了燕誉堂,堂前假山上、花坛里,都错错落落地点缀着菊花,堂上每一几,每一案,都陈列着大小方圆的陶盆、瓷盆,盆中都整整齐齐地种着细种、名种的菊花,真是形形色色,林林总总,任是丹青妙手,怕也没法儿一一描画出来。当初陶渊明所爱赏的,大概只有黄菊一种,怎能比得上我们今天的幸运,可以看到这样丰富多彩的各种名菊而大开眼界,大饱眼福呢。

这一带原是园中的建筑群,燕誉堂的后面是一个小小结构的小方厅,从后院中,走出一扇海棠式的门,就到了揖峰指柏轩,再向西进,便是旧时建筑物中仅存的所谓古五松园。每一座厅、一座轩、一座堂,都陈列着多种多样的名菊,而这些厅堂前后都有院落,都有假山,也一样用多种多样的名菊随意点缀着。这触处都是不可胜数的名菊,都是公园、拙政园、留园、狮子林、网师园等花工们一年劳动的结晶。

揖峰指柏轩的前面，有一条狭狭的小溪，溪上架着一条弓形的石桥，桥栏上齐整地排列着好多盆黄色和浅紫色的小菊花，好像是两道锦绣的花边，形成了一条绚烂的花桥。站在轩前抬眼望去，可见一座座的奇峰，一株株的古柏，就可明了轩名揖峰指柏的含义。此外还有头角峥嵘的石笋和木化石，都是五六百年来身历兴废的古物，还是元代造园时就兀立在这里的。这一带的假山迂回曲折，路复山重，要是漫不经心地随意溜达，就好像误入了诸葛孔明的八卦阵，迷迷糊糊地找不到出路。

荷花厅在揖峰指柏轩之西，厅前有大天棚很为爽垲，这是供游客们啜茗休憩的所在。棚临大池塘，种着各色各种荷花，入夏翠盖红裳，足供欣赏。现在荷花没有了，却可在这里赏菊；原来花工们别出心裁，在前面连绵不断的假山上，像散兵线般散放着一盆盆黄白的菊花，远远望去，倒像是秋夜散布天际的星斗一样。出厅更向西进，有一个金碧辉煌的水榭，上有蓝底金字匾额，大书"真趣"二字，并没款识，据说是清帝乾隆所写的。西去不多远，有一只石造的画舫，窗嵌五色玻璃，十分富丽；现在船舷、船头、船尾上，都密集地安放着各色小型的盆菊，形成了一只美丽的花船。沿着长廊再向西去，由假山上拾级而登，就是赏梅所在的暗香疏影楼。出楼向南，得一亭，叫做听涛亭，与荷池边的观瀑亭遥遥相对。原来这里是西部假山最高的所在，下有人造瀑布，开了机括，水从隐蔽着的水塔管中汤汤下泻，泻过湖石叠成的几叠水坝，活像山中真瀑，挂下一大匹白练来，气势磅礴，水声淘淘，边看边听，使人心腑一清；这是狮子林的又一特点，为其他园林所没有的。出亭，过短廊，入问梅阁，古诗"君自故乡来，应知故乡事。昨日绮窗前，寒梅着花未？"因阁下多梅树，就借用"问梅花开未"的意思，作为阁名。阁中桌凳，都作梅花形，窗上全日冰梅纹的格子，而又挂着"绮窗春讯"四字的横额，都是和梅花互相配合的。现在当然不用问梅花开否，但也有菊花可赏，林和靖可只得反串陶渊明了。从这里一路沿廊下去，还有双得仙馆、扇子亭、立雪亭、修竹阁等建筑物，为了这一带已没有菊花，也就不用流连了。

白杨礼赞

■ 茅 盾

白杨树实在不是平凡的,我赞美白杨树!

当汽车在望不到边际的高原上奔驰,扑入你的视野的,是黄绿错综的一条大毯子;黄的,那是土,未开垦的处女土,几百万年前由伟大的自然力所堆积成功的黄土高原的外壳;绿的呢,是人类劳力战胜自然的成果,是麦田,和风吹送,翻起了一轮一轮的绿波——这时你会真心佩服昔人所造的两个字"麦浪",若不是妙手偶得,便确是经过锤炼的语言的精华。黄与绿主宰着,无边无垠,坦荡如砥,这时如果不是宛若并肩的远山的连峰提醒了你(这些山峰凭你的肉眼来判断,就知道是在你脚底下的),你会忘记了汽车是在高原上行驶,这时你涌起来的感想也许是"雄壮",也许是"伟大",诸如此类的形容词,然而同时你的眼睛也许觉得有点倦怠,你对当前的"雄壮"或"伟大"闭了眼,而另一种味儿在你心头潜滋暗长了——"单调"!可不是,单调,有一点儿罢?

然而刹那间,要是你猛抬眼看见了前面远远地有一排——不,或者甚至只是三五株,一二株,傲然地耸立,像哨兵似的树木的话,那你的恹恹欲睡的情绪又将如何?我那时是惊奇地叫了一声的!

那就是白杨树,西北极普通的一种树,然而实在不是平凡的一种树!

那是力争上游的一种树,笔直的干,笔直的枝。它的干呢,通常是丈把高，像是加以人工似的，一丈以内，绝无旁枝；它所有的桠枝呢，一律向上，而且紧紧靠拢，也像加以人工似的，成为一束，绝无横斜逸出；它的宽大的叶子也是片片向上，几乎没有斜生的，更不用说倒垂了；它的皮，光滑而有银色的晕圈，微微泛出淡青色。这是虽在北方的风雪的压迫下却保持着倔强挺立的一种树！哪怕只有碗来粗细罢，它却努力向上发展，高到丈许，二丈，参天耸立，不折不挠，对抗着西北风。

这就是白杨树，西北极普通的一种树，然而决不是平凡的树！

它没有婆娑的姿态，没有屈曲盘旋的虬枝，也许你要说它不美，——如果美是专指"婆娑"或"横斜逸出"之类而言，那么白杨树算不得树中的好女子；但是它却是伟岸，正直，朴质，严肃，也不缺乏温和，更不用提它的坚强不屈与挺拔，它是树中的伟丈夫！当你在积雪初融的高原上走过，看见平坦的大地上傲然挺立这么一株或一排白杨树，难道你觉得树只是树，难道你就不想到它的朴质，严肃，坚强不屈，至少也象征了北方的农民；难道你竟一点也不联想到，在敌后的广大土地上，到处有坚强不屈，就像这白杨树一样傲然挺立的守卫他们家乡的哨兵！难道你又不更远一点想到这样枝枝叶叶靠紧团结，力求上进的白杨树，宛然象征了今天在华北平原纵横决荡用血写出新中国历史的那种精神和意志。

白杨不是平凡的树。它在西北极普遍，不被人重视，就跟北方农民相似；它有极强的生命力，磨折不了，压迫不倒，也跟北方的农民相似。我赞美白杨树，就因为它不但象征了北方的农民，尤其象征了今天我们民族解放斗争中所不可缺的朴质，坚强，以及力求上进的精神。

让那些看不起民众，贱视民众，顽固的倒退的人们去赞美那贵族化的楠木（那也是直干秀颀的），去鄙视这极常见，极易生长的白杨罢，但是我要高声赞美白杨树！

泰山日出

■ 徐志摩

振铎来信要我在《小说月报》的泰戈尔号上说几句话。我也曾答应了,但这一时游济南游泰山游孔陵,太乐了,一时竟拉不拢心思来做整篇的文字,一直挨到现在期限快到,只得勉强坐下来,把我想得到的话不整齐的写出。

我们在泰山顶上看出太阳。在航过海的人,看太阳从地平线下爬上来,本不是奇事;而且我个人是曾饱饫过江海与印度洋无比的日彩的。但在高山顶上看日出,尤其在泰山顶上,我们无餍的好奇心,当然盼望一种特异的境界,与平原或海上不同的。果然,我们初起时,天还暗沉沉的,西方是一片的铁青,东方些微有些白意,宇宙只是——如用旧词形容——一体莽莽苍苍的。但这是我一面感觉劲烈的晓寒,一面睡眼不曾十分醒豁时约略的印象。等到留心回览时,我不由得大声的狂叫——因为眼前只是一个见所未见的境界。原来昨夜整夜暴风的工程,却砌成一座普遍的云海。除了日观峰与我们所在的玉皇顶以外,东西南北只是平铺着弥漫的云气。在朝旭未露前,宛似无量数厚毳长绒的绵羊,交颈接背的眠着,卷耳与弯角都依稀辨认得出。那时候在这茫茫的云海中,我独自站在雾霭溟蒙的小岛上,发生了奇异的幻想——

我躯体无限的长大,脚下的山峦比例我的身量,只是一块拳石;这巨人披着散发,长发在风里像一面墨色的大旗,飒飒的在飘荡。

这巨人竖立在大地的顶尖上,仰面向着东方,平拓着一双长臂,在盼望,在迎接,在催促,在默默的叫唤;在崇拜,在祈祷,在流泪——在流久慕未见而将见悲喜交互的热泪……

这泪不是空流的,这默祷不是不生显应的。

巨人的手,指向着东方——

东方有的,在展露的,是什么?

东方有的是瑰丽荣华的色彩,东方有的是伟大普照的光明——出现了,到了,在这里了……

玫瑰汁,葡萄浆,紫荆液,玛瑙精,霜枫叶——大量的染工,在层累的云底工作,无数蜿蜒的鱼龙,爬进了苍白色的云堆。

一方的异彩,揭去了满天的睡意,唤醒了四隅的明霞——光明的神驹,在热奋地驰骋……

云海也活了;眠熟了兽形的涛澜,又回复了伟大的呼啸,昂头摇尾的向着我们朝露染青馒形的小岛冲洗,激起了四岸的水沫浪花,震荡着这生命的浮礁,似在报告光明与欢欣之临莅……

再看东方——海句力士已经扫荡了他的阻碍,雀屏似的金霞,从无垠的肩上产生,展开在大地的边沿。起……起……用力,用力。纯焰的圆颅,一探再探的跃出了地平,翻登了云背,临照在天空……

歌唱呀,赞美呀,这是东方之复活,这是光明的胜利……

散发祷祝的巨人,他的身彩横亘在无边的云海上,已经渐渐的消翳在普遍的欢欣里;现在他雄浑的颂美的歌声,也已在霞彩变幻中,普彻了四方八隅……

听呀,这普彻的欢声;看呀,这普照的光明!

这是我此时回忆泰山日出时的幻想,亦是我想望泰戈尔来华的颂词。

钓台的春昼

■ 郁达夫

因为近在咫尺,以为什么时候要去就可以去,我们对于本乡本土的名区胜景,反而往往没有机会去玩,或不容易下一个决心去玩的。正唯其是如此,我对于富春江上的严陵,二十年来,心里虽每在记着,但脚却没有向这一方面走过。一九三一,岁在辛未,暮春三月,春服未成,而中央党帝,似乎又想玩一个秦始皇所玩过的把戏了,我接到了警告,就仓皇离去了寓居。先在江浙附近的穷乡里,游息了几天,偶尔看见了一家扫墓的行舟,乡愁一动,就定下了归计。绕了一个大弯,赶到故乡,却正好还在清明寒食的节前。和家人等去上了几处坟,与许久不曾见过面的亲戚朋友,来往热闹了几天,一种乡居的倦怠,忽而袭上心来了,于是乎我就决心上钓台访一访严子陵的幽居。

钓台去桐庐县城二十余里,桐庐去富阳县治九十里不足,自富阳溯江而上,坐小火轮三小时可达桐庐,再上则须坐帆船了。

我去的那一天,记得是阴晴欲雨的养花天,并且系坐晚班轮去的,船到桐庐,已经是灯火微明的黄昏时候了,不得已就只得在码头近边的一家旅馆的楼上借了一宵宿。

桐庐县城,大约有三里路长,三千多烟灶,一二万居民,地在富春江西北岸,从前是皖浙交通的要道,现在杭江铁路一开,似乎没有一二十年前的繁华热闹了。尤其要使旅客感到萧条的,原是桐君山脚下的那一队花船的失去了踪影。说起桐君山,原是桐庐县的一个接近城市的灵山胜地,山虽不高,但因有仙,自然是灵了。以形势来论,这桐君山,也的确是可以产生出许多口音生硬,别具风韵的桐严嫂来的生龙活脉。地处在桐溪东岸,正当桐溪和富春江合流之所,依依一水,西岸便瞰视着桐庐县市的人家烟村。南面对江,便是十里长洲;唐诗人方干的故居,就在这十里桐洲九里花的花田深处。向西越过桐庐县城,更遥遥对着一排高低不定的青峦,这就是富春山的山子山孙了。东北面山下,是一片桑麻沃地,有一条长蛇似的官道,隐而复现,出没盘曲在桃花杨柳洋槐榆树的中间,绕过一支小岭,便是富阳县的境界,大约去程明道的墓地程坟,总也不过一二十里地的间隔。我的去拜谒桐君,瞻仰道观,就在那一天到桐庐的晚上,是淡云微月,正在作雨的时候。

　　鱼梁渡头,因为夜渡无人,渡船停在东岸的桐君山下。我从旅馆踱了出来,先在离轮埠不远的渡口停立了几分钟。后来向一位来渡口洗夜饭米的年轻少妇,弓身请问了一回,才得到了渡江的秘诀。她说:"你只须高喊两三声,船自会来的。"先谢了她教我的好意,然后以两手围成了播音的喇叭,"喂,喂,渡船请摇过来!"地纵声一喊,果然在半江的黑影当中,船身摇动了。渐摇渐近,五分钟后,我在渡口,却终于听出了咿呀柔橹的声音。时间似乎已经入了酉时的下刻,小市里的群动,这时候都已经静息,自从渡口的那位少妇,在微茫的夜色里,藏去了她那张白团团的面影之后,我独立在江边,不知不觉心里头却兀自感到了一种他乡日暮的悲哀。渡船到岸,船头上起了几声微微的水浪清音,又铜东的一响,我早已跳上了船,渡船也已经掉过头来了。坐在黑沉沉的舱里,我起先只在静听着柔橹划水的声音,然后却在黑影里看出了一星船家在吸着的长烟管头上的烟火,最后因为被沉默压迫不过,我只好开口说话了:"船家!你这样的渡我过去,该给你几个船钱?"我问。"随你先生把几个就是。"船家的说话冗慢幽长,似乎已经带着些睡意了,我就向袋里摸出了两角钱来。"这两角钱,就算是我的渡船钱,请你候我一会,上去烧一次夜香,我是依旧要渡过江来的。"船家的回答,只是恩恩乌乌,幽幽同牛叫似的一种鼻音,然而从继这鼻音而起的两三声轻快的喀声听来,他却已经在感到满足了,因为我也知道,乡间的义渡,船钱最多也不过是两三枚铜子而已。

到了桐君山下,在山影和树影交掩着的崎岖道上,我上岸走不上几步,就被一块乱石绊倒,滑跌了一次。船家似乎也动了恻隐之心了,一句话也不发,跑将上来,他却突然交给了我一盒火柴。我于感谢了一番他的盛意之后,重整步武,再摸上山去,先是必须点一枝火柴走三五步路的,但到得半山,路既就了规律,而微云堆里的半规月色,也朦胧地现出一痕银线来了,所以手里还存着的半盒火柴,就被我藏入了袋里。路是从山的西北,盘曲而上,渐走渐高,半山一到,天也开朗了一点,桐庐县市上的灯火,也星星可数了。更纵目向江心望去,富春江两岸的船上和桐溪合流口停泊着的船尾船头,也看得出一点一点的火来。走过半山,桐君观里的晚祷钟鼓,似乎还没有息尽,耳朵里仿佛听见了几丝木鱼钲铙的残声。走上山顶,先在半途遇着了一道道观外围的女墙,这女墙的栅门,却已经掩上了。在栅门外徘徊了一刻,觉得已经到了此门而不进去,终于是不能满足我这一次暗夜冒险的好奇怪僻的。所以细想了几次,还是决心进去,非进去不可,轻轻用手往里面一推,栅门却呀的一声,早已退向了后方开开了,这门原来是虚掩在那里的。进了栅门,踏着为淡月所映照的石砌平路,向东向南的前走了五六十步,居然走到了道观的大门之外,这两扇朱红漆的大门,不消说是紧闭在那里的。到了此地,我却不想再破门进去了,因为这大门是朝南向着大江开的,门外头是一条一丈来宽的石砌步道,步道的一旁是道观的墙,一旁便是山坡,靠山坡的一面,并且还有一道二尺来高的石墙筑在那里,大约是代替栏杆,防人倾跌下山去的用意,石墙之上,铺的是二三尺宽的青石,在这似石栏又似石凳的墙上,尽可以坐卧游息,饱看桐江和对岸的风景,就是在这里坐它一晚,也很可以,我又何必去打开门来,惊起那些老道的恶梦呢?

空旷的天空里,流涨着的只是些灰白的云,云层缺处,原也看得出半角的天,和一点两点的星,但看起来最饶风趣的,却仍是欲藏还露,将见仍无的那半规月影。这时候江面上似乎起了风,云脚的迁移,更来得迅速了,而低头向江心一看,几多散乱着的船里的灯光,也忽明忽灭地变换了一变换位置。

这道观大门外的景色,真神奇极了。我当十几年前,在放浪的游程里,曾向瓜州京口一带,消磨过不少的时日。那时觉得果然名不虚传的,确是甘露寺外的江山,而现在到了桐庐,昏夜上这桐君山来一看,又觉得这江山之秀而且静,风景的整而不散,却非那天下第一江山的北固山所可与比拟的了。真也难怪得严子陵,难怪得戴征士,倘使我若能在这样的地方结屋读书,以养天年,那还要什么的高官厚禄,还要什么的浮名虚誉哩?一个人在这桐君观前的石凳上,看看山,看看水,看看城中的灯火和天上的星云,更做做浩无边际的无聊的幻梦,我竟忘记了时刻,忘记了自身,直等到隔江的击柝声传来,向西一看,忽而觉得城中的灯影微茫地减了,才跑也似地走下了山来,渡江奔回了客舍。

第二日清晨,觉得昨天在桐君观前做过的残梦正还没有续完的时候，窗外面忽而传来了一阵吹角的声音。好梦虽被打破，但因这同吹筚篥似的商音哀咽，却很含着些荒凉的古意，并且晓风残月，杨柳岸边，也正好候船待发，上严陵去；所以心里纵怀着了些儿怨恨，但脸上却只现出了一痕微笑，起来梳洗更衣，叫茶房去雇船去。雇好了一只双桨的渔舟，买就了些酒菜鱼米，就在旅馆前面的码头上上了船，轻轻向江心摇出去的时候，东方的云幕中间，已现出了几丝红韵，有八点多钟了，舟师急得厉害，只在埋怨旅馆的茶房，为什么昨晚上不预先告诉，好早一点出发。因为此去就是七里滩头，无风七里，有风七十里，上钓台去玩一趟回来，路程虽则有限，但这几日风雨无常，说不定要走夜路，才回来得了的。

过了桐庐，江心狭窄，浅滩果然多起来了。路上遇着的来往的行舟，数目也是很少，因为早晨吹的角，就是往建德去的快班船的信号，快班船一开，来往于两埠之间的船就不十分多了。两岸全是青青的山，中间是一条清洗的水，有时候过一个沙洲。洲上的桃花菜花，还有许多不晓得名字的白色的花，正在喧闹着春暮，吸引着蜂蝶。我在船头上一口一口的喝着严东关的药酒，指东话西地问着船家，这是什么山？那是什么港？惊叹了半天，称颂了半天，人也觉得倦了，不晓得什么时候，身子却走上了一家水边的酒楼，在和数年不见的几位已经做了党官的朋友高谈阔论。谈论之余；还背诵了一首两三年前曾在同一的情形之下做成的歪诗：

不是尊前爱惜身，佯狂难免假成真，
曾因酒醉鞭名马，生怕情多累美人。
劫数东南天作孽，鸡鸣风雨海扬尘。

悲歌痛哭终何补，义士纷纷说帝秦。

直到盛筵将散，我酒也不想再喝了，和几位朋友闹得心里各自难堪，连对旁边坐着的两位陪酒的名花都不愿意开口。正在这上下不得的苦闷关头，船家却大声的叫了起来说："先生，罗芷过了，钓台就在前面，你醒醒罢，好上山去烧饭吃去。"

擦擦眼睛，整了一整衣服，抬起头来一看，四面的水光山色又忽而变了样子了。清清的一条浅水，比前又窄了几分，四围的山包得格外的紧了，仿佛是前无去路的样子。并且山容峻削，看去觉得格外的瘦格外的高。向天上地下四围看看，只寂寂的看不见一个人类。双桨的摇响，到此似乎也不敢放肆了，钩的一声过后，要好半天才来一个幽幽的口响，静，静，静，身边水上，山下岩头，只沉浸着太古的静，死灭的静，山峡里连飞鸟的影子也看不见半只。前面的所谓钓台山上，只看得见两大个石垒，一间歪斜的亭子，许多纵横芜杂的草木。山腰里的那座祠堂，也只露着些废垣残瓦，屋上面连炊烟都没有一丝半缕，像是好久好久没有人住了的样子。并且天气又来得阴森，早晨曾经露一露脸过的太阳，这时候早已深藏在云堆里了，余下来的只是时有时无从侧面吹来的阴飕飕的半箭儿山风。船靠了山脚，跟着前面背着酒菜鱼米的船夫走上严先生祠堂的时候，我心里真有点害怕，怕在这荒山里要遇见一个干枯苍老得同丝瓜筋似的严先生的鬼魂。

在祠堂西院的客厅里坐定，和严先生的不知第几代的裔孙谈了几句关于年岁水旱的话后，我的心跳也渐渐儿的镇静下去了，嘱托了他以煮饭烧菜的杂务，我和船家就从断碑乱石中间爬上了钓台。

东西两石垒，高各有二三百尺，离江面约两里来远，东西台相去，只有一二百步,但其间却夹着一条深谷。立在东台,可以看得出罗芷的人家,回头展望来路,风景似乎散漫一点,而一上谢氏的西台,向西望去,则幽谷里的清景,却绝对的不像是在人间了。我虽则没有到过瑞士,但到了西台,朝西一看,立时就想起了曾在照片上看见过的威廉退儿的祠堂。这四山的幽静,这江水的青蓝,简直同在画片上的珂罗版色彩,一色也没有两样,所不同的,就是在这儿的变化更多一点,周围的环境更芜杂不整齐一点而已,但这却是好处,这正是足以代表东方民族性的颓废荒凉的美。

从钓台下来,回到严先生的祠堂——记得这是洪杨以后严州知府戴槃重建的祠堂——西院里饱啖了一顿酒肉,我觉得有点酩酊微醉了。手拿着以火柴柄制成的牙签,走到东面供着严先生神像的龛前,向四面的破壁上一看,翠墨淋漓,题在那里的,竟多是些俗而不雅的过路高官的手笔。最后到了南面的一块白墙头上,在离屋檐不远的一角高处,却看到了我们的一位新近去世的同乡夏灵峰先生的四句似邵尧夫而又略带感慨的诗句。夏灵峰先生虽则只知崇古,不善处今,但是五十年来,像他那样的顽固自尊的亡清遗老,也的确是没有第二个人。比较起现在的那些官迷财迷的南满尚书和东洋宦婢来,他的经术言行,姑且不必去论它,就是以骨头来称称,我想也要比什么罗三郎郑太郎辈,重到好几百倍。慕贤的心一动,熏人臭技自然是难熬了,堆起了几张桌椅,借得了一枝破笔,我也向高墙上在夏灵峰先生的脚后放上了一个陈屁,就是在船舱的梦里,也曾微吟过的那一首歪诗。

从墙头上跳将下来,又向龛前天井去走了一圈,觉得酒后的喉咙,有点渴痒了,所以就又走回到了西院,静坐着喝了两碗清茶。在这四大无声,只听见我自己的啾啾喝水的舌音冲击到那座破院的败壁上去的寂静中间,同惊雷似地一响,院后的竹园里却忽而飞出了一声闲长而又有节奏似的鸡啼的声来。同时在门外面歇着的船家,也走进了院门,高声的对我说:

"先生,我们回去罢,已经是吃点心的时候了,你不听见那只公鸡在后山啼么?我们回去罢!"

秃的梧桐

■ 苏雪林

"这株梧桐,怕再也难得活了!"

人们走过那梧桐树下,总这样惋惜地说。

这株梧桐,所生的地点,真有点奇怪。我们所住的屋子,本来分作两下给两家住的,这株梧桐,恰恰长在屋前的正中,不偏不倚,可以说是两家的分界牌。

屋前的石阶,虽仅有其一,由屋前到园外去的路却有两条——一家走一条,梧桐生在两路的中间,清荫分盖了两家的草场,夜里下雨,潇潇渐渐打在桐叶上的雨声,诗意也两家分享。

不幸园里蚂蚁过多,梧桐的枝干,为蚁所蚀,渐渐的不坚牢了,一夜雷雨,便将它的上半截劈折,只剩下一根二丈多高的树身,立在那里,亭亭有如青玉。

春天到来,树身上居然透出许多绿叶,团团附树端。看去好像是一棵棕榈树。

谁说这株梧桐,不会再活呢?它现在长了新叶,或者更会长出新枝,不久定可以恢复从前的美荫了。

一阵风过,叶儿又被劈下来。拾起一看,叶蒂已啮断了三分之二——又是蚂蚁干的好事,哦,可恶!

但勇敢的梧桐,并不因此挫了它求生的志气。

蚂蚁又来了,风又起了,好容易长得掌大的叶儿又飘去了,但它不管。仍然萌新的芽，吐新的叶，整整的忙了一个春天，又整整的忙了一个夏天。

秋来，老柏和香橙还沉郁地绿，别的树却都憔悴了。年近古稀的老榆，护定它少许翠叶，似老年人想保存半生辛苦贮蓄的家私，但哪禁得西风如败子，日夕在耳畔絮聒？现在它的叶儿已去得差不多，园中减了葱茏的绿意，却也添了蔚蓝的天光。爬在榆干上的薜荔，也大为喜悦，上面没有遮蔽，可以让它们酣饮风霜了。它们脸儿醉得枫叶般红，陶然自足，不管垂老破家的榆树，在它们头顶上瑟瑟地悲叹。

大理菊东倒西倾，还挣扎着在荒草里开出红艳的花。牵牛的蔓，早枯萎了，但还开花呢，可是比从前纤小。冷风凉露中，泛满嫩红浅紫的小花，更觉娇美可怜。还有从前种麝香连理花和凤仙花的地里，有时也见几朵残花。秋风里，时时有玉钱蝴蝶，翩翩飞来，停在花上，好半天不动，幽情凄恋。它要僵了，它愿意僵在花儿的冷香里！

这时候，园里另外一株桐树，叶儿已飞去大半；秃的梧桐，自然更是一无所有，只有亭亭如青玉的干，兀立在惨淡斜阳中！

"这株梧桐，怕再也不得活了！"

人们走过秃的梧桐下，总是这样惋惜似的说。

但是，我知道明年还有春天要来。

明年春天仍有蚂蚁和风呢！

但是，我知道有落在土里的桐子。

峨眉山上的景物

■ 许钦文

许多人都以为峨眉山有着神仙；神仙实在并没有，关于神仙的故事是有的，就是峨眉山上的和尚到印度去朝活佛；印度的和尚到峨眉山上来访神仙；两个和尚在打箭炉碰见了，相互打听，知道印度并没有活佛，峨眉山上也并没有神仙，于是都回转了。

在峨眉山上，和尚和一般人都认为最可注意的是"佛灯"和"佛光"。说是要行善人诚心去进香，才容易看到这两种景物，否则即使接连去看，等候许多日子，也是见不到的。

传说中的佛灯，是许许多多个灯火，黄昏时候由山下显现，渐渐地升上空中，同时一点一点的移向金顶。因为金顶供着普贤，所以叫做"万盏明灯朝普贤"。

普贤同峨眉山究竟有什么关系，为什么这样去朝它？灯的本身不会动，由什么拿去朝？传说中都没有明白提及。迷信的传说，只能够使迷信家以为不错就行了。但许多不迷信这种传说的人，都以为峨眉山上有着一种奇异的虫，一到晚上会得发光；有的以为有一种发光的矿物；有的认为有一种能发光的树叶，其实无非是星星的倒影罢了。

由望远镜看见了，可知那些光，原有两种。其中一种的数目不多，比较短点、红点，也静点；另外有一种绿莹莹长长的不绝摇宕着。前一种是人家屋里的灯火，和街上的路灯等等；后一种是峨眉县城附近和青龙场一带的水田和河流所映成的星星的倒影。如果水很深，倒影很长，所谓水蛇，那就不像灯火了。水田和那些河流的水都不深，所以倒影像灯火，只是淡点，水被风吹了以后要波动，所以摇宕。

那些光，不规则的罗列着，其中几个明亮点，有的成着三角形，有的成着四方形，始终不变，可见只是摇宕，并不移动地位。一般人认为移动，那是不曾仔细观察，只凭一时的目力的缘故。人由灯光下转到黑暗处，瞳孔要变，初看同再看的情形不同。金顶很高，空气的密度同平地里的相差太大，从平地到金顶，其间隔着许多层密度不同的空气，其中一层的空气流动以后，折光一变，现象也就要变动，因为风吹水面波动，摇宕是实在的情形。有了这几种原因，又因和尚总在有意无意的暗示，说是动了，移向金顶了，因此许多人都以为那些光是会得移动的，于是推想到飞虫和树叶上面去。

显现那些光的区域，是很尖长的秋海棠的形状。在那形状的范围以内，全是水田，房屋和河流，没有一座山，原是峨眉县城附近一带的地方。可见决不是由于矿物。峨眉县城附近一带，除了多种白蜡树外，同别的地方一样；白蜡树固然并没有发光的作用，而且成行种着，同那些光罗列的情形不像所谓万盏明灯，原是星星的倒影，可无疑问。虽然水田河流各处都有，高山也不止峨眉山一座；但峨眉的山形很特别，就是来得陡。舍身岩一带从金顶直下，简直是壁立的。在金顶俯视峨眉县附近一带，仿佛在塔尖下望，这一点很特别，也很有关系。而且从峨眉县城上金顶，走的路虽长，直线并不远，所以望得见。

虽然并非怎样神秘的佛灯，也不是什么奇怪的动植物，几千个光隐约浮现着，委实是个奇观。有暇去鉴赏，一定要选定没有月光的时期，而且要在峨眉县城附近一带是晴天；如果要多看点，还得在春间田中有水的时期。

看佛灯叫做"睹灯",看佛光叫做"睹光"。睹光在下午两三点钟或五六点钟;上午七八点钟也可以看到,不过很少。所谓佛光,就是一个五彩的大环,中间有着人形,是会动的,其实是虹。常年看见虹,是在虹的旁边观望,只能看到半个环形;在金顶,虹在下面,看见的是整个环形。中间会动的是去看的人自己的影子,所以去看的人,擎一擎手,那人形也擎一擎手;去看的人点一点头,那人形也就点一点头了。

佛光比佛灯容易看到,这里因为峨眉山的金顶上,简直没有一小时以上的时间可以脱尽云雾,刚见着太阳,忽然云到天暗,马上下起雨来,是常事。而且云雾常在金顶的下面,金顶的上面天气很晴,下面都满布着云雾,叫做"云海"。在太阳光的斜度可以因为折光的关系发生虹的时候,云海里就显现佛光了。

在峨眉山上,时常可以看到警告谨防老虎的牌告;到了半山以上,更多老虎的塑像,又有许多人被老虎拖去的故事。可是故事里面,总只说忽然少了个人,并非有人怎样亲看过老虎的影迹。

在这山上,四肢都落地的动物,我看到最多的是猴子。大大小小,二十来只,结着队在路旁的树上玩耍,小的不过半尺长,攀着树枝翻筋斗。一尺多长的中猴子,在旁边帮助,很是和蔼的样子。大猴子很肥,见了我们行人,就吱吱的叫着关照小猴子,同时走到路上来向我们要食物,我们给了点干牛肉,嗅一阵丢开了。伸"手"又来向我们要食物。我们指了指那已丢开的干牛肉,于是拾了起来重行嗅了一阵,仍然丢开了。

据说这些猴子有时结着队到寺院的门前去,故意吱吱的叫个不了。如果有人拿着玉蜀黍叫几声"三儿!"就会跑将过去的。寺院里一到朔望，照例要磨豆腐，猴子会得按时去要豆腐渣吃。如果有人损害了一只猴子，就有大群的猴子出来报仇，乱掷石子，并且撕破衣服。还要到寺院里去闹，因为山上没有旅舍，去游的人总是寄寓在寺院里的。

　　由观峨场上峨眉山去，在山脚第一个是报国寺，其次是伏虎寺。这两个寺都很大，伏虎寺的风景很好，山门面前，古树丛中响着溪流，有如天台山的国清寺，只是没有那样高大的塔。关于伏虎寺，传说不一，有的说是从前开山祖师进去，过不得溪，由一只老虎背过渡，为纪念那老虎，所以造起寺来。另外有着虎溪，是个旁证。有的说是从前那里多老虎。常常害人，造这个寺，目的在于制伏老虎，"伏"字是动词。又有人说"伏"是转成了形容词的，因为那近旁有着一座山，形状像是一只伏着的老虎。

　　清音阁正当两溪汇合的地方，站在那面前的双飞桥上，可以饱听流水的声音。后面是黑龙江，与山缝间的岩壁上接连架着木板，下面流着急水，木板上满生着苔。上面只能够望见一条细长的天空，所以又叫做一线天。前面过去不远就是龙门。在那附近有着一所小小的洋房，听说曾经住过一位做了母亲的少女，如今下山去了，做着"交际之花"。

　　洪椿坪和九老洞的寺院都是大而考究，柱子油漆得红红的，备着沙发等器具。峨眉山上的寺院虽然很多，这两个寺的中间相隔三十里却无一个寺院，也没有别的可以休息的地方。其间有着九十九倒拐和扁担岩。九十九倒拐是弯弯曲曲的九十九条石级，走上去很吃力。游人不能够用轿子，也就是因为这种地方。扁担岩一带很阴，三四月里还是积雪不消的。但如走华严寺那条路上金顶，就不用经过这些地方了。

从清音阁去洪椿坪，可以走黑龙江，也可以走牛心寺，如愿多游点地方，就可去大坪寺。上去十五里的路叫做猴子坡，下来十五里的路是蛇倒退。连蛇上去也要倒退下来，可见这条路的陡了。猴子坡的形容有两说：一说有人在那里行走，望去好像是猴子在爬岩壁。另一说，因为陡，只好像猴子的爬上去。这两条路都很狭，两旁都是深岩，所难的，是石级多已破坏得活动，一滑脚掉下去，性命保可以送脱。猴子坡多弯曲，风景更来得好。

九老洞正当峨眉山的半腰，前望大坪，从猴子坡要走十五里才到的高峰，看去无非是海底里的一条礁石的样子。左望华严寺和遇仙寺，宛如一幅幽美的中国画。遇仙寺在一个小小的峰尖上，有大的山做着背景，更觉玲珑秀丽。右面仙皇台上，可以下望峨眉县城附近一带的平地。在九老寺的附近，有着许多桫椤树和槲桐树，又有岩瓢，桫椤树的形状有点像桂花树，叶子也差不多，不过大一些。花开得很多，一球一球地布满在树上，每球好像都是由五朵牵牛花合成的。槲桐的干子细长，有点像马柳树。叶如桑，花开在叶上，分别不清，是原始植物的一种。果如荔枝，所以土名叫做土荔枝。岩瓢寄生一棵枯了的大树上面，由叶柄直接寄附着，绿莹莹的好像是一只一只的调羹，所以称做岩瓢。这里的动物，在猴子之外有岩燕，许许多多在九老洞的口子上乱飞。还有青蛙的叫声，山间的回音助长声势，常使人以为有猴子叫着来了。

上洗象池得先走钻天坡，五里路长，实在来得陡。到金顶还得经过阎王坡和天门石。阎王坡很难走。天门石是两个大石炮，行人在这两个石炮的缝里经过，因为在将到金顶的地方，所以加了"天门"的形容词。

走华严寺的一条路要经过点心坡，就是走的时候，脚膝髁头要点着心,也是陡的形容。点心坡的下面是观心顶,上面是息心所。

寺院多,泥塑木雕的偶像也就多,有的多头多手,有的袒胸露臂。在纯阳殿里卧着的吕纯阳塑像旁,堆满着绣花枕头,好像着实可以安枕高卧的样子。在万年寺的砖殿里铜佛铜像以外,有着一位卧着的女菩萨,上面盖着被,揭起被来看,只系着一条短短的红裤子。

万年寺的砖殿里又有叫做佛牙的,其实是个猴子脊骨的化石。

距大峨寺不远的地方有着新开寺,筑起了许多住室,是西人避暑的场所。曾经同时死过许多香客的三霄洞,在接引殿和九老洞之间;因为洞被政府封禁,路也已经荒废,去不得了。猪肝洞在大峨山和小峨山之间的小山上,要从青龙场去才可以游。因为洞里有一块悬挂着的岩石像猪肝,所以有这个名称。

从雷洞坪到金顶一带的舍身岩,委实是极陡峻的地方。在别处跳楼堕塔,是无论如何不会有这样高的。而且在有云海的时候,看去仿佛棉花团,可以觉得很安适。只是上去远得很,路又难走,怕是一般消极的人所不愿意干的。

因为高了,气温太低,虽在夏天也得烧火盆取暖的金顶,生物很少。植物除寒杉和竹,只可以看到苔类。寒杉的树叶一盘一盘的长得很密,显得生长很慢。枝叶都向下垂,这是常常被雪压着的记号。竹长得不过一尺多高,形状却依然是大竹竿的样子。接连长成一大片,远望好像是草地。因为时刻在云雾中,湿度太高,各处都生着苔类,连寒杉的顶梢上也都有。动物更少,大和尚和小和尚以外,只有佛现鸟的叫声时常可以听到。佛现鸟,因为叫的声音好像是说"佛现了!"所以这样称呼;其实,要不迷信佛,就会觉得叫声并不像的。这种鸟的形状类似画眉。因为高了,空气的密度低,连饭都煮不热了的金顶,生物委实不容易生存。

同金顶并列着的千佛顶和万佛顶，虽然都有不少的小菩萨，可是同"千"和"万"的数目差得多；这千万的两个字，无非多数的形容罢了。

在金顶，固然可以直望峨眉县城和青龙场一带的地方，还可以隐约望见嘉定的大佛。近处的下面，九老洞所在的峰尖也变得好像原是条海底的礁石，正如在九老洞所见的大坪了。但一向后面眺望过去，瓦山固然比金顶要高，终年银白的雪山虽然很远，也可以见得更大更高。雪山就是昆仑山，真是所谓"峨眉万丈高，昆仑一条腰"的了。

在山阴道上

■ 方令孺

撩起窗幕，看初升的红日，可把它五彩的光华撒在湖上了么？可是，湖水呈现着一片冷清清的铅色，天空也云气沉沉。难道今天的旅行又要被风雨来阻挡么？

好久以来"故乡"就在吸引着我；百草园和三味书屋，这些美妙的名称，像童话一样，时时在我思想上盘桓。我想看看咸亨酒店，土谷祠，还想看看祥林嫂放过菜篮子的小河边……在那浓雾弥漫的黑暗时代，鲁迅先生在那里开始磨砺他的剑锋，终生把持它，划破黑暗，露出曙光。今天我决定要去瞻仰磨剑的圣地。

湖水轻轻地拍岸，像是赞同我的决心，天空也对我显出无可奈何的气色。七点钟我们就从北山下乘车前去。

车轮卷着灰尘，迅速的前进。这时云雾渐渐稀散，清风吹送着月桂的芳香，阳光从薄云后面透射出来，像放下轻轻的纱帐，爱护似的，笼罩着大地。

汽车一转弯，将要到钱塘江大桥了，我看见高大的六和塔，岿然坐在林木蓊郁的山岗上，背负着远山与高空，下临浩渺的白水，气象非常雄伟。

在高楼一样的大桥上，俯看江水，像一条潇洒的阔飘带，从西面群山之下，一撇而来，越流越宽，向东长逝，到眼睛所能见到的尽头，水和云都融合成一片混沌。

山川的壮丽和我心里正在思想的巨人形象,也融合在一起。

车在奔驰,风在欢笑,将要成熟的晚稻,沉沉地压在整片大地上。远处是重重迭迭、连绵不断的山峰,山峰青得像透明的水晶,可又不那么沉静,我们的车子奔跑着,远山也像一起一伏的跟着赛跑;有时在群峰之上,又露出一座更秀隽的山峰,像忽地昂起头来,窥探一下,看谁跑得快。

近处,又看见碧油油的大地上,一条明亮的小河蜿蜒流过,河身不宽,可有时也像伸出双臂,抱住几个小绿洲。

萧山、河桥,刚刚落到眼前,却又远远退到车的后面。

中午到了绍兴城。

我们走在青石铺成的古老的街道上,心情是这样严肃又欢愉,眼睛四处张望,处处都像有生动的故事在牵引人。

一片粉墙反映着白日的光辉。新台门的门口簇拥着一群"红领巾"。他们一看到新来的客人,便又簇拥过来,牵牵客人的衣袖,抚弄客人的围巾,亲密地交谈,并争先要求领路。我就和这些孩子们一道拥进了黑漆的大门。

这是一座古老朴素的房屋,空阒无人,可是,这方桌,这条台,这窗前的一把椅子都告诉了我们许多故事,连那盆草叶茂密的剑兰也不甘寂寞,唠叨地诉说着它是怎样被一双宽厚的手培养起来。

就是在这座房子里,鲁迅先生幼年和农民儿子结成朋友;在父亲的病中分担了母亲的忧愁;从这里他认识了封建社会的欺骗与毒辣;被侮辱与损害的究竟是哪一些人!十七岁的时候,在一个刮风下雨的早晨,带了一点简单的行装,辞别了母亲,走出这座黑漆大门,奔向他一生战斗的长途。

百草园是芳草萋萋的后院。这是幼年鲁迅的乐园。断墙、菜圃依然保留着，高大的榆树和皂荚树那边，新建了一座亭子，鲁迅先生塑像端坐在亭中间。

孩子们在园里跑着，笑着，也跑到断墙下，在那儿寻觅，可还有像人形一样的何首乌？他们又围在亭子旁边，仰着头，望着塑像；孩子们的脸，像朝阳照耀下初开的百合花，眼睛像星星一样的明亮，亮着无限亲切爱慕的光。

一座曲折如画的小石桥把我和孩子们引到三味书屋。我们也就从那扇黑的竹门走进去的，并且大声的数到第三间。

书房里的陈设，正像鲁迅先生《从百草园到三味书屋》中写的一样，正中的书桌上，现在还放着寿老先生手抄的唐诗。好像这儿刚刚放学，老先生和学生们都吃饭去了。

我默默地站在鲁迅先生幼年读书的桌旁，很想看看他所描摹的《荡寇志》和《西游记》的绣像。

这间房不很大，只有前面一排窗户。后园也很小，墙也高，花坛上的老腊梅树还顽强的活着。

孩子们在唧唧哝哝的讲话。

是的，今天，我们的孩子，有了明亮的课室，有了大片的草地，还有细沙铺成的球场。他们有了自由广阔的天地。我这样想着。突然在脑中出现一座勇士的雕像：

> 背着因袭的重担，肩住黑暗的闸门，放他们到宽阔光明的地方去。

我抚摸着身边一个孩子的头发，心中油然生出感激的深情。

我正在默默地寻思，一只小手伸过来了，又一只，又一只。原来时间已经不早,他要整队回去了。我们热情地握手,说着:我们还要见面。

回来的路上,我们让车在河边慢慢开行。在静静的黄昏里,发光的小河上,滑着一只乌篷船。船尾坐着一个农民,戴着毡帽,有节奏地划动一根大桨。河岸上,有时是稻田,有时又是开着红花、黄花的青草地,草地上有一群牧童在放牛,牛背平得像一块石板,牧童从牛角间爬上爬下,牛万般温存地驯服着。又是芦苇迎着河边来了,芦花轻轻飘拂,像老人银白的胡须。

我不知道这可就是著名的山阴道?

鲁迅先生在一篇《好的故事》中描写过:

> 我仿佛记得曾坐小船经过山阴道,两岸边的乌桕,新禾,野花,鸡,狗,丛树和枯树,茅屋,塔,伽蓝,农夫和村妇,村女,晒着的衣裳,和尚,蓑笠,天,云,竹……都倒影在澄碧的小河中,随着每一打桨,各各夹带了闪烁的日光,并水里的萍藻游鱼,一同荡漾。……凡是我所经过的河,都是如此。

生活本来应该是这样和平、美丽,而且光明,鲁迅先生所说"好的故事",正是他所想望的好的生活。然而,在昏沉如夜的时代里,人们只能在朦胧的梦中见到,即使是梦,也被打碎!

今天,鲁迅先生在三十年前朦胧中看见的"许多美的人和美的事,错综起来像一天云锦,而且万颗奔星似的飞动着"的"好的故事",不是在天上,也不是在水底,而在我们祖国大地上,到处出现了。并将"永是生动,永是展开,以至于无穷"。

在路上,车又经过这样一个地方:四山环绕,又高又黑,山下溪水潺潺。像在朝鲜的山中。记得当时我走在那些大山里，觉得像是走在坚强战斗英雄队伍的身边，今天我仍有这样的感觉，在我刚才到过的地方，和正要去的地方，以及走在祖国任何城市和乡村里，都有这样感觉。

　　转过山路，就看见了反映出幕天幽蓝色的湖水。远处城市，电灯通明，烘托着天空，像一片光的海。

荷塘月色

■ 朱自清

这几天心里颇不宁静。今晚在院子里坐着乘凉，忽然想起日日走过的荷塘，在这满月的光里，总该另有一番样子吧。月亮渐渐地升高了，墙外马路上孩子们的欢笑，已经听不见了；妻在屋里拍着闰儿，迷迷糊糊地哼着眠歌。我悄悄地披了大衫，带上门出去。

沿着荷塘，是一条曲折的小煤屑路。这是一条幽僻的路；白天也少人走，夜晚更加寂寞。荷塘四面，长着许多树，蓊蓊郁郁的。路的一旁，是些杨柳，和一些不知道名字的树。没有月光的晚上，这路上阴森森的，有些怕人。今晚却很好，虽然月光也还是淡淡的。

路上只我一个人，背着手踱着。这一片天地好像是我的；我也像超出了平常的自己，到了另一世界里。我爱热闹，也爱冷静；爱群居，也爱独处。像今晚上，一个人在这苍茫的月下，什么都可以想，什么都可以不想，便觉是个自由的人。白天里一定要做的事，一定要说的话，现在都可不理。这是独处的妙处，我且受用这无边的荷香月色好了。

曲曲折折的荷塘上面，弥望的是田田的叶子。叶子出水很高，像亭亭的舞女的裙。层层的叶子中间，零星地点缀着些白花，有袅娜地开着的，有羞涩地打着朵儿的；正如一粒粒的明珠，又如碧天里的星星，又如刚出浴的美人。微风过处，送来缕缕清香，仿佛远处高楼上渺茫的歌声似的。这时候叶子与花也有一丝的颤动，像闪电般，霎时传过荷塘的那边去了。叶子本是肩并肩密密地挨着，这便宛然有了一道凝碧的波痕。叶子底下是脉脉的流水，遮住了，不能见一些颜色；而叶子却更见风致了。

月光如流水一般，静静地泻在这一片叶子和花上。薄薄的青雾浮起在荷塘里。叶子和花仿佛在牛乳中洗过一样；又像笼着轻纱的梦。虽然是满月，天上却有一层淡淡的云，所以不能朗照；但我以为这恰是到了好处——酣眠固不可少，小睡也别有风味的。月光是隔了树照过来的，高处丛生的灌木，落下参差的斑驳的黑影，峭楞楞如鬼一般；弯弯的杨柳的稀疏的倩影，却又像是画在荷叶上。塘中的月色并不均匀；但光与影有着和谐的旋律，如梵婀玲上奏着的名曲。

荷塘的四面，远远近近，高高低低都是树，而杨柳最多。这些树将一片荷塘重重围住；只在小路一旁，漏着几段空隙，像是特为月光留下的。树色一例是阴阴的，乍看像一团烟雾；但杨柳的丰姿，便在烟雾里也辨得出。树梢上隐隐约约的是一带远山，只有些大意罢了。树缝里也漏着一两点路灯光，没精打采的，是渴睡人的眼。这时候最热闹的，要数树上的蝉声与水里的蛙声；但热闹是它们的，我什么也没有。

忽然想起采莲的事情来了。采莲是江南的旧俗，似乎很早就有，而六朝时为盛；从诗歌里可以约略知道。采莲的是少年的女子，她们是荡着小船，唱着艳歌去的。采莲人不用说很多，还有看采莲的人。那是一个热闹的季节，也是一个风流的季节。梁元帝《采莲赋》里说得好：

> 于是妖童媛女，荡舟心许；鹢首徐回，兼传羽杯；櫂将移而藻挂，船欲动而萍开。尔其纤腰束素，迁延顾步；夏始春余，叶

嫩花初,恐沾裳而浅笑,畏倾船而敛裾。

可见当时嬉游的光景了。这真是有趣的事,可惜我们现在早已无福消受了。

于是又记起《西洲曲》里的句子:

  采莲南塘秋,莲花过人头;低头弄莲子,莲子清如水。

今晚若有采莲人,这儿的莲花也算得"过人头"了;只不见一些流水的影子,是不行的。这令我到底惦着江南了。——这样想着,猛一抬头,不觉已是自己的门前;轻轻地推门进去,什么声息也没有,妻已睡熟好久了。

庐山面目

■ 丰子恺

"咫尺愁风雨，匡庐不可登。只疑云雾时，犹有六朝僧。"（钱起）这位唐朝诗人教我们"不可登"，我们没有听他的话，竟在两小时内乘汽车登上了匡庐。这两小时内气候由盛夏迅速进入了深秋。上汽车的时候九十五度，在汽车中先藏扇子，后添衣服，下汽车的时候不过七十几度了。赴第三招待所的汽车驶过正街闹市的时候，庐山给我的最初印象竟是桃源仙境：土地平旷，屋舍俨然；有茶馆酒楼，百货之属；黄发垂髫，并怡然自乐。不过他们看见了我们没有"乃大惊"，因为上山避暑休养的人很多，招待所满坑满谷，好容易留两个房间给我们住。庐山避暑胜地，果然名不虚传。这一天天气晴朗。凭窗远眺，但见近处古木参天，绿荫蔽日；远处岗峦起伏，白云出没。有时一带树林忽然不见，变成了一片云海；有时一片白云忽然消散，变成了许多楼台。正在凝望之间，一片白云冉冉而来，钻进了我们的房间里。倘是幽人雅士，一定大开窗户，欢迎它进来共住；但我犹未免为俗人，连忙关窗谢客。我想，庐山真面目的不容易窥见，就为了这些白云在那里作怪。

庐山的名胜古迹很多，据说共有两百多处。但我们十天内游踪所到的地方，主要的就是小天池、花径、天桥、仙人洞、含鄱口、黄龙潭、乌龙潭等处而已。夏禹治水的时候曾经登经登大汉阳峰，周朝的匡俗曾经在这里隐居，晋朝的慧远法师曾经在东林寺门口种松树，王羲之曾经在归宗寺洗墨，陶渊明曾经在温泉附近的栗里村住家，李白曾经在五老峰下读书，白居易曾经在花径咏桃花，朱熹曾经在白鹿洞讲学，王阳明曾经在舍身岩散步，朱元璋和陈友谅曾经在天桥作战……古迹不可胜计。然而凭吊也颇伤脑筋，况且我又不是诗人，这些古迹不能激发我的灵感，跑去访寻也是枉然，所以除了乘便之外，大都没有专程拜访。有时我的太太跟着孩子们去寻幽探险了，我独自高卧在海拔一千五百公尺的山楼上看看庐山风景照片和导游之类的书，山光照槛，云树满窗，尘嚣绝迹，凉生枕簟，倒是真正的避暑。我看到天桥的照片，游兴发动起来，有一天就跟着孩子们去寻访。爬上断崖去的时候，一位挂着南京大学徽章的教授告诉我："上面路很难走，老先生不必去吧。天桥的那条石头大概已经跌落，就只是这么一个断崖。"我抬头一看，果然和照片中所见不同：照片上是两个断崖相对，右面的断崖上伸出一根大石条来，伸向左面的断崖，但是没有达到，相距数尺，仿佛一脚可以跨过似的。然而实景中并没有石条，只是相距若干丈的两个断崖，我们所登的便是左面的断崖。我想：这地方叫做天桥，大概那根石条就是桥，如今桥已经跌落了。我们在断崖上坐看云起，卧听鸟鸣，又拍了几张照片，逍遥地步行回寓。晚餐的时候，我向管理局的同志探问这条桥何时跌落，他回答我说，本来没有桥，那照相是从某角度望去所见的光景，啊，我恍然大悟了：那位南京大学教授和我谈话的地方，即离开左面的断崖数十丈的地方，我的确看到有一根不很大的石条伸出在空中，照相镜头放在石条附近适当的地方，透视法就把石条和断崖之间的距离取消，拍下来的就是我所欣赏的照片。我略感不快，仿佛上了资本主义社会的商业广告的当。然而就照相术而论，我不能说它虚伪，只"太"巧妙了些。天桥这个名字也古怪，没有桥为什么叫天桥？

含鄱口左望扬子江，右瞰鄱阳湖，天下壮观，不可不看。有一天我们果然爬上了最高峰的亭子里，然而白云作怪，密密层层地遮盖了江和湖，不肯给我们看。我们在亭子里吃茶，等候了好久，白云始终不散，望下去白茫茫的，一无所见。这时候有一个人手里拿一把芭蕉扇，走进亭子来。他听见我们五个人讲土白，就和我招呼，说是同乡。原来他是湖州人，我们石门湾靠近湖州边界，语音相似。我们就用土白同他谈起天来。土白实在痛快，个个字入木三分，极细致的思想感情也充分表达得出。这位湖州客也实在不俗，句句话都动听。他说他住在上海，到汉口去望儿子，归途在九江上岸，乘便一游庐山。我问他为什么带芭蕉扇，他回答说，这东西妙用无穷：热的时候扇风，太阳大的时候遮阴，下雨的时候代伞，休息的时候当坐垫，这好比济公活佛的芭蕉扇。因此后来我们谈起他的时候就称他为"济公活佛"。互相叙述游览经过的时候，他说他昨天上午才上山，知道正街上的馆子规定时间卖饭票，他就在十一点钟先买了饭票，然而买一瓶酒，跑到小天池，在革命烈士墓前奠了酒，游览了一番，然后拿了酒瓶回到馆子里来吃午饭，这顿午饭吃得真开心。这番话我也听得真开心。白云只管把扬子江和鄱阳湖封锁，死不肯给我们看。时候不早，汽车在山下等候，我们只得别了济公活佛回招待所去。此后济公佛就变成了我们的谈话资料。姓名地址都没有问，再见的希望绝少，我们已经把他当作小说里的人物看待了。谁知天地之间事有凑巧：几天之后我们下山，在九江的浔庐餐厅吃饭的时候，济公活佛忽然又拿着芭蕉扇出现了。原来他也在九江候船返沪。我们又互相叙述别后游览经过。此公单枪匹马，深入不毛，所到的地方比我们多得多。我只记得他说有一次独自走到一个古塔的顶上，那里面跳出一只黄鼠狼来，他打湖州白说："渠被吾吓了一吓，吾也被渠吓了一吓！"我觉得这简直是诗，不过没有叶韵。宋杨万里诗云："意行偶到无人处，惊起山禽我亦惊。"岂不就是这种体验吗？现在有些白话诗不讲叶韵，就把白话写成每句一行，一个"但"字占一行，一个"不"字也占一行，内容不知道说些什么，我真不懂。这时候我想：倘能说得像我们的济公活佛那样富有诗趣，不叶韵倒也没有什么。

在九江的浔庐餐厅吃饭，似乎同在上海差不多。山上的吃饭情况就不同：我们住的第三招待所离开正街有三四里路，四周毫无供给，吃饭势必包在招待所里。价钱很便宜，饭菜也很丰富。只是听凭配给，不能点菜，而且吃饭时间限定。原来这不是菜馆，是一个膳堂，仿佛学校的饭厅。我有四十年不过饭厅生活了，颇有返老还童之感。跑四里路，正街上有一所菜馆。然而这菜馆也限定时间，而且供应量有限，若非趁早买票，难免枵腹游山。我们在轮船里的时候，吃饭分五六班，每班限定二十分钟，必须预先买票。膳厅里写明请勿喝酒。有一个乘客说："吃饭是一件任务。"我想：轮船里地方小，人多，倒也难怪；山上游览之区，饮食一定便当。岂知山上的菜馆不见得比轮船里好些。我很希望下年这种办法加以改善。为什么呢，这到底是游览之区！并不是学校或学习班！人们长年劳动，难得游山玩水，游兴好的时候难免把吃饭延迟些，跑得肚饥的时候难免想吃些点心。名胜之区的饮食倘能满足游客的愿望，使大家能够畅游，岂不是美上加美呢？然而庐山给我的总是好感，在饮食方面也有好感：青岛啤酒开瓶的时候，白沫四散喷射，飞溅到几尺之外。我想，我在上海一向喝光明啤酒，原来青岛啤酒气足得多。回家赶快去买青岛啤酒，岂知开出来同光明啤酒一样，并无白沫飞溅。啊，原来是海拔一千五百公尺的气压的关系！庐山上的啤酒真好！

快阁的紫藤花

■ 徐蔚南

细雨濛濛,百无聊赖之时,偶然从《花间集》里翻出了一朵小小的枯槁的紫藤花,花色早褪了,花香早散了。啊,紫藤花!你真令人怜爱呢!岂仅怜爱你,我还怀念着你底姊妹们——一架白色的紫藤,一架青莲色的紫藤——在那个园中静悄悄地消受了一宵冷雨,不知今朝还能安然无恙否?

啊,紫藤花!你常住在这诗集里吧;你是我前周畅游快阁的一个纪念。

快阁是陆放翁饮酒赋诗的故居,离城西南三里,正是鉴湖绝胜之处;去岁初秋,我曾经去过了,寒中又重游一次,前周复去是第三次了。但前两次都没有给我多大印象,这次去后,情景不同了,快阁底景物时时在眼前显现——尤其使人难忘的,便是那园中的两架紫藤。

快阁临湖而建,推窗外望,远处是一带青山,近年是隔湖的田亩。田亩间分出红黄绿三色:红的是紫云英,绿的是豌豆叶,黄的是油菜花。一片一片互相间着,美丽得远胜人间锦绣。东向,丛林中,隐约间露出一个塔尖,尤有诗意,桨声渔歌又不时从湖面飞来。这样的景色,晴天固然好,雨天也必神妙,诗人居此,安得不颓放呢?放翁自己说:"桥如虹,水如空,一叶飘然烟雨中,天教称放翁。"是的,确然天叫他称放翁的。

阁旁有花园二，一在前，一在后。前现的一个又以墙壁分成为二，前半叠假山，后半凿小池。池中植荷花；如在夏日，红莲白莲盖满一池，自当另有一番风味。池前有春花秋月楼，楼下有匾额曰"飞跃处"，此是指池鱼言。其实，池中只有很小很小的小鱼，要它跃也跃不起来，如何会飞跃呢？

园中的映山红和踯躅都很鲜妍，但远不及山中野生的自然。

自池旁折向北，便是那后花园了。

我们一踏进后花园，便有一架紫藤呈在我们眼前。这架紫藤正在开花最盛的时候，一球一球重叠盖在架上了，俯垂在架旁的尽是花朵。花心是黄的，花瓣是洁白的，而且看上去似乎很肥厚的。更有无数的野蜂在花朵上下左右嗡嗡地叫着——乱哄哄地飞着。它们是在采蜜吗？它们是在舞蹈吗？它们是在和花朵游戏吗？……

我在架下仰望这一堆花，一群蜂，我便想象这无数的白花朵是一群天真无垢的女孩子，伊们赤裸裸地在一块儿拥着，抱着，偎着，卧着，吻着，戏着；那无数的野蜂便是一大群底男孩，他们正在唱歌给伊们听，正在奏乐给伊们听。渠们是结恋了。渠们是在痛快地享乐那阳春。渠们是在创造只有青春只有恋爱的乐土。

这种想象决不是仅我一人所有，无论谁看了这无数的花和蜂都将生出一种神秘的想象来。同我一块儿去的方君看见了也拍手叫起来，他向那低垂的一球花朵热烈地亲了个嘴，说道："鲜美呀！呀，鲜美！"他又说："我很想把花朵摘下两枝来挂在耳上呢！"

离开这架白紫藤十几步，有一围短短的冬青，穿过一畦豌豆，又是一架紫藤。不过这一架是青莲色的，和那白色的相比，各有美处。但是就我个人说，却更爱这青莲色的，因为淡薄的青莲色呈在我眼前，便能使我感得一种和平，一种柔婉，并且使我有如饮了美酒，有如进了梦境。

很奇异,在这架花上,野蜂竟一只也没有。落下来的花瓣在地上已有薄薄的一层。原来这架花朵底青春已逝了,无怪野蜂散尽了。

我们在架下的石凳上坐了下来,观看那正在一朵一朵飘下的花儿。花也知道求人爱怜似的,轻轻地落了一朵在膝上,我俯下看时,颈项里感得飕飕地一冷,原来又是一朵。它接连着落下来,落在我们底眉上,落在我们底脚上,落在我们底肩上。我们在这又轻又软又香的花雨里几乎睡去了。

猝然"骨碌碌"一声怪响,我们如梦初醒,四目相向,颇形惊诧。即刻又是"骨碌碌"地响了。

方君说:"这是啄木鸟。"

临去时,我总舍不得这架青莲色的紫藤,便在地上拾了一朵夹在《花间集》里。夜深人静的时候,我每取出这朵花来默视一会儿。

大明湖之春

■ 老 舍

北方的春本来就不长,还往往被狂风给七手八脚的刮了走。济南的桃李丁香与海棠什么的,差不多年年被黄风吹得一干二净,地暗天昏,落花与黄沙卷在一处,再睁眼时,春已过去了!记得有一回,正是丁香乍开的时候,也就是下午两三点钟吧,屋中就非点灯不可了;风是一阵比一阵大,天色由灰而黄,而深黄,而黑黄,而漆黑,黑得可怕。第二天去看院中的两株紫丁香,花已像煮过一回,嫩叶几乎全破了!济南的秋冬,风倒很少,大概都留在春天刮呢。

有这样的风在这儿等着,济南简直可以说没有春天;那么,大明湖之春更无从说起。

济南的三大名胜,名字都起得好:千佛山,趵突泉,大明湖,都多么响亮好听!一听到"大明湖"这三个字,便联想到春光明媚和湖光山色等等,而心中浮现出一幅美景来。事实上,可是,它既不大,又不明,也不湖。

湖中现在已不是一片清水,而是用坝划开的多少块"地"。"地"外留着几条沟,游艇沿沟而行,即是逛湖。水田不需要多么深的水,所以水黑而不清;也不要急流,所以水定而无波。东一块莲,西一块蒲,土坝挡住了水,蒲苇又遮住了莲,一望无景,只见高高低低的"庄稼"。艇行沟内,如穿高粱地然,热气腾腾,碰巧了还臭气哄哄。夏天总算还好,假若水不太臭,多少总能闻到一些荷香,而且必能看到些绿叶儿。春天,则下有黑汤,旁有破烂的土坝;风又那么野,绿柳新蒲东倒西歪,恰似挣命。所以,它即不大,又不明,也不湖。

话虽如此,这个湖到底得算个名胜。湖之不大与不明,都因为湖已不湖。假若能把"地"都收回,拆开土坝,挖深了湖身,它当然可以马上既大且明起来;湖面原本不小,而济南又有的是清凉的泉水呀。这个,也许一时做不到。不过,即使做不到这一步,就现状而言,它还应当算作名胜。北方的城市,要找有这么一片水的,真是好不容易了。千佛山满可以不算数儿,配作个名胜与否简直没多大关系。因为山在北方不是什么难找的东西呀。水,可太难找了。济南城内据说有七十二泉,城外有河,可是还非有个湖不可。泉,池,河,湖,四者俱备,这才显出济南的特色与可贵。它是北方唯一的"水城",这个湖是少不得的。设若我们游湖时,只见沟而不见湖,请到高处去看看吧,比如在千佛山上往北眺望,则见城北灰绿的一片——大明湖;城外,华鹊二山夹着弯弯的一道灰亮光儿——黄河。这才明白了济南的不凡,不但有水,而且是这样多呀。

况且,湖景若无可观,湖中的出产可是很名贵呀。懂得什么叫作美的人或者不如懂得什么好吃的人多吧,游过苏州的往往只记得此地的点心,逛过西湖的提起来便念叨那里的龙井茶,藕粉与莼菜什么的,吃到肚子里的也许比一过眼的美景更容易记住,那么大明湖的蒲菜,茭白,白花藕,还真许是它驰名天下的重要原因呢。不论怎么说吧,这些东西既都是水产,多少总带着些南国风味;在夏天,青菜挑子上带着一束束的大白莲花出卖,在北方大概只有济南能这么"阔气"。

我写过一本小说——《大明湖》——在"一二·八"与商务印书馆一同被火烧掉了。记得我描写过一段大明湖的秋景,词句全想不起来了，只记得是什么什么秋。桑子中先生给我画过一张油画，也画的是大明湖之秋，现在还在我的屋中挂着。我写的，他画的，都是大明湖，而且都是大明湖之秋，这里大概有点意思。对了，只是在秋天，大明湖才有些美呀。济南的四季，唯有秋天最好，晴暖无风，处处明朗。这时候，请到城墙上走走，俯视秋湖，败柳残荷，水平如镜；唯其是秋色，所以连那些残破的土坝也似乎正与一切景物配合：土坝上偶尔有一两截断藕，或一些黄叶的野蔓，配着三五枝芦花，确是有些画意。"庄稼"已都收了，湖显着大了许多，大了当然也就显着明。不仅是湖宽水净，显着明美，抬头向南看半黄的千佛山就在面前，开元寺那边的"橛子"——大概是个塔吧——静静的立在山头上。往北看，城外的河水很清，菜畦中还生着短短的绿叶。往南往北，往东往西，看吧，处处空阔明朗，有山有湖，有城有河，到这时候，我们真得到个"明"字了。桑先生那张画便是在北城墙上画的，湖边只有几株秋柳，湖中只有一只游艇，水作灰蓝色，柳叶儿半黄。湖外，他画上了千佛山；湖光山色，联成一幅秋图，明朗，素净，柳梢上似乎吹着点不大能觉出来的微风。

　　对不起，题目是大明湖之春，我却说了大明湖之秋，可谁叫亢德先生出错了题呢！

辣 椒

■ 王了一

辣椒作为食品,不知起于何时。只听说孔子不撤姜食,却不曾说他吃辣椒。楚辞中"椒"字最多,离骚中有"杂申椒与菌桂兮",有"杯椒醑而要之",九歌中有"奠桂酒兮椒浆"。祭神的东西也该是人吃的东西,恰巧屈原又是湖南人,若说他吃辣椒,是可以说得通的。但是,依考据家的说法,诗经所谓"椒聊之实",离骚所谓"申椒"、"椒醑"、"椒浆",荆楚岁时记所谓"椒酒",都只是花椒,不是辣椒。由此看来,中国吃辣椒的习惯并不是自古而然的。

辣椒又名番椒,也许是来自西番。清代称川甘云贵等省边境的民族为番户;也许辣椒是由番户传入汉族的,但不一定晚到清代。依现在看来,喜欢辣椒的人多半是四川云南贵州湖南的住民,这一个假说似乎可以成立。然而咱们也不能全靠望文生义来做考证;譬如胡椒又何尝是来自匈奴的呢?我们希望旅行家帮助我们解决这个问题:如果阿拉伯、伊朗、阿富汗、印度各处都有吃辣椒的风俗,那么,"辣椒西来说"更可以确信无疑了。

可惜得很,咱们不知道发现辣椒的故事。据说咖啡是这样被发见的:从前亚比西尼亚有一个牧羊人,他看见他的羊群忽然精神兴奋,大跳大跑。他仔细研究原因,才知道它们啮食了某一种树的叶子和果实,以致如此。他采了些果实回家煎汤吃下去,果然他自己也精神兴奋起来。吃上了瘾，就常常煎来吃。后来人们把制法改良了，就成为今日的咖啡。至于辣椒，它是怎样被发见的呢？神农尝百草的时候一定没有遇见它；否则他不会放过了这种佐食的珍品，以致孔夫子只好吃姜。不过，批驳我的人也可以说：神农尝百草为的是觅药治病，并不想要发见好吃的东西。他很明白"良药苦口利于病"的道理，辣椒既然不苦，他自然不收它了。

　　辣椒的功用，据说是去湿气，助消化，除胃病。我不懂药性，但我猜想它助消化的能力，并不输给胡椒。凡物有幸有不幸，胡椒和辣椒亦复如是。从前有些荷兰人和葡萄牙人知道胡椒是好东西，就视为秘种，在南洋偷种着，把它磨成粉末，带到欧洲卖大价钱。至今法国还有一句俗语，形容物价太高就说"像胡椒一样贵"！后来到了十八世纪有个法国人名叫丕耶尔浦华佛尔的，他想法子得到了些胡椒种子，才把它公开了。所以法国人就把胡椒叫做"浦华佛尔"。现在西餐席上，胡椒瓶和盐瓶并列，西洋人认为"不可一日无此君"。至于辣椒呢，在西洋的菜场上虽偶然可以买到，但是欧洲人是不喜欢吃的。他们看见中国人吃还摇头呢！因此我们希望中国研究药性的科学家细心研究辣椒的功用，如果它真能去湿气，助消化，除胃病，就不妨把它郑重地介绍给西洋人。咱们也不希望留秘种，也不希望把大量的辣椒粉作为主要出产品，运到欧洲去卖大价钱；不过，至少得让西洋人知道中国人会吃好东西！

　　但是，在未向西洋人宣传以前，川滇黔湘的人应先向江浙闽粤及华北的人去宣传。川滇人把辣椒称为"辣子"，有亲之之意；江浙人叫它做"辣货"，则有远之之意。"辣货"不是比"泼辣货"只差一个字吗？至于闽粤各地，更有些地方完全不懂辣椒的好处的。据说广东的廉江遂溪一带，市面上没有辣椒卖，外省人到那里住的爱吃辣椒时，只好到荒地上找寻野生的辣椒。可见辣椒在中国也尽有发展的园地。只要西南的人肯努力宣传，"口之于味有同嗜焉"，我相信不久的将来，辣椒将成为全国的好友。据我所知，有几位素来不吃辣椒的太太，在长沙住了两三个月，居然吃起辣椒来；现在竟是相依为命，成为非椒不饱的人了。

在乡间住了一年多，更懂得辣椒的宝贵。贫穷的人家，辣椒算是最能下饭的好菜。人类是需要刺激的。大都市的人们从电影院和跳舞场中找刺激；乡下人没有这些。除了旱烟和烧酒之外，就只有椒辣能给他们以刺激了。辛苦了一天之后，"持椒把酒"，那一副怡然自得的神气，竟和骚人墨客的"持螯把酒"差不多。

辣椒之动人，在激，不在诱。而且它激得凶，一进口就像刺入了你的舌头，不像咖啡的慢性刺激。只凭这一点说，它已经具有"刚者"之强。湖南人之喜欢革命，有人归功于辣椒。依这种说法，现在西南各省支持抗战，不屈服，不妥协，自然更是受了辣椒的刚者之德的感召了。向来不喜欢辣椒的我，在辣椒之乡住了几年，颇有同化的倾向。近来新染胃病，更想一试良药。再者，最廉价的香烟每盒的价钱已经超过我每日的收入之半数，我在戒烟之后，很想找出一种最便宜而又最富于刺激性的替代品。因此，我现在已经下决心了和椒兄订交了。

海 上

■ 冰 心

谁曾在阴沉微雨的早晨,独自飘浮在岩石下面的一个小船上的,就要感出宇宙的静默凄黯的美。

岩石和海,都被阴雾笼盖得白蒙蒙的,海浪仍旧缓进缓退的,洗那岩石。这小船儿好似海鸥一般,随着拍浮。这浓雾的海上,充满了沉郁,无聊,——全世界也似乎和她都没有干涉,只有我管领了这静默凄黯的美。

两只桨平放在船舷上,一条铁索将这小船系在岩边,我一个人坐在上面,倒也丝毫没有惧怕,——纵然随水飘了去,父亲还会将我找回来。

微尘般的雾点,不时的随着微风扑到身上来,润湿得很。我从船的这边,扶着又走到那边,瞭望着,父亲一定要来找我的,我们就要划到海上去。

沙上一阵脚步响,一个渔夫,老得很,左手提着筐子,右手拄着竿子,走着便近了。

雨也不怕,雾也不怕,随水飘了去也不怕。我只怕这老渔夫,他是会诓哄小孩子,去卖了买酒喝的。——下去罢,他正坐在海边上;不去罢,他要是捉住我呢;我怕极了,只坚坐在船头上,用目光逼住他。

他渐渐抬起头来了,他看见我了,他走过来了;我忽然站起来,扶着船舷，要往岸上跳。

"姑娘呵！不要怕我，不要跳，——海水是会淹死人的。"

我止住了，只见那晶莹的眼泪，落在他枯皱的脸上；我又坐下，两手握紧了看着他。

"我有一个女儿——淹死在海里了，我一看见小孩子在船上玩，我心就要……"

我只看着他，——他用袖子擦了擦眼泪，却又不言语。

深黑的军服，袖子上几圈的金线，呀！父亲来了，这里除了他没有别人袖子上的金线还比他多的，——果然是父亲来了。

"你这孩子，阴天还出来做甚么！海面上不是玩的去处！"我仍旧笑着跳着，攀着父亲的手。他斥责中含有慈爱的言词，也和母亲催眠的歌，一样的温煦。

"爹爹，上来，坐稳了罢，那老头儿的女儿是掉在海里淹死了的。"父亲一面上了船，一面望了望那老头儿。

父亲说："老头儿，这海边是没有大鱼的，你何不……"

他从沉思里，回过头来，看见父亲，连忙站起来，一面说："先生，我知道的，我不愿意再到海面上去了。"

父亲说："也是，你太老了，海面上不稳当。"

他说："不是不稳当，——我的女儿死在海里了，我不忍再到她死的地方。"

我倚在父亲身畔，我想："假如我掉在海里死了，我父亲也要抛弃了他的职务，永远不到海面上来么？"

渔人又说："这个小姑娘，是先生的……"父亲笑说："是的，是我的女儿。"

渔人嗫嚅着说："究竟小孩子不要在海面上玩，有时会有危险的。"

我说:"你刚才不是说你的女儿……"父亲立刻止住我,然而渔人已经听见了。

他微微的叹了一声,"是呵!我的女儿死了三十年了,我只恨我当初为何带她到海上来。——她死的时候刚八岁,已经是十分的美丽聪明了,我们村里的人都夸我有福气,说龙女降生在我们家里了;我们自己却疑惑着;果然她只送给我们些眼泪,不是福气,真不是福气呵!"

父亲和我都静默着,望着他。

"她只爱海,整天里坐在家门口看海,不时的求我带她到海上来,她说海是她的家,果然海是她永久的家。——三十年前的一日,她母亲回娘家去,夜晚的时候,我要去打鱼了,她不肯一个人在家里,一定要跟我去。我说海上不是玩的去处,她只笑着,缠磨着我,我拗她不过,只得依了她,她在海面上乐极了。"

他停了一会儿——雾点渐渐的大了,海面上越发的阴沉起来。

"船旁点着一盏灯,她白衣如雪,攀着帆索,站在船头,凝望着,不时的回头看着我,现出喜乐的微笑。——我刚一转身,灯影里一声水响,她……她滑下去了。可怜呵!我至终没有找回她来。她是龙女,她回到她的家里去了。"

父亲面色沉寂着,嘱咐我说:"坐着不要动。孩子!他刚才所说的,你听见了没有?"一面自己下了船,走向那在岩石后面呜咽的渔人。浓雾里,她的父亲,和我的父亲都看不分明。

要是他忘不下他的女儿,海边和海面却差不了多远呵!怎么海边就可以来,海面上就不可以去呢?

要是他忘得下他的女儿,怎么三十年前的事,提起来还伤心呢?

人要是回到永久的家里去的时候,父亲就不能找他回来么?

我不明白，我至终不明白。——雾点渐渐的大了，海面上越发的阴沉起来。

谁曾在阴沉微雨的早晨，独自飘浮在小船上面？——这浓雾的海上，充满了沉郁无聊，全世界也似乎和她都没有干涉，只有我管领了这静默黯凄的美。

西湖的六月十八夜

■ 俞平伯

我写我的"仲夏夜梦"罢。有些踪迹是事后追寻,恍如梦寐,这是习见不鲜的;有些,简直当前就是不多不少的一个梦,那更不用提什么忆了。这儿所写的正是佳例之一。

在杭州住着的,都该记得阴历六月十八这一个节日罢。它比什么寒食,上巳,重九……都强,在西湖上可以看见。

杭州人士向来是那么寒乞相的;(不要见气,我不算例外。)惟有当六月十八的晚上,他们的发狂倒很像有点彻底的。(这是鲁迅君赞美蚊子的说法。)这真是佛力庇护——虽然那时班禅还没有去。

说杭州是佛地,如其是有佛的话,我不否认它配有这称号。即此地所说的六月十八,其实也是个佛节日。观世音菩萨的生日听说在六月十九,这句话从来远矣,是千真万确的了,而十八正是它的前夜。

三天竺和灵隐本来是江南的圣地,何况又恭逢这位"大慈大悲救苦救难观世音菩萨"的芳诞,——又用靓丽的字样了,死罪,死罪!——自然在进香者的心中,香烧得早,便越恭敬,得福越多,这所谓"烧头香"。他们默认以下的方式:得福的多少以烧香的早晚为正比例,得福不嫌多,故烧香不怕早。一来二去,越提越早,反而晚了。(您说这多么费解。)于是便宜了六月十八的一夜。

不知是谁的诗我忘怀了,只记得一句,可以想象从前西子湖的光景，这是"三面云山一面城"。现在打桨于湖上的，却永无缘拜识了。云山是依然，但濒湖女墙的影子哪里去了？我们凝视东方，在白日只是成列的市廛，在黄昏只是星星的灯火，虽亦不见得丑劣；但没出息的我总会时常去默想曾有这么一带森严曲折颓败的雉堞，倒印于湖水的纹衣里。

从前既有城，即不能没有城门。滨湖之门自南而北凡三：曰清波，曰涌金，曰钱塘，到了夜深，都要下锁的。烧香客人们既要赶得早，且要越早越好，则不得不设法飞跨这三座门。他们的妙法不是爬城，不是学鸡叫，（这多么下作而且险！）只是隔夜赶出城。那时城外荒荒凉凉的，没有湖滨聚英，更别提西湖饭店新新旅馆之流了，于是只好作不夜之游，强颜与湖山结伴了。好在天气既大热，又是好月亮，不会得受罪的。至于放放荷灯这种把戏，都因为惯住城中的不甘清寂，才想出来的花头，未必真有什么雅趣。杭州人有了西湖，乃老躲在城里，必要被官府（关城门）、佛菩萨（做生日）两重逼迫着方始出来晃荡这一夜；这真是寒乞相之至了。拆了城依旧如此，我看还是惰性难除罢，不见得是彻底发泄豇气呢。

我在杭州一住五年，却只过了一个六月十八夜；暑中往往他去，不是在美国就是在北京。记得有一年上，正当六月十八的早晨我动身北去的，莹环他们却在那晚上讨了一支疲惫的划子，在湖中飘泛了半晌。据说那晚的船很破烂，游得也不畅快；但她既告我以游踪，毕竟使我愕然。

去年住在俞楼，真是躬逢其盛。是时和H君一家还同住着。H君平日兴致是极好的，他的儿女们更渴望着这佳节。年年住居城中，与湖山究不免隔膜，现在却移家湖上了。上一天先忙着到岳坟去定船。在平时泛月一度，约费杖头资四五角，现在非三元不办了。到十八下午，我们商量着去到城市买些零食，备嬉游时的咬嚼。我俩和 Y、L 两小姐，背着夕阳，打桨悠悠然去。

　　归途车上白沙堤，则流水般的车儿马儿或先或后和我们同走。其时已黄昏了。呀，湖楼附近竟成一小小的市集。楼外楼高悬着炫目的石油灯，酒人已如蚁聚。小楼上下及楼前路畔，填溢着喧哗和繁热。夹道树下的小摊儿们，啾啾唧唧在那边做买卖。如是直接于公园，行人来往，曾无闲歇。偏西一望，从岳坟的灯火，瞥见人气的浮涌，与此地一般无二。这和平素萧萧的绿杨，寂寂的明湖大相径庭了。我不自觉的动了孩子的兴奋。

　　饭很不得味的匆匆吃了，马上就想坐船。——但是不巧，来了一群女客，须得尽先让她们耍子儿；我们惟有落后了。H 君是好静的，主张在西泠桥畔露地憩息着，到月上了再去荡桨。我们只得答应着；而且我们也没有船，大家感着轻微的失意。

　　西泠桥畔依然冷冷清清的。我们坐了一会儿，听远处的箫鼓声，人的语笑都迷蒙疏阔得很，顿遭逢一种凄寂，迥异我们先前所期待的了。偶然有两三盏浮漾在湖面的荷灯飘近我们，弟弟妹妹们便说灯来了。我瞅着那伶俜摇摆的神气，也实在可怜得很呢。后来有日本仁丹的广告船，一队一队，带着成列的红灯笼，沉填的空大鼓，火龙般的在里湖外湖间穿走着，似乎抖散了一堆寂寞。但不久映入水心的红意越宕越远越淡，我们以没有船赶它们不上，更添许多无聊——淡黄月已在东方涌起，天和水都微明了。我们的船尚在渺茫中。

　　月儿渐高了，大家终于坐不住，一个一个的陆续溜回俞楼去。H 君因此不高兴，也走回家。那边倒还是热闹的。看见许多灯，许多人影子，竟有归来之感，我一身尽是俗骨罢？嚼着方才亲自买来的火腿,咸得很,乏味乏味!幸而客人们不久散尽了,船儿重系于柳下,时候虽不早,我们还得下湖去。我鼓舞起孩子的兴致来:"我们去。我们快去罢!"

红明的莲花飘流于银碧的夜波上,我们的划子追随着它们去。其实那时的荷灯已零零落落,无复方才的盛。放的灯真不少,无奈抢灯的更多。他们把灯都从波心里攫起来,摆在船上明晃晃地,方始踌躇满志而去。到烛烬灯昏时,依然是条怪蹩脚的划子,而湖面上却非常寥落;这真是杀风景。"摇摆,上三潭印月。"

西湖的画舫不如秦淮河的美丽;只今宵一律妆点以温明的灯饰,嘹亮的声歌,在群山互拥,孤月中天,上下莹澈,四顾空灵的湖上,这样的穿梭走动,也觉别具丰致,决不弱于她的姊妹们。用老旧的比况,西湖的夏是"林下之风",秦淮河的是"闺房之秀"。何况秦淮是夜夜如斯的;在西湖只是一年一度的美景良辰,风雨来时还不免虚度了。

公园码头上大船小船挨挤着。岸上石油灯的苍白芒角,把其他的灯姿和月色都逼得很黯淡了,我们不如别处去。我们甫下船时,远远听得那边船上正缓歌《南吕懒画眉》,等到我们船拢近来,早已歌阑人静了,这也很觉怅然。我们不如别处去。船渐渐的向三潭印月划动了。

中宵月华皎洁,是难于言说的。湖心悄且冷;四岸浮动着的歌声人语,灯火的微芒,合拢来却晕成一个繁热的光圈儿围裹着它。我们的心因此也不落于全寂,如平时夜泛的光景;只是伴着少一半的兴奋,多一半的怅惘,软软地跳动着。灯影的历乱,波痕的皱皱,云气的奔驰,船身的动荡……一切都和心象相溶合。柔滑是入梦的惟一象征,故在当时已是不多不少的一个梦。

及至到了三潭印月，灯歌又烂漫起来，人反而倦了。停泊了一歇，绕这小洲而游，渐入荒寒境界；上面欹侧的树根，旁边披离的宿草，三个圆尖石潭，一支秃笔样的雷峰塔，尚同立于月明中。湖南没有什么灯，愈显出波寒月白；我们的眼渐渐饧涩得抬不起来了，终于摇了回去。另一划船上奏着最流行的三六，柔曼的和音依依地送我们的归船。记得从前 H 君有一断句是"遥灯出树明如柿"，我对了一句"倦桨投波密过饧"；虽不是今宵的眼前事，移用却也正好。我们转船，望灯火的丛中归去。

梦中行走般的上了岸，H 君夫妇回湖楼上，我们还恋恋于白沙堤上尽徘徊着。楼外楼仍然上下通明，酒人尚未散尽。路上行人三三五五，络绎不绝。我们回头再往公园方面走，泊着的灯船少了一些，但也还有五六条。其中有一船挂着招帘，灯亦特别亮，是卖凉饮及吃食的，我们上去喝了些汽水。中舱端坐着一个华妆的女郎，虽然不见得美，我们乍见，误认她也是客人，后来不知从那儿领悟出是船上的活招牌，才恍然失笑，走了。

不论如何的疲惫无聊，总得拼到东方发白才返高楼寻梦去；我们谁都是这般期待的。奈事不从人愿，H 君夫妇不放心儿女们在湖上深更浪荡，毕竟来叫他们回去。顶小的一位 L 君临去时只咕噜着："今儿顽得真不畅快！"但仍旧垂着头蹀回去了。只剩下我们，踽踽凉凉如何是了？环又是不耐夜凉的。"我们一逃走罢！"

他们都上重楼高卧去了。我俩同凭着疏朗的水泥栏，一桁楼廊满载着月色，见方才卖凉饮的灯船复向湖心动了。活招牌式的女人必定还支撑着倦眼端坐着呢，我俩同时作此想。叮叮当，叮叮冬，那船在西倾的圆月下响着。远了，渐渐听不真，一阵夜风过来，又是叮……当，叮……冬。

一切都和我疏阔，连自己在明月中的影子看起来也朦胧得甚于烟雾。才想转身去睡；不知怎的脚下踌躇了一步，于是箭逝的残梦俄然一顿，虽然马上又脱镞般飞驶了。这场怪短的"仲夏夜梦"，我事后至今不省得如何对它。它究竟回过头瞟了我一眼才走的，我哪能怪它。喜欢它吗？不，一点不！

听 潮

■鲁 彦

一年夏天,我和妻坐着海轮,到了一个有名的岛上。

这里是佛国,全岛周围30里内,除了七八家店铺以外,全是寺院。岛上没有旅店,每一个寺院都特设了许多客房给香客住宿。而到这里来的所谓香客,有很多是游览观光的,不全是真正烧香拜佛的香客。

我们就在一个比较幽静的寺院里选了一间房住下来,——这是一间靠海湾的楼房,位置已经相当的好,还有一个露台突出在海上,朝晚可以领略海景,尽够欣幸了。

每天潮来的时候,听见海浪冲击岩石的音响,看见空际细雨似的,朝雾似的,暮烟似的飞沫升落;有时它带着腥气,带着咸味,一直冲进我们的窗棂,粘在我们的身上,润湿着房中的一切。

"现在这海就完全属于我们的了!"当天晚上,我们靠着露台的栏杆,赏鉴海景的时候,妻欢心地呼喊着说。

大海上一片静寂。在我们的脚下,波浪轻轻吻着岩石,像朦胧欲睡似的。在平静的深黯的海面上,月光辟开了一款狭长的明亮的云汀,闪闪地颤动着,银鳞一般。远处灯塔上的红光镶在黑暗的空间,像是一颗红玉。它和那海面的银光在我们面前揭开了海的神秘,——那不是狂暴的不测的可怕的神秘,而是幽静的和平的愉悦的神秘。我们的脚下仿佛轻松起来,平静地,宽廓地,带着欣幸与希望,走上了那银光的路，朝向红玉的琼台走去。

这时候，妻心中的喜悦正和我一样，我俩一句话都没有说。

海在我们脚下沉吟着，诗人一般。那声音仿佛是朦胧的月光和玫瑰的晨雾那样温柔；又像是情人的蜜语那样芳醇；低低地，轻轻地，像微风拂过琴弦；像落花飘零在水上。

海睡熟了。

大小的岛拥抱着，偎依着，也静静地恍惚入了梦乡。

星星在头上眨着慵懒的眼睑，也像要睡了。

许久许久，我俩也像入睡了似的，停止了一切的思念和情绪。

不晓得过了多少时候，远寺的钟声突然惊醒了海的酣梦，它恼怒似的激起波浪的兴奋，渐渐向我们脚下的岩石掀过来，发出汩汩的声音，像是谁在海底吐着气，海面的银光跟着晃动起来，银龙样的。接着我们脚下的岩石上就像铃子、铙钹、钟鼓在奏鸣着，而且声音愈响愈大起来。

没有风。海自己醒了，喘着气，转侧着，打着呵欠，伸着懒腰，抹着眼睛。因为岛屿挡住了它的转动，它狠狠的用脚踢着，用手推着，用牙咬着。它一刻比一刻兴奋，一刻比一刻用劲。岩石也仿佛渐渐战栗，发出抵抗的嗥叫，击碎了海的鳞甲，片片飞散。

海终于愤怒了。它咆哮着，猛烈地冲向岸边袭击过来，冲进了岩石的罅隙里，又拨剌着岩石的壁垒。

音响就越大了。战鼓声，金锣声，呐喊声，叫号声，啼哭声，马蹄声，车轮声，机翼声，掺杂在一起，像千军万马混战了起来。

银光消失了。海水疯狂地汹涌着，吞没了远近大小的岛屿。它从我们的脚下扑了过来，响雷般地怒吼着，一阵阵地将满含着血腥的浪花泼溅在我们的身上。

"彦，这里会塌了！"妻战栗起来叫着说，"我怕！"

"怕什么。这是伟大的乐章！海的美就在这里。"我说。

退潮的时候，我扶着她走近窗边，指着海说："一来一去，来的时候凶猛；去的时候又多么平静呵！一样的美。"

然而她怀疑我的话。她总觉得那是使她恐惧的。但为了我，她仍愿意陪着我住在这个危楼。

我喜欢海，溺爱着海，尤其是潮来的时候。因此即使是伴妻一道默坐在房里，从闭着的窗户内听着外面隐约的海潮音，也觉得满意，算是尽够欣幸了。

西湖的雪景

■ 钟敬文

　　从来谈论西湖之胜景的，大抵注目于春夏两季；而各地游客，也多于此时翩然来临。——秋季游人已暂少，入冬后，则更形疏落了。这当中自然有以致其然的道理。春夏之间，气温和暖，湖上风物，应时佳胜，或"杂花生树，群莺乱飞"，或"浴晴鸥鹭争飞，拂袂荷风荐爽"，都是要教人眷眷不易忘情的。于此时节，往来湖上，沉醉于柔媚芳馨的情味中，谁说不应该呢？但是春花固可爱，秋月不是也要使人销魂么？四时的烟景不同，而真赏者各能得其佳趣；不过，这未易以论于一般人罢了。高深父先生曾告诉过我们："若能高朗其怀，旷达其意，超尘脱俗，别具天眼，揽景会心，便得真趣。"我们虽不成材，但对于先贤这种深于体验的话，也忍只当做全无关系的耳边风么？

　　自宋朝以来，平章西湖风景的，有所谓"西湖十景，钱塘十景"之说，虽里面也曾列入"断桥残雪"，"孤山霁雪"两个名目，但实际上，真的会去赏玩这种清寒不很近情的景致的，怕没有多少人吧。《四时幽赏录》的著者，在"冬时幽赏"门中，言及雪景的，几占十分的七八；其名目有"雪霁策蹇寻梅中""三茅山顶望江天雪霁"，"西溪道中玩雪"，"扫雪烹茶玩画"，"雪夜煨芋谈禅"，"山窗听雪敲竹"，"雪后镇海楼观晚炊"等。其中大半所述景色，读了不禁移人神思，固不徒文字粹美而已呢。但他是一位潇洒出尘的名士，所以能够有此独具心眼的幽赏；我们一方面自然佩服他心情的深湛，另方面却也可以证出能领略此中奥味者之所以稀少的必然了。

西湖的雪景，我共玩了两次。第一次是在此间初下雪的第三天。我于午前十点钟时才出去。一个人从校门乘黄包车到湖滨，下车，徒步走出钱塘门，经白堤，旋转入孤山路，沿孤山西行，到西冷桥，折由大道回来。此次雪本不大，加以出去时间太迟，山野上盖着的，大都已消去，所以没有什么动人之处。现在我要细述的，是第二次的重游呢。

那天是一月念四日。因为在床上感到意外冰冷之故，清晨初醒来时，我便预知昨宵是下了雪。果然，当我打开房门一看时，对面房屋的瓦上全变成白色了，天井中一株木樨花的枝叶上，也黏缀着一小堆一小堆的白粉。详细的看去，觉得比日前两三回所下的都来得大些。因为以前的，虽然也铺盖了屋顶，但有些瓦沟上却仍然是黑色，这天却一色地白着，绝少铺不匀的地方了。并且都厚厚的，约莫有一两寸高的程度。日前的雪，虽然铺满了屋顶，但于木樨花树，却好像全无关系似的，此回它可不免受影响了，这也是雪落得比较大些的明证。

老李照例是起得很迟的，有时我上了两课下来，才看见他在房里穿衣服，预备上办公厅去。这天，我起来跑到他的房里，把他叫醒之后，他犹带着几分睡意的问我："老钟，今天外面有没有下雪？"我回答他说："不但有呢，并且颇大。"他起初怀疑，直待我把窗内的白布幔拉开，让他望见了屋顶才肯相信。"老钟，我们今天到灵隐去耍子吧？"他很高兴的说。我"哼"的应了一声，便回到自己的房里来了。

我们在校门上车时，大约已九点钟左右了。时小雨霏霏，冷风拂人如泼水。从车帘两旁缺处望出去，路旁高起之地，和所有一切高低不平的屋顶，都撒着白面粉似的，又如铺陈着新打好的棉被一般。街上的已大半变成雪泥，车子在上面碾过，不绝的发出唧唧的声音，与车轮转动时磨擦着中间横木的音响相杂。

我们到了湖滨，便换登汽车。往时这条路线的搭客是颇热闹的，现在却很零落了。同车的不到十个人，为遨游而来的客人还怕没有一半。当车驶过白堤时，我们向车外眺望内外湖风景，但见一片迷濛的水气弥漫着，对面的山峰，只有一个几于辨不清楚的薄影。葛岭、宝石山这边，因为距离比较密迩的缘故，山上的积雪和树木，大略可以看得出来；但地位较高的保俶塔，便陷于朦胧中了。到西泠桥前近时，再回望湖中，见湖心亭四围枯秃的树干，好似怯寒般的在那里呆立着。我不禁联想起《陶庵梦忆》中一段情词俱幽绝的文字来：

> 崇祯五年十二月，余住西湖。大雪三日，湖中人鸟声俱绝。是日更定矣，余拏一小舟，拥毳衣炉火，独往湖心亭，看雪雾凇远砀，天与云与水上下一白。湖上影子，惟长堤一痕，湖心亭一点，与余舟一芥，舟中人两三粒而已。到亭上，有两人铺毡对坐，一童子烧酒，炉正沸。见余大喜，曰："湖中焉得更有此人！"拉余同饮，余强饮三大白而别。问其姓氏，是金陵人，客此。及下船，舟子喃喃曰："莫说相公痴，更有痴似相公者！"（《湖心亭看雪》）

不知这时的湖心亭上，尚有此种痴人否？心里不觉漠然了一会。车过西泠桥以后，车暂驶行于两边山岭林木连接着的野道中。所有的山上，都堆积着很厚雪块，虽然不能如瓦屋上那样铺填得均匀普遍,那一片片清白的光彩,却尽够使我感到宇宙的清寒、壮旷与纯洁!常绿树的枝叶上所堆着的雪,和枯树上的,很有差别。前者因为有叶子衬托着之故,雪片特别堆积得大块点,远远望去,如开满了白的山茶花,或吾乡的水锦花。后者,则只有一小小块的雪片能够在上面黏着不堕落下去,与刚着花的梅李树绝地相似。实在,我初头几乎把那些近在路旁的几株错认了。野上半黄或全赤了的枯草,多压在两三寸厚的雪褥下面;有些枝条软弱的树,也被压抑得欹欹倒倒。路上行人很稀少。道旁野人的屋里,时见有衣饰破旧而笨重的老人、童子,在围着火炉取暖。看了那种古朴清贫的情况,仿佛令我忘怀了我们所处时代的纷扰,繁遽了。

到了灵隐山门,我们便下车了。一走进去,空气怪清冷的,不但没有游客,往时那些卖念珠、古钱、天竺筷子的小贩子也不见了。石道上铺积着颇深的雪泥。飞来峰疏疏落落的着了许多雪块,清冷亭及其他建筑物的顶面,一例的密盖着纯白色的毡毯。一个拍照的,当我们刚进门时,便紧紧的跟在后面,因为老李的高兴,我们便在清冷亭旁照了两个影。

好奇心打动着我,使我感觉到眼前所看到的之不满足,而更向处境较幽深的韬光庵去。我幽悄地尽移着步向前走,老李也不声张的跟着我。从灵隐寺到韬光庵的这条山径,实际上虽不见怎样的长;但颇深曲而饶于风致。这里的雪,要比城中和湖上各处都大些。在径上的雪块,大约有半尺来厚,两旁树上的积雪,也比来路上所见的浓重。曾来游玩过的人,该不会忘记的吧,这条路上两旁是怎样的繁植着高高的绿竹。这时,竹枝和竹叶上,大都着满了雪,向下低低地垂着。《四时幽赏录》"山窗听雪敲竹"又云:"飞雪有声,惟在竹间最雅。山窗寒夜,时听雪洒竹林,淅沥萧萧,连翩瑟瑟,声韵悠然,逸我清听。忽尔回风交急,折竹一声,使我寒毡增冷。"这种风味,可惜我没有福分消受呢。

在冬天,本来是游客冷落的时候,何况这样雨雪清冷的日子呢?所以当我们跑到庵里时,别的游人一个都没有,——这在我们上山时看山径上的足迹便可以晓得的——而僧人的眼色里,并且也有一种觉得怪异的表示。我们一直跑上最后的观海亭。那里石阶上下都厚厚地堆满了水沫似的雪,亭前的树上,雪着得很重,在雪的下层并结了冰块。旁边有几株山茶花,正在艳开着粉红色的花朵。那花朵有些堕下来的,半掩在雪花里,红白相映,色彩灿然,使我们感到华而不俗,清而不寒;因而联忆起那"天寒翠袖薄,日暮倚修竹"的美人儿来。

登上这亭,在平日是可以近瞰西湖,远望浙江,甚而至于缥缈的沧海的,可是此刻却不能了。离庵不远的山岭、僧房、竹树、尚勉强可见,稍远则封锁在茫漠的烟雾里了。

空斋踢壁卧,忽梦溪山好。朝骑秃尾驴,来寻雪中道。石壁引孤松,长空没飞鸟。不见远山横,寒烟起林杪。(《雪中登黄山》)

我倚着亭柱,默默地在咀嚼着王渔洋这首五言诗的清妙;尤其是结尾两句,更道破了雪景的三昧。但说不定许多没有经验的人,要妄笑它是无味的诗句呢。文艺的真赏鉴,本来是件不容易的事,这又何必咄咄见怪?自己解说了一番,心里也就释然了。

本来拟在僧房里吃素面的,不知为什么,竟跑到山门前的酒楼喝酒了,老李不能多喝,我一个人也就无多兴致干杯了。在那里,我把在山径上带下来的一团冷雪,放进在酒杯里混着喝。堂倌看了说:"这是顶上的冰淇淋呢。"

半因为等不到汽车,半因为想多玩一点雪景,我们决意步行到岳坟才叫划子去游湖。一路上,虽然走的是来时汽车经过的故道,但在徒步观赏中,不免觉得更有情味了。我们的革履,踏着一两寸厚的雪泥前进,频频地发出一种清脆的声音。有时路旁树枝上的雪块,忽然掉了下来,着在我们的外套上,正前人所谓"玉堕冰柯,沾衣生湿"的情景。我迟回着我的步履,旷展着我的视域,油然有一脉浓重而灵秘的诗情,浮上我的心头来,使我幽然意远,漠然神凝。郑綮答人家自己的诗思,在灞桥雪中、驴背上,真是怪懂得趣儿的说法!

当我们在岳王庙前登舟时,雪又纷纷的下起来了。湖里除了我们的一只小划子以外,再看不到别的舟楫。平湖漠漠,一切都沉默无哗。舟穿过西泠桥,缓泛里西湖中,孤山和对面诸山及上下的楼亭、房屋,都白了头,在风雪中兀立着。山径上,望不见一个人影;湖面连水鸟都没有踪迹,只有乱飘的雪花堕下时,微起些涟漪而已。柳宗元诗云:"千山鸟飞绝,万径人踪灭,孤舟蓑笠翁,独钓寒江雪。"我想这时如果有一个渔翁在垂钓,它很可以借来说明眼前的景物呢。

舟将驶近断桥的时候,雪花飞飘得更其凌乱。我们向北一面的外套,差不多大半白而且湿了。风也似乎吹得格外紧劲些,我的脸不能向它吹来的方面望去。因为革履渗进了雪水的缘故,双足尤冰冻得难忍。这时,从来不多开过口的舟子,忽然问我们说:"你们觉得此处比较寒冷么?"我们问他什么缘故。据说是宝石山一带的雪山风吹过来的原因。我于是默默的兴想到智识的范围和它的获得等重大的问题上去了。

我们到湖滨登岸时，已是下午三点余钟了。公园中各处都堆满了雪，有些已变成泥泞。除了极少数在待生意的舟子和别的苦力之外，平日朝夕在此间舒舒地来往着的少男少女、老爷太太，此时大都密藏在"销金帐中，低斟浅酌，饮羊羔美酒，——至少也靠在腾着血焰的火炉旁，陪伴家人或挚友，无忧虑地在大谈其闲天。——以享乐着他们幸福的时光，再不愿来风狂雪乱的水涯，消受贫穷人所应受的寒冷了！

这次的薄游，虽然也给了我些牢骚和别的苦味，但我要用良心做担保的说，它所给予我的心灵深处的欢悦，是无穷地深远的！可惜我的诗笔是钝秃了。否则，我将如何超越了一切古诗人的狂热地歌咏着它呢！

好吧，容我在这儿诚心沥情地说一声，谢谢雪的西湖，谢谢西湖的雪！

克钦山道中

■艾 芜

由土司地方干崖坝的峦线街到缅甸八募平原的小田坝，其间一共三天的路程，都是在克钦山中。就山的名字看来，地图上和习惯上叫做野人山，的确有些吓人，似乎旅行到那里去，是多少含着些冒险性质的，然而当我在山中走着的时候，恐惧的心情，却并没有怎样起过。这并不是我的胆子大，也不是在旅途上先明白了一点儿山中的情形。实际上，可以说是沿途的山景太美好了，竟将我的好奇心，统统吸引住，来不及想到其他可怕的事情。——那时是在一九二七年的春天。

山带着杂乱的群峰，横躺在滇缅界间，气候和印度半岛的，全然一样，长年都是很热的。五月到十月，整天落着雨，十月到次年的四月，终日出着太阳。我经过时，恰是干季，丰盛的树木，和强烈的阳光，正装扮出一条又光明又翠绿的迂回山道。缠在大树身上的藤子，修长地坠了下来，用它那柔嫩的叶尖，或是小花朵的瓣子，爱抚着旅人的头发。不知名的草木的清香，随着轻微的山风，替人殷勤地扫着夹在峰间的长路。从树疏处，远望去，远峰拥着黛色的树层，在淡蓝的天幕上，绘着各样娟秀的姿影；近处则偶然可以看见一两只敞开花衣的孔雀，从绝绿的叶海里浮了出来，又很迅速地没落下去。山路是沿着南下的槟榔江的，但因冈峦起伏的原故，有时虽看得见在峡中喷着白沫的江水，看得见在水中浴着的野象，却也有时隔得远远的,连怒吼着的声音,亦竟至听不见一些儿了。在中国领地内的一节路,显得荒凉些,野花会暗自抓人的裤脚,然而走了半天,到了古尔卡之后,却就完全大大改变,虽是仍旧弯曲,但弄得很平坦,缓行的汽车,我相信是可以通过的。倘若细察路旁的草中,啤酒瓶的软木塞,香烟的头子,大约是可以发现得出的。这即是说二十世纪文明的风已在此地吹着了。

整天走着,望不见一所烟火人家,但有时,却可以听见铃声远远地摇曳过来,等到峰折路转的时候,驮着洋线子洋油之类的马队,便汗流气喘地一匹匹现出,又带着铃声响到远山去。这时就会使独个儿走着的旅人,感到空山的寂寞和旅味的怆凉了。

走到黄昏时候,渴想遇着任何人了,便会在比山路稍为低下一点儿的小山谷中,瞧见几所杂着芭蕉芒果的灰色的草屋顶,而那勾人饥肠的鲜蓝炊烟,也在入夜的迷蒙天色中缕缕地升了起来,或是随着急性子的晚风,盘在屋上打旋子。

"呵,可好了!"

我想,不论谁到这里大概都要这么欢快地叫一声吧。走到竹篱笆的门前,也许你会碰见一两个克钦人的,那腰上挂着长刀,那嚼着槟榔的血红嘴唇,那带着野性不驯的眸子,准会使你大吃一惊。然而,你马上就不心跳了,因为像你一样面孔的主人,已经立在边缘不大齐整的茅檐下面,对你打着招呼,现出微笑。如果主人更懂事一点,就会说:"他们是下山来卖柴的。"那便使你更加宁静,而且高兴地转身去细看:克钦人正现着短衣包帕的矫健姿影,慢慢爬上山坡,没入夜影深深的林莽里去。

在木盆子里洗足时,会有从瓦城或是猛拱回到云南去的客人,站在旁边,同你搭白,开口老乡闭口老乡地问你米卖多少钱一斤,今年收成还好么一类的话,同时他的一只手,玩弄着吊在他那皮裤腰带上的许多钥匙和口哨子,仿佛在有意无意地表示他的富有。如果他同你还谈得上的话,这样的嘱咐,也会有的:

"怎么?你还带着长衣来穿么?人家会笑话你的……"

你不由得再看他一下:上面西装白汗衣,下面中国式的大脚统裤子。好漂亮的装束呵!

望到屋后的马场:汉人驮洋货的马,傣族人驮米的黄牛,都在那里息夜了,从竹窗外送进摇动尾巴和嚼干草的声音,好像夏夜的小雨洒在秧苗上那么似地轻响着。管牛和邀马的人,在空地上生起野火,开始煮着晚餐了。夜幕缓缓降落着,四山里的猴子,呼唤的嗓音,也在渐渐低微,旁边大盈江的江涛,却开始宏大起来。

夜饭后,傣族人拖长声音唱着,山谷和茅屋便在悲凉婉转的歌调中徐徐地睡去。半夜之际,有人动身走路了,带着手电筒,一股雪白的光芒,移向山坡去。——这是私烟贩子赶路躲开侦缉人员的。

次日一早醒来,猴子在峰上欢叫着,一望的绿叶上,都浮闪着晴美的阳光。山中真好睡呵,你一面揉着眼睛,就会这样想着的。像这样的店家,在这克钦山中,共有两处,一叫芭蕉寨,一叫茅草地,如今还使我深深怀念着。尤其是我在那里做过半年苦工的茅草地,我永远不会忘记它的。

江行的晨暮

■ 朱　湘

美在任何的地方，即使是古老的城外，一个轮船码头的上面。

等船，在划子上，在暮秋夜里九点钟的时候，有一点冷的风。天与江，都暗了；不过，仔细的看去，江水还浮着黄色。中间所横着的一条深黑，那是江的南岸。

在众星的点缀里，长庚星闪耀得像一盏较远的电灯。一条水银色的光带晃动在江水之上，看得见一盏红色的渔灯。

岸上的房屋是一排黑的轮廓。

一条趸船在四五丈以外的地点。模糊的电灯，平时令人不快的，在这时候，在这条趸船上，反而，不仅是悦目，简直是美了。在它的光围下面，聚集着一些人形的轮廓。不过，并听不见人声，像这条划子上这样。

忽然间，在前面江心里，有一些黝黯的帆船顺流而下，没有声音，像一些巨人的鸟。

一个商埠旁边的清晨。

太阳升上了有二十度，覆碗的月亮与地平线还有四十度的距离。几大片鳞云粘在浅碧的天空里；看来，云好像是在太阳的后面，并且远了不少。

山岭披着古铜色的衣，褶痕是大有画意的。

水汽腾上有两尺多高。有几只肥大的鸥鸟，它们，在阳光之内，暂时的闪白。

月亮是在左舷的这边。

水汽腾上有一尺多高;在这边,它是时隐时显的。在船影之内,它简直是看不见了。

颜色十分清阔的,是远洲上的列树,水平线上的帆船。

江水由船边的黄到中心的铁青到岸边的银灰色。有几只小轮在喷吐着煤烟;在烟窗的端际,它是黑色;在船影里,淡青,米色,苍白;在斜映着的阳光里,棕黄。

清晨时候的江行是色彩的。

雨　前

■ 何其芳

　　最后的鸽群带着低弱的笛声在微风里划一个圈子后，也消失了。也许是误认这灰暗的凄冷的天空为夜色的来袭，或是也预感到风雨的将至，遂过早地飞回它们温暖的木舍。

　　几天的阳光在柳条上撒下的一抹嫩绿，被尘土埋得有憔悴色了，是需要一次洗涤。还有干裂的大地和树根也早已期待着雨。雨却迟疑着。

　　我怀想着故乡的雷声和雨声。那隆隆的有力的搏击，从山谷返响到山谷，仿佛春之芽就从冻土里震动，惊醒，而怒茁出来。细草样柔的雨声又以温存之手抚摩它，使它簇生油绿的枝叶而开出红色的花。这些怀想如乡愁一样萦绕得使我忧郁了。我心里的气候也和这北方大陆一样缺少雨量，一滴温柔的泪在我枯涩的眼里，如迟疑在这阴沉的天空里的雨点，久不落下。

　　白色的鸭也似有一点烦躁了，有不洁的颜色的都市的河沟里传出它们焦急的叫声。有的还未厌倦那船一样的徐徐的划行，有的却倒插它们的长颈在水里，红色的蹼趾伸在尾后，不停地扑击着水以支持身体的平衡。不知是在寻找沟底的细微的食物。抑是贪那深深的水里的寒冷。

　　有几个已上岸了。在柳树下来回地作绅士的散步，舒息划行的疲劳。然后参差地站着，用嘴细细地抚理它们遍体白色的羽毛，间或又摇动身子或扑展着阔翅,使那缀在羽毛间的水珠坠落。一个已修饰完毕的,弯曲它的颈到背上,长长的红嘴藏没在翅膀里,静静合上它白色的茸毛间的小黑眼睛,仿佛准备睡眠。可怜的小动物,你就是这样做你的梦吗?

我想起故乡放雏鸭的人了。一大群鹅黄色的雏鸭游牧在溪流间。清浅的水,两岸青青的草,一根长长的竹竿在牧人的手里。他的小队伍是多么欢欣地发出啁啾声,又多么驯服地随着他的竿头越过一个山野又一个山坡!夜来了,帐幕似的竹篷撑在地上,就是他的家。但这是怎样辽远的想象呵!在这多尘土的国土里,我仅只希望听见一点树叶上的雨声。一点雨声的幽凉滴到我憔悴的梦,也许会长成一树圆圆的绿阴来覆荫我自己。

我仰起头。天空低垂如灰色的雾幕,落下一些寒冷的碎屑到我脸上。一只远来的鹰隼仿佛带着怒愤,对这沉重的天色的怒愤,平张的双翅不动地从天空斜插下,几乎触到河沟对岸的土阜,而又鼓扑着双翅,作出猛烈的声响腾上了。那样巨大的翅使我惊异,我看见了它两肋间斑白的羽毛。接着听见了它有力的鸣声,如同一个巨大的心的呼号,或是在黑暗里寻找伴侣的叫唤。

然而雨还是没有来。

鸟的天堂

■ 巴　金

我们在陈的小学校里吃了晚饭。热气已经退了。太阳落下了山坡，只留下一段灿烂的红霞在天边，在山头，在树梢。

"我们划船去！"陈提议说。我们正站在学校门前池子旁边看山景。

"好，"别的朋友高兴地接口说。

我们走过一段石子路，很快地就到了河边。那里有一个茅草搭的水阁。穿过水阁，在河边两棵大树下我们找到了几只小船。

我们陆续跳在一只船上。一个朋友解开绳子，拿起竹竿一拨，船缓缓地动了，向河中间流去。

三个朋友划着船，我和叶坐在船中望四周的景致。

远远地一座塔耸立在山坡上，许多绿树拥抱着它。在这附近很少有那样的塔，那里就是朋友叶的家乡。

河面很宽，白茫茫的水上没有波浪。船平静地在水面流动。三只桨有规律地在水里拨动。

在一个地方河面变窄了。一簇簇的绿叶伸到水面来。树叶绿得可爱。这是许多棵茂盛的榕树，但是我看不出树干在什么地方。

我说许多棵榕树的时候，我的错误马上就给朋友们纠正了，一个朋友说那里只有一棵榕树，另一个朋友说那里的榕树是两棵。我见过不少的大榕树，但是像这样大的榕树我却是第一次看见。

我们的船渐渐地逼近榕树了。我有了机会看见它的真面目：是一棵大树，有着数不清的桠枝，枝上又生根，有许多根一直垂到地上，进了泥土里。一部分的树枝垂到水面，从远处看，就像一棵大树躺在水上一样。

现在正是枝叶繁茂的时节（树上已经结了小小的果子，而且有许多落下来了）。这棵榕树好像在把它的全部生命力展览给我们看。那么多的绿叶，一簇堆在另一簇上面，不留一点缝隙。翠绿的颜色明亮地在我们的眼前闪耀，似乎每一片树叶上都有一个新的生命在颤动，这美丽的南国的树！

船在树下泊了片刻，岸上很湿，我们没有上去。朋友说这里是"鸟的天堂"，有许多只鸟在这棵树上做窝，农民不许人捉它们。我仿佛听见几只鸟扑翅的声音，但是等到我的眼睛注意地看那里时，我却看不见一只鸟的影子。只有无数的树根立在地上，像许多根木桩。地是湿的，大概涨潮时河水常常冲上岸去。"鸟的天堂"里没有一只鸟，我这样想道。船开了。一个朋友拨着船，缓缓地流到河中间去。

在河边田畔的小径里有几棵荔枝树。绿叶丛中垂着累累的红色果子。我们的船就往那里流去。一个朋友拿起桨把船拨进一条小沟。在小径旁边，船停了，我们都跳上了岸。

两个朋友很快地爬到树上去，从树上抛下几枝带叶的荔枝，我同陈和叶三个人站在树下接。等到他们下地以后，我们大家一面吃荔枝，一面走回船上去。

第二天我们划着船到叶的家乡去，就是那个有山有塔的地方。从陈的小学校出发，我们又经过那个"鸟的天堂"。

这一次是在早晨，阳光照在水面上，也照在树梢。一切都显得非常明亮。我们的船也在树下泊了片刻。

　　起初四周非常清静。后来忽然起了一声鸟叫。朋友陈把手一拍，我们便看见一只大鸟飞起来，接着又看见第二只，第三只。我们继续拍掌。很快地这个树林变得很热闹了。到处都是鸟声，到处都是鸟影。大的，小的，花的，黑的，有的站在枝上叫，有的飞起来，有的在扑翅膀。

　　我注意地看。我的眼睛真是应接不暇，看清楚这只，又看漏了那只，看见了那只，第三只又飞走了。一只画眉飞了出来，给我们的拍掌声一惊，又飞进树林，站在一根小枝上兴奋地唱着，它的歌声真好听。

　　"走罢，"叶催我道。

　　小船向着高塔下面的乡村流去的时候，我还回过头去看留在后面的茂盛的榕树。我有一点的留恋的心情。昨天我的眼睛骗了我。"鸟的天堂"的确是鸟的天堂啊！

雨

■ 楼适夷

窗外,下着雨。这样滂沱的大雨继续有好几天了。壁上苔痕漫溃,把室内的光线涂得更暗淡了。弄堂口积满了水,我不能出去;不过,我也不想出去。这小天地足够容纳我了。况且,室内除掉我,还有我的猫,它蹲在我面前,以爪子擦擦脸,它也给大雨阻住了,否则尽可在外边撒野的。现在,只有我们两个,我们是寂寞的。

它瞪着眼看我,我也瞪着眼看它。它的眼光是多么的慈和、亲切。充溢着爱和同情,这是我在人群中从来没有看见过的。它的眼珠似乎消溶成一泓水流,在这水波里映出我自己的影子。纵若,我不懂它的言语,它也不懂我的言语,不过,我们会通过相互的爱而彼此了解的。它走近我,以舌子舐舐我的皮鞋,咪咪的叫着。我知道它,它是爱护我的。我很奇怪,正当人们扰扰不已的时候,料不到人与兽之间却会消除去言语的隔阂而相互抚爱,相互了解的。这使我忘却外面的世界,以及世界上的一切恶行。室外的一切都遥远了,模糊了。

外面的雨更大了。宛若创世纪里上帝膺惩世人的那股大水,我们就像坐在诺亚的小船上,离去这个没有爱的罪恶的世界……。

为甚么独有人与人之间不能产生相互的爱呢?我亲眼看见有个佩勋章的人,雇用了一群十多岁的少年,日夜教他们怎样打人,怎样杀人。我更亲眼看见就是他们队里的一个,不眨眼杀掉一个朴朴实实的乡下佬。为甚么要使他们受这样的教育呢？在他们没有知道爱之前，却学会谋害别人了，在他们没有产生同情之前，却已会欺侮别人了。我也亲眼看见人是怎样被人殴打的，拳捶着，足蹴着，难道他们不知道被打的也是人，也是和自己一样的人么。所有的文明和教育都是错误的。我们要再出发，从爱的基础上出发。这样，人类的生活才会变得有意思起来……。

外面的世界是可怕的。只有这方小天地里充溢了爱与和睦。它看着我，我看着它。我们两个往来，从没有想到彼此谋害、妒忌、诅咒和诽谤。所有的罪行都是不存在的。纵若，我们是寂寞的，但是我们有爱，有可以向外面人类骄矜的爱来弥补这样的缺陷的。我真希望：我们的屋子就是诺亚的小船，我们就是诺亚藏着的两种生物。小船载着我们避去上帝予以人类的灾厄慢慢远去，往虹之国，云乡，雨榭……。

雨太大了，承溜里的水声哗啦哗啦的。我们更挨近在一起。它跳到我膝头上，在怀里躺下来。我抚着它，它舌子舐舐我的手背。我们之间有一种不可言说的温暖，这温暖使我们能忍受一切，那无止的寂寞，那窒人的潮气，那难以排遣的悒郁……。让我们这条小船航得远远的，让更大的雨水来洗涤这个腌臜的世界吧。

栗和柿

■ 施蛰存

南寨是长汀郊外的一个大树林,但自从大学迁到这里来之后,它便成为一个公园了。我们很不容易使僻陋的山城里所有的一切变成为都会里所有的。例如油灯,不可能改成电灯,条凳不可能改做沙发,但把一个树林改成公园却是最容易的事。虽说如此,这公园里还没有一个长椅足以供给我们闲坐。因为此地原来有两个用国父及总裁的名字为题名的公园,那里倒尽有几个长椅,甚至还有亭子,但我们宁愿喜欢这个没有坐处的树林。我们每天下午,当然是说晴和日子,总到那里去散步。既说是散步,长椅就不在我们的希望中了。何况,倘若真需要坐下来的话,草地上固然也使得,向乡下人家借一个条凳也并不为难。

我到这个小城里的第三天,就成为日常到那里去散步的许多人中间之一了。也许,现在我已成为去得最勤的一个了。这个季节,应当是最适宜于我们去散步的季节了,虽然在冬尾春初或许将更适宜些。因为这是一个绵延四五里,横亘一二里的柿栗梅三种树的果树林。那里的树,差不多可以说只有这三种,若说有第四种树木的话,那是指的少许几株桐子树,而这是稀少得往往被人们所忽略的。

栗与柿是同一个季节的果木,秋风一起,它们的果实就开始硕大起来了。栗子成熟得早一些,柿子的成熟期却可以参差到两个月以上,因此,由于它们的合作,使我们整个秋季的散步不觉得太寂窦了。当我最初看见树上一团团毛茸茸的栗球,不禁想起了杭州西湖的满觉陇,那是以桂花栗子著名的一个山谷。是的,桂花也是秋季的植物,它给予我们的愉快是那些金黄色的,有酒味的花。不知谁有那么值得赞美的理想,在那山谷中栽满了这两种植物,使我们同时享受色香味三种官能的幸福。从这一方面想起来,我感到第一个栽种栗柿而遗忘了桂树的长汀人,确是比较的低能了。

栗子成熟的时候,它那长满了刚鬣的外皮自己会得裂的。但它的主人却不等到这时候,就把它取下来了。那是怕鸟雀和松鼠会趁它破裂的时候偷吃去。人们取栗子的方法是先用长竹竿打它下地,然后用一个长柄的竹钳子来夹起扔进一个大竹箩里去。这样,它虽然有可怕的刺毛,也无法逃免它的末劫了。我每天看见老妇人在仰面乱打那些结满了果实的树枝,而许多小孩子在抓着一个与他们的身子一样长的竹钳子奔走捡拾的时候,又不禁会忆起古诗"八月扑栗"的句子,这个扑字,真是体物会心而搜索出来的。

这几天,树上的栗子差不多完了,但市上却还在一批一批的出来。这是因为近年来外销不畅,而这又是一种可以久藏的干果。但是,抱歉得很,除了把它买来煮猪肉当菜吃之外,我却不很喜欢吃栗子。至于柿子呢,虽然从前也不很喜欢它,而现在却非常欣赏它了。我发现我对于果物的嗜好,是与它的颜色或香味有关系的。栗子就因为特别缺乏于这两个条件,所以始终被我摈斥了。这里,你也许会问我:柿子并不是近来才变成美丽的红色的,何以你到如今才嗜爱它呢?是的,这必须待我申述理由。原来对于柿树的趣味,确是新近才浓厚起来的。记得幼小的时候,在我家的门前有一个荒废了的花园。那园里有一个小池塘,池塘旁边有一株大柿树。这是我所记得的平生看到的第一株柿树。不幸那柿树每年总结不到几十个果实,虽然叶子长得很浓密。当柿叶落尽的时候,树上再也看不见有什么柿实,于是在我的知识中,向来以为秋深时的柿树也像其他早凋的树木一样,光光的只剩了空枝。

现在,我才知道不然。柿树原来是秋天最美的树。因为柿实殷红的时候,柿叶就开始被西风吹落了。当柿叶落尽的时候,挂满树枝的柿实就显露出它们的美丽来了。而且,这里的柿树的生殖力又那么强,在每一株树上,我们至少可以数到三百个柿实,倘若我们真有这股呆劲,愿意仔细去数一数的话。于是,你试想,每一株树上挂着三百盏朱红的小纱灯,而这树是绵延四五里不断的,在秋天的斜阳里,这该是多么美丽的风景啊!我承认,我现在开始爱吃柿子了。

但其理由并不是因为我发现了它有什么美味——事实上,曾经有许多柿子欺骗了我,使我的舌头涩了好久,——而是因为我常常高兴在把玩它的时候憧憬着那秋风中万盏红灯的光景。俞平伯先生有过一联诗句,曰:

遥灯出树明如柿,
倦桨投波蜜似饧。

这上句我从前曾觉得有意思,但只是因为他把遥灯比做柿一般的明而已。至于"出树"这两个字的意思,却直到现在才捉摸到。可是一捉摸到之后,就觉得他把灯比之为柿,不如让我们把柿比之为灯更有些风趣了。

当这成千累万的小红纱灯在秋风中一盏一盏地熄灭掉,直到最后一盏也消逝了的时候,人们也许会停止到那里去散步了。于是天天刮着北风，雨季侵袭我们了。在整天的寒雨中，那些梅树会得首先感觉到春意，绽放一朵朵小小的白花了。我怀疑梅花开的时候，是否能使我觉得这个公园比柿子结实的时候更为美丽？因为我仿佛觉得梅树是栽得最少的一种。但一个已在这公园中散步了三年的同事告诉我，并且给我担保，梅树的确比栗树和柿树更多。他说："当梅花盛开的时候，你不会看见柿树了，正如你在此刻不看见梅树一样。至于栗树呢，即使当它结实的时候，也惟有从山上，或最好是飞机上，才看得出来。"

既然人人都说这公园里的梅花是一个大观，当然我应该被说服了。好在距离梅花的季节也不远了，关于那时候的景色，我必须等亲自经验过后才敢描写。不过，使我奇怪的是，本地人仿佛并不看重他们的梅花。他们的观念跟我们不同。我们在一提起梅树的时候，首先就想到梅花，或者更从"疏影横斜水清浅"这诗句，联想到林和靖，孤山，放鹤亭，等等；而他们所想到的却是梅子。我们直觉地把栗与柿当作果树，而把梅当作花树。他们却把这三者一例看待。我想，即使柿与栗都能长出美艳的花来，也不至于改变了他们的观念。因为花与他们的生活没有关系。一个摘柿子的妇人曾经对我说，明年是梅子的熟年，市上将有很好的糖霜梅和盐梅。她并且邀我明年去买她的梅子，但是她始终没有邀我在新年里去看梅花。多么现实的老百姓啊！

山　水

■ 李广田

先生，你那些记山水的文章我都读过，我觉得那些都很好。但是我又很自然地有一个奇怪念头：我觉得我再也不愿意读你那些文字了，我疑惑那些文字都近于夸饰，而那些夸饰是会叫生长在平原上的孩子悲哀的。你为什么尽把你们的山水写得那样美好呢？难道你从来就不曾想到过：就是那些可爱的山水也自有不可爱的理由吗？我现在将以一个平原之子的心情来诉说你们的山水：在多山的地方行路不方便，崎岖坎坷，总不如平原上坦坦荡荡；住在山圈里的人很不容易望到天边，更看不见太阳从天边出现，也看不见流星向地平线下消逝，因为乱山遮住了你们的望眼；万里好景一望收，是只有生在平原上的人才有这等眼福；你们喜欢写帆，写桥，写浪花或涛声，但在我平原人看来，却还不如秋风禾黍或古道鞍马更为好看；而大车工东，恐怕也不是你们山水乡人所可听闻。此外呢，此外似乎还应该有许多理由，然而我的笔偏不听我使唤，我不能再写出来了。唉唉，我够多么蠢，我想同你开一回玩笑，不料却同自己开起玩笑来了，我原是要诉说平原人的悲哀呀。我读了你那些山水文章，我乃想起了我的故乡，我在那里消磨过十数个春秋，我不能忘记那块平原的忧愁。

我们那块平原上自然是无山无水，然而那块平原的子孙们是如何地喜欢一洼水，如何地喜欢一拳石啊。那里当然也有井泉，但必须是深及数丈之下才能用桔槔取得他们所需的清水，他们爱惜清水，就如爱惜他们的金钱。孩子们就巴不得落雨天,阴云漫漫,几个雨点已使他们的灵魂得到了滋润,一旦大雨滂沱,他们当然要乐得发狂。他们在深仅没膝的池塘里游水,他们在小小水沟里放草船,他们从流水的车辙想象长江大河,又从稍稍宽大的水潦想象海洋。他们在凡有积水的地方作种种游戏,即使因而为父母所责骂,总觉得一点水对于他们的感情最温暖。有远远从水乡来卖鱼蟹的,他们就爱打听水乡的风物;有远远从山里来卖山果的,他们就爱探访山里有什么奇产。远山人为他们带来小小的光滑石卵,那简直就是获得了至宝,他们会以很高的代价,使这块石头从一个孩子的衣袋转入另一个的衣袋。他们猜想那块石头的来源,他们说那是从什么山岳里采来的,曾在什么深谷中长养,为几千万年的山水所冲洗,于是变得这么滑,这么圆,又这么好看。曾经去过远方的人回来惊讶道:"我见过山,我见过山,完全是石头,完全是石头。"于是听话的人在梦里画出自己的山峦。他们看见远天的奇云,便指点给孩子们说道:"看啊,看啊,那像山,那像山。"孩子们便望着那变幻的云彩而出神。平原的子孙对于远方山水真有些好想象,而他们的寂寞也正如平原之无边。先生,你几时到我们那块平原上去看看呢:树木、村落,树木、村落,无边平野,尚有我们的祖先永息之荒冢累累,唉唉,平原的风从天边驰向天边,管叫你望而兴叹了。

　　自从我们的远祖来到这一方平原,在这里造起第一个村庄后,他们就已经领受了这份寂寞。他们在这块地面上种树木,种菜蔬,种各色花草,种一切谷类,他们用种种方法装点这块地面。多少世代向下传延,平原上种遍了树木,种遍了花草,种遍了菜蔬和五谷,也造下了许多房屋和坟墓。但是他们那份寂寞却依然如故,他们常常想到些远方的风候,或者是远古的事物,那是梦想,也就是梦吧,因为他们仿佛在前生曾看见些美好的去处。他们想，为什么这块地方这么平平呢，为什么就没有一些高低呢。他们想以人力来改造他们的天地。

你也许以为这块平原是非常广远的吧。不然，南去三百里，有一条小河，北去三百里，有一条大河，东至于海，西至于山，俱各三四百里，这便是我们这块平原的面积。这块地面实在并不算广漠，然而住在这平原中心的我们的祖先，却觉得这天地之大等于无限。我们的祖先们住在这里，就与一个孤儿被舍弃在一个荒岛上无异。我们的祖先想用他们自己的力量来改造他们的天地，于是他们就开始一件伟大的工程。农事之余，是他们的工作时间，凡是这平原上的男儿都是工程手，他们用铣，用锹，用刀，用铲，用凡可掘土的器具，南至小河，北至大河，中间绕过我们祖先所奠定的第一个村子。他们凿成了一道大川流。我们的祖先并不曾给我们留下记载，叫我们无法计算这工程所费的岁月。但有一个不很正确的数目写在平原之子的心里：或说三十年，或说四十年，或说共过了五十度春秋。先生，从此以后，我们祖先才可以垂钓，可以洇泳，可以行木桥，可以驾小舟，可以看河上的云烟。你还必须知道，那时代我们的祖先都很勤苦，男耕耘，女蚕织；所以都得饱食暖衣，平安度日，他们还有余裕想到别些事情，有余裕使感情上知道缺乏些什么东西。他们既已有了河流，这当然还不如你文章中写的那末好看，但总算有了流水，然而我们的祖先仍是觉得不够满好。他们还需要在平地上起一座山岳。

一道活水既已流过这平原上第一个村庄之东，我们的祖先就又在村庄的西边起始第二件工程。他们用大车，用小车，用担子，用篮子，用布袋，用衣襟，用一切可以盛土的东西，运村南村北之土于村西，他们用先前开河的勤苦来工作，要掘得深，要掘得宽，要挖掘出来的土都运到村庄的西面。他们又把那河水引入村南村北的新池，于是一曰南海，一曰北海，自然村西已聚起了一座十几丈高的山。然而这座山完全是土的，于是他们远去西方，采来西山之石，又到南国，移来南山之木，把一座土山装点得峰峦秀拔，嘉树成林。年长日久，山中梁木柴薪，均不可胜用，珍禽异兽，亦时来栖止，农事有暇，我们的祖先还乐得扶老提幼，携酒登临。南海北海，亦自鱼鳖蕃殖，苹藻繁多，夜观渔舟火，日听采莲歌。先生，你看我们的祖先曾过了怎样的好生活呢。

唉唉，说起来令人悲哀呢，我虽不曾像你的山水文章那样故作夸饰，——因为凡属这平原的子孙谁都得承认这些事实，而且任何人也乐意提起这些光荣——然而我却是对你说了一个大谎，因为这是一页历史，简直是一个故事，这故事是永远写在平原之子的记忆里的。

我离开那平原已经有好多岁月了，我绕着那块平原转了好些圈子。时间使我这游人变老，我却相信那块平原还该是依然当初。那里仍是那么坦坦荡荡，然而也仍是那么平乎无奇，依然是村落，树木，五谷，菜畦，古道行人，鞍马驰驱。你也许会问我：祖先的工程就没有一点影子，远古的山水就没有一点痕迹吗？当然有的，不然这山水的故事又怎能传到现在，又怎能使后人相信呢。这使我忆起我的孩提之时，我跟随着老祖父到我们的村西——这村子就是这平原上第一个村子，我那老祖父像在梦里似的，指点着深深埋在土里而只露出了顶尖的一块黑色岩石，说道："这就是老祖宗的山头。"又走到村南村北，见两块稍稍低下的地方，就指点给我说道："这就是老祖宗的海子。"村庄东面自然也有条比较低下的去处，当然那就是祖宗的河流。我在那块平原上生长起来，在那里过了我的幼年时代，我凭了那一块石头和几处低地，梦想着远方的高山，长水，与大海。

镜泊湖

■ 臧克家

我国有许多著名的湖。"气蒸云梦泽,波撼岳阳城"的洞庭湖;茫茫千顷,气象万千的太湖,我都是闻名而心向往的。西湖,我曾经踏着苏堤端详过她那动人的姿容,孤舟深夜三潭上看过印月。至于大明湖,那是家乡的湖,我更是一个熟客了:盛夏划一条小船,在荷花阵里冲击,在过去那些黑暗的岁月里,何止一次和朋友们寒宵夜游、历下亭前狂歌当哭?

镜泊湖却是一个陌生的名字。七月间,到了沈阳、长春、哈尔滨,游览了名胜古迹,参观了工业建设,往返三千里,历时一个半月,以抱病之身,登山涉水,使朋友们为之惊讶,叹为"奇迹"。可是东北的同志们却对我说:"到了东北,看看镜泊湖,方不虚此行。"他们说镜泊湖的红鲫如何鲜美,他们给我唱了镜泊湖的赞歌。看景不如听景,我心动了。但一想到那遥远的途程我又踌躇起来,心里怀着"望美人兮天一方"的惆怅。眼看着和自己住在同一旅舍的客人们一批又一批的出发了。里边有一位八十二岁的名医,他幽默地说:"不看镜泊湖我死不瞑目!"

"走!"他的话给我作了起身炮。

十小时的火车把我们从哈尔滨送到牡丹江。这是一个美丽的城市,像北大荒边边上的一朵花。"八女投江"的故事,使它名满天下。又是两个小时的火车,我们已经和镜泊湖一同置身在黑龙江省的宁安县境了。

　　下了火车坐上"嘎斯六九"汽车。牡丹江昨天是好天,镜泊湖附近却落了雨。乍上来,这小卡车在二十几里的平展的公路上轻快地飞跑,高粱、谷子,一色青青,微风吹来,绿波粼粼,扩展到极处和青山碧天相接,望着眼前的景色,心里惊叹着祖国的辽阔广大。已经接近初秋了,这里的麦子刚刚上场,关里关外的气候,悬殊多大呵!小卡车好似一只蚱蜢舟,冲开碧波跳荡在绿色的大海时。一个庞然大物,老虎似的迎面而来,一时烟尘滚滚,风声呜呜。原来是一部大型柴油汽车,拖着五六节车厢,上面横躺着粗大的木材,它们高兴地离开森林去为社会主义建设事业立地撑天!三三五五朝鲜族的妇女,不时从车边走过,头上顶着罐子,走起来衣裙飘飘,大方而美丽。光滑的路走完了,接着是崎岖的沙泥路,一个坑就是一个小水塘,车子在上面蹦蹦跳跳,像在跳舞。

　　远远在望的青山看不见了,我们的车子已经走到山腰上,一盘又一盘地在步步升高。路两旁长满了奇花异草,有的像成串的珍珠,有的像红色的小灯笼,有的像蓝的吊钟,有的像金黄的大喇叭……它们用自己的美色和幽香列队在路的两旁向客人们热情地打招呼。一个猎人从深林里走出来了,长枪上挂着飞禽,身后跟一只猎犬。眼前的景色在游客心里引起清新的感觉,一个又一个生动鲜明的印象连成了彩色的连环。但是,湖在哪里?

　　"我们在绕着她走呢。"迎接我们的那位同志回答。

　　车子转到了山顶,从司机座位发出了一声:"看!"

　　呵,镜泊湖,从丛林的绿绿隙里我看到了你漫长的银光闪闪的腰身!你引领着汽车向它的终点疾驰,又好似望到了亲人,热情地追在车子后面,我的视觉,我的嗅觉,我的心灵,完完全全地浸沉在镜泊湖美妙的灵芬里了。

一栋又一栋木头房子,不同的式样,不同的颜色,别致、新颖,彼此挨近着,或隔一条小路对望。里面住着各种工作人员和他们的眷属,还有科学家、作家、教授和名医,他们来自北京、沈阳、哈尔滨……他们要在这幽静的湖边,度过夏季最后的一段时光。

晚上,躺在床上,扭死电灯,湖光像静女多情的眼波,从玻璃窗上射过来,没有一声虫鸣,没有半点波浪声,清幽、神秘、朦胧,好似置身在童话里一样。第二天一早醒来,浑身舒畅,才知道自己就睡在她的温柔清凉的环抱中。

踏着满地朝阳走到她的身边。小桥上有人在持竿垂钓,三五只小船在等待着游客。向南望,向北望,一望无边,从幽静的水里看扯连不断的青山,听不见蝉鸣,听不见鸟声,偶尔有一只鱼鹰箭头似的带着朝曦从半空里射到水面上来。站在湖边上,望着四周险峻的峰峦,清澈幽深的湖水,想象一百万年前,火山着魔似的突然一声震天巨响,地心里的水汹涌而出。"高峡出平湖"!她纵身在海拔三百五十米的高处,像一个美人,舒展地横陈着她长长的玉体。她心怀幽深,姿态天然,隐藏在这幽僻处,顾影自怜。是不是怕扰乱了她的清静,时在夏季,鸟不叫,蝉不鸣,虫也无声。

小径上有稀疏的人影,有大人,有小孩,见了面很自然的点点头,站住谈上几句,就像老朋友重逢。从深林里走出来一群孩子,手里拿着各式各样的菌子,有的黄黄的像面包,有的红红的像一柄小伞,八十多岁的老人也像大自然的一个孩子,拄着手杖,手里擎着一朵万年青,像得了至宝似的得意地向人夸耀。这湖是个宝湖。她养育着鳌花、湖鲫、红尾鱼……吃一口,保管你一生忘不了它的鲜美。她可以发出大量的电,她可以把千条万条木材输送到广大的世界里去。这山也是宝山。水獭、狐狸、豹子……说不尽的异兽就以它为家，一圈大电网，把它们挡在青山深处。幸运的人到森林中，可以捡回"参"孩子、黄芩……，这一类的药材到处都有。大好湖山，是全国稀有的胜地，也是名贵物品的出产地。

在淡淡的夕阳下，一只小汽艇载着我们向湖的上游驶去。湖面上水波不兴，船像在一面玻璃上滑行。粼粼水波，像丝绸上的细纹，光滑嫩绿。往远处望，颜色一点深似一点，渐渐地变成了深碧。仰望天空，云片悠然地移动，低视湖心，另有一个天，云影在徘徊。两岸的峰峦倒立在湖里，一色青青，情意缱绻的伴送着游人。眼看到了尽头了，转一个弯，又是同样的山，同样的水，真想她来点变化呵，可是走过南北一百二十里，仍然是同样风姿。真是山外青山湖外湖。比起波浪汹涌的洞庭湖来，镜泊湖是平静安详的。比起太湖的浩渺浑圆来，镜泊湖太像水波不兴的一条大江。大明湖和她相比，不过是一池清水，西湖和她相比，一个像"春山低秀、秋水凝眸"的美艳少妇，一个像朴素自然、贞静自守的处子。镜泊湖，没有半点人工气，她所有的佳胜都是自己所具有的。岸上没有一座庙，没有什么名胜古迹，真有"犹恐脂粉污颜色"的意味。早晨，她可以给天仙当镜子从事晨妆，晚上，她可以给月里嫦娥照一照自己美丽的倩影。在炎夏的日子里，如果神话里的仙女到幽静的湖边来裸浴，管保没有人抱走罗衫使她们再也回不到天上去。

两岸山上，青翠欲流，树木丛茂，郁郁苍苍。这全是解放以后植育的"幼林"，那原始森林的参天古木，敌伪时代，给日本侵略军一把火烧得净光！船，慢慢地走动着，微风轻轻地吹着，真是像画中游。湖面上，一片一片的小球藻在小汽船冲动了的水波上微微地荡漾，水里的大鱼，突然把它庞大的脊背突出水面来使人惊呼。水产公司，撒下了网子，浮标长长的一串又一串。听说昨天起网，一网就打到了二万四千斤鱼。想想看，如果是在夕阳的金光下，锦鳞闪闪，那景象该多美，多动人呵。

在湖左边的山窝窝里，突然出现了几座瓦房，耀眼的红，给古朴单调的大自然平添了无限景色。我们向司机同志发问："这是什么地方？"

"这是水电站。抗日联军曾经在这里消灭过日本的一个守备队。"这话使我深思。使我想到，在哈尔滨参观了两次的"东北烈士纪念馆"里那些烈士的形象和战斗的生平；使我想到，在牡丹江，在休养所里遇见过的那些抗日领袖人物，有的至今脸上还带着抗战时期留下的未愈合的伤口。湖山是美丽的，然而她是血洗过的，因为当年这一带经过不止一次的战斗，所以她的景色格外美丽，格外动人！

镜泊湖上，也有八大名景，大孤山，小孤山，和长江里同名的小山相仿佛。珍珠门，两座圆突突的山，像两颗水上明珠，船从当中走过。最著名的湖北口的那个天然大瀑布——"吊水楼"。我从彩色照片上，从名画家的画上早已欣赏过她壮丽的面容。镜泊湖水从二十米的簸箕背上一倾而下，像一面水晶帘子，水落潭中，轰然作响，烟雾腾腾，溅起亿万颗珠。她的声色不比庐山的瀑布差逊，虽然她的名声还不太大。可惜我们到的时候，正在雨后，翻过一层山，有一道拦腰大水把人拦住，使你只能从绿树丛中隐隐约约遥望着白茫茫的一点水影。是不是因为她太美丽了，自己不愿意轻易以真面目示人？我们在山上停了五天，天天去探水，水势无意消退，我们不能再等待了，只好怀美中不足的遗憾，怅惘地辞别了镜泊湖。这"吊水楼"也许她别有深情，故意在我们心上留下个"想头"，希望我们下次重来。

北游漫笔

■ 叶灵凤

　　北国的相思，几年以来不时在我心中掀动。立在上海这银灯万盏的层楼下，摩托声中，我每会想起那前门的杂沓，北海的清幽，和在虎虎的秋风中听纸窗外那枣树上簌簌落叶的滋味。有人说，北国的严冬，荒凉干肃的可味；较之江南的秾春还甚，这句话或许过癖，然而至少是有一部分的理由。尤其是在这软尘十丈的上海住久了的人，谁不渴望去一见那沉睡中的故都？

　　柔媚的南国，好像灯红酒绿间不时可以纵身到你怀中来的迷人的少妇；北地的冰霜，却是一位使你一见倾心而又无词可通的拘谨的姑娘。你沉醉时你当然迷恋那妖娆的少妇，然而在幻影消灭后酒醒的明朝，你却又会圣洁地去寤寐你那倾心的姑娘了。

　　这样，我这缠绵了多年的相思，总未得到宽慰。一直到今年的初夏，我才借故去遨游了一次。虽是在那酷热的炎天中，几十日的勾留，不足以言亲到北方的真味，然而昙花一瞥，已足够我回想时的陶醉了。

　　最初在天津的一月，除了船进大沽口时两旁见了几个红裤的小孩和几间土堆的茅屋外以，简直不很感觉北国的意味。我身住在租界，街上路牌写的也不是中文，我走在水门泥的旁道上，两旁尽是红砖的层楼，我简直找不见一个嚼馍馍大葱的汉子，我几疑惑此身还是在上海。白昼既无闲出去，而夜晚后天津的所谓"中国地"又因戒严阻隔了不能通行，于是每晚我所消磨时间的地方，我现在想起了还觉得好笑。每晚，在福禄林或国民饭店的跳舞厅中，在碧眼儿和寥寥几位洋行的写字员之中，总有我一个江南的惨绿少年，面前放了一杯苏打，口里含着纸烟，抱了手倚在椅上，默视场中那肉与色的颤动，一直到夜深一二时才又独自回去。有时我想起我以不远千里之身，从充满了异国意味的上海跑来这里，不料到了这里所尝的还是这异国的情调，我真有点嘲笑我自己的矛盾。

离开天津乘上京奉车去吸着了北京的灰土以后，我才觉得我真是到了北方。那一下正阳门车站后，在烈日高张的前门道上，人力车夫和行人车马的混乱，那立在灰沙中几乎被隐住了的巡士，和四面似乎都蒙上了一层灰雾的高低的建筑，甚至道旁那几株油绿的街树，几乎无一处使我望去不感到它的色调是苍黄。峥立着的涩干的前门，衬了它背后那六月的蔚蓝的天空，没有掩映，也没有间色。下面是灰黄混乱，上面是光秃的高空，我见了这一些，我才遽然揉醒了我惺忪的睡眼。啊啊，这不是委婉多情的南国了。

近年北方夏季天气的炎热，实是故老们所感喟的世道人心都剧变了的一个铁证。在京华歇足的二十几日中，所遭的天气几乎无日不在九十度以上。偶尔走出门来，松软的土道上，受了烈日所蒸发出的那种干燥的热气，嗅着了真疑心自己是已置身在沙漠。不幸的我，自离开天津后，两只脚上的湿气已有点痒痒，抵北京后在旅馆中的第一夜更发现脚底添了两处破洞，此后日渐加剧，不能行动，一直在海甸燕京大学友人的床上休息了两整星期后才算差痊。在那两星期中，我每日只是僵卧，天气的闷热，苍蝇的骚扰，长睡的无聊，和想出去游览的意念的热切，每日在我心中循环的交战。我竭力想用书籍来镇压我自己，然而得到的效果很少，我几乎是又尝了一度牢狱的滋味。这样一直到我的脚能勉强走动了才止。我记得在近二十日的长睡后,我第一次披了外衣倚在宿舍走廊朱红漆的大柱下去眺望那对山时的情形,我的心真像小鸟样的在欣慰活跃。

长卧的无聊中,每日药膏纱布之余,睁目乱想,思的能力便较平日加倍的灵敏。燕大的校舍是处在京西的海甸,辟置未久,许多建筑还在荒蓁中未曾完竣。我所住的朋友这间宿舍,窗外越过一沼清水,对岸正有一座宝塔式的水亭在兴工建筑。我支枕倚在床上,可以看见木架参差的倒影,工人的"邪许"和锤声自上历乱的飞下,仿佛来自云端。入夜后那塔顶上的一盏电灯,更给了我不少启示。我醒在床上望了那悬在空际茕茕的一点光明,我好像巡圣者在黑夜遥瞻那远方山上尼庵中的圣火一般,好几次冷然镇定了我彷徨的心情。这迷途的接引,这黑夜的明灯,我仿佛看见一只少女的眼睛在晶晶地注视着我。

据说这一块地基,是一个王府的旧址;所以窗外那一沼清水,虽不甚广阔,然已足够几只小艇的泛游。每到热气清消的傍晚,岸上和水中便逐渐的闹热起来,我坐在床上,从窗里望着他们的逸兴,我真觉得自己已是一只囚在笼中的孤鸟。从水草中送上来的桨声和歌声,好像都在嘲笑我这两只脚的命运。窗外北面一带都是宫殿式的大楼,飞檐画角,朱红的圆柱掩护着白垩的排窗,在这荒山野草间,真像是前朝的遗物。那倚在窗口的闲眺者,仿佛又都是白头宫女,在日暮苍茫,思量她们未流露过的春情。

啊啊,这无限的埋葬了的春情!

这样,在眼望着壁上的日历撕去了十四五页以后,我才能从床上起来,我才能健快的踏着北京的街道。

离去海甸搬到城内朋友的住处后,我才住着了纯粹北方式的房屋。环抱了院子矮矮的三楹，纸糊的窗格，竹的门帘，花纸的内壁和墙上自庙会时买来的几幅赝造的古画，都完全洗清了我南方的旧眼。天气虽热，然而你只要躲在屋内便也不觉怎样。在屋内隔了竹帘看院中烈日下的几盆夹竹桃和几只瓦雀往返在地上争食的情形，实在是我那几日中最心赏的一件乐事。入晚后在群星密布的天幕下，大家踞在藤椅上信口闲谈，听夜风掠过院中槐树枝的声音，我真咒诅这上海几年所度的市井的生活。

有一夜大雷雨，我中夜醒来，在屋瓦的急溜和风声雨声的交响乐中，静看那每一道闪电来时，纸窗上映出的被风摇曳着的窗外的树影，那时的心境，那时的情调，真是永值得回忆。

到北京下车后在旅舍中的第一晚，就由朋友的引导去了中央公园一次。去时已是夜十一时了，鼓着痛足，匆匆的在园中走了一遭，在柏树下喝了一瓶苦甜的万寿山汽水后，便走了出来。园中很黑，然而在参天的柏树下，倚了栏杆，遥望对岸那模糊中的宫墙，我觉倒很有趣味，以后白天虽又去过几次，但总觉不如第一夜的好。实在，在一望去几百张藤椅的噪杂人声中，去夹在里面吃瓜子，去品评来往的女人，实在太乏味了。

北海公园便比"中央"好了。而我觉得他的好处不在有九龙壁的胜迹，有高耸的白塔可以登临；他的好处是在沿海能有那一带杂树蜿蜒的堤岸可以供你闲眺。去倚在柳树的阴下，静看海中双桨徐起的划艇女郎和游廊上品茶的博士，趣味至少要较自己置身其中为甚。这还是夏天，我想象着假若到了愁人的深秋，在斜阳映着衰柳的余晖中，去看将涸的水中的残荷，和败叶披离的倒影，当更有深趣。假若再有一两只踽步的白鹭在这凄凉的景象中点缀着，那即使自己不是诗人，也尽够你出神遐想了。

我爱红灯影下男女杂沓酒精香烟的疯狂混乱的欢乐，我也爱一人黄昏中独坐在就圮的城墙上默看万古苍凉的落日烟景，然而我终不爱那市场中或茶棚下噪杂的闲谈和屦走。

在北方的两月中，除了电影场外，没有看过一次中国的旧戏。去北京而不听京戏，有人说这是入了宝山空手归来，实在太傻了。然而我只好由人奚笑。在幼时虽也曾欢喜过三花大脸和真刀真枪，可惜天真久丧，这个梦早已破了；现在纵使我们的梅兰芳再名驰环球中外倾倒，我的去看京戏的兴致也终不能引起。我觉得假如要听绕梁三日的歌喉不如往上海沿路叫卖衣服的伙计口中去寻求，要看漂亮的脸儿不如回到房中拿起镜子看看自己。

这既非写实又非象征的京戏，对他，我真只好叹我自己的浅薄了。

北京茶馆酒楼和公园中"莫谈国事"的红纸贴儿，实在是一件值得大书特书的怪事。

不过，同一的不准谈国事，在北方却明示在墙上，在南方则任着你谈以待你自讨苦吃，两相比较，北方人的忠厚在这里显出了。

去西山的一次是在阴天。西山虽没有江南山气的明秀，虽没有北派诸山的雄壮，然而他高低掩映，峰脉环抱，虽是小小的一带培楼，实在是北京一切风景中的重心和根源。我去的一次，在走到半山中便遇着了雨。所以去的时间虽不多，见到的却很好。雨中看山，山中看雨，看雨前白云自山腰涌出封锁山尖的情形，看雨后山色的润湿和苍翠，实在抵得住了多日。

走上西山道上，回过头来便可望见万寿山的颐和园了，这一座庞然的前朝繁华的遗迹，里面尽有他巧妙的布置，伟大的建筑，可是因为主管的太不注意修理了，便处处望去都是死气沉沉。排云殿的颓败，后面佛阁的颠危，我终恐怕他们有一天会像西湖雷峰塔的骤然崩溃。知命者不立乎崖墙之下，我想着这些我便止不住缓缓的避开了。我更不敢到昆明湖中去。这大约是我还没有像王国维一样找着我可以尽忠的圣主吧？

对于北京前朝的宫殿和园囿，我要欣赏它的各个而弃掉它的全体。一带玉阶的整齐，不如去鉴赏它雕了蟠龙的白石柱子的一个。三殿的雄伟，那里抵得上金黄的琉璃瓦的一片可爱呢？我不愿去看故宫的博物馆，我只愿看大元帅府前的汽车和卫兵。

这或许是我的渺小，这或许也就是他们的伟大。

北京"三·一八惨案"放枪的地点我也总算去看过了。马号中依旧养着马，地上也长着青草。血呢？

琉璃厂中去买旧书，北京饭店去买西书，实在是我在北京中最高兴的事儿，比夜间乘了雪亮的洋车去逛胡同还要可恋。可是，有一次雨天，当我从东交民巷光泽平坦的柏油大道上走回了我们泥深三尺的中国地时，我又不知道那一个是该咒诅的了。

泥虽是那样的深，然而汽车却可以闭了眼睛不顾一切的疾驰而过。在北京，黄牌的汽车，比上海租界内的 S.M.C. 三字还要有威风哩！我只好揩去我身上的泥，我还是回上海去尝 S.M.C. 的滋味罢。

在七年以前，曾经由津浦线北上，过黄河，在天津附近的一个小县里住了半年。这一次的北行，往返却都是由海道。回来的一遭，在船中我每日裹了一件毛绒衫躺在甲板上看海。船舷旁飞溅的浪沫，远处缓缓送来的波涛，黄昏时天际的苍茫，新月上升后海上那一派的银雾和月光下海水的晶莹，日落时晚霞的奇幻与波光的金碧错乱，实在使我见了许多意外的奇遇。虽是回来后我额上和手臂都被海风吹得褪了一层皮，我仍是一点也不懊悔。

因了事务的不容缓和朋友的催促,我终于回来了。在回来后一月余的今天,我回想起在京时朋友们待我的盛情和所得的印象,都觉得还是如在目前。

耗去两月的光阴,实际上虽未得到什么,然而一个颠倒了多年的北国的相思梦却终于是实现了,虽是这个梦的实现对于我也与一切恋爱的美梦一般,所得的结果总是不满。

在赣江上

■ 冯 至

在赣江上,从赣州到万安,是一段艰难的水程。船一不小心,便会触到礁石上。多么精明的船夫,到这里也不敢信托自己,不能不舍掉几元钱,请一位本地以领船为业的人,把整个的船交在他的手里。这人看这段江水好似他祖传下来的一块田,一所房屋,水里块块的礁石无不熟识;他站在船尾,把住舵,让船躲避着礁石,宛转自如,像是蛇在草里一般灵活。等到危险的区域过去了,他便在一个适当的地方下了船,向你说声"发财"。

我们从赣江上了船,正是十月底的小阳天气,顺水又吹着南风,两个半天的功夫,便走了不少的路程。但到下午三点多钟,风向改变了,风势也越来越紧,领船的人把船舵放下,说:"前面就是天柱滩,黄泉路,今天停在这里吧。"从这话里听来,大半是前边的滩过于险恶,他虽然精于这一带的情形,也难保这只风里的船不触在礁石上。尤其是顾名思义,天柱滩,黄泉路,这些名称实在使人有些懔然。

才四点钟,太阳还高高的,船便泊了岸,船夫抛下了锚。四下一望,没有村庄。大家在船里蜷伏了多半天,跳下来,同往常一样,这是深深地呼吸几下,全身感到轻快。不过这次既看不见村庄,水上也没有邻船,一片沙地接连着没有树木的荒山,不管同船的孩子们怎样在沙上跳跃,可是风势更紧了,天空也变得不那样晴朗,心里总有些无名的恐惧：水里嶙峋的礁石好像都无情地挺出水面一般。

我个人呢。妻在赣州病了两个月，现在在这小船里，她也只是躺着，不能坐起。当她病得最重，不省人事的那几天，我坐在病榻旁，摸着她冰凉的手，好像被她牵引着，到阴影的国度里旅行了一番。这时她的身体虽然一天天地健康起来，可是她的言谈动作，有时还使我起一种渺茫的感觉。我在沙地上绕了两个圈子，山河是这般沉静，便没精打采地回到船上去了。

"这是什么地方？"她问。

"没有村庄，不知道这地方叫作什么。"

……

风吹着水，水激动着船，天空将圆未圆的月被浮云遮去。同船的孩子们最先睡着了。我也在此起伏不定的幻想里忘却这周围的小世界。

睡了不久，好像自己迷失在一座森林里，焦躁地寻不到出路，远远却听见有人在讲话。等到我意识明了，觉得身在船上的时候，树林化作风声，而讲话的声音却依然在耳，这一个荒凉的地方那里会有人声呢？这时同船的K君轻轻咳嗽了一下。

"我们邻近停着小船吗？"我小声问。

"不远的地方好像看见过一只，"K君说。"你听，有人在讲话，好像是在岸上。"

"现在已经十二点半了——"K君擦着一根火柴，看了表，说出这句话，更加增加我的疑虑。

此外全船的人们还是沉沉地睡着。

我也怀着但愿无事的侥幸心理又入了半睡状态。不知过了多少分钟，船上的狗大声地吠起来了；船上的人都被狗惊醒，而远远的讲话声音不但没有停住,反倒越听越近。我想,这真有些蹊跷了。

　　船上的狗吠,船外的语声,两方面都不停息;又隔了一些时,勇敢的K君披起衣服悄悄地走出船舱。这时全船的人都惊醒着,屏息无声,只有些悉索的动作:人人尽可能地把身边一点重要的物件,往不为人注意的地方放:柴堆里,炉灰里,舱篷的隙缝里……大家安排好了,静候着一件非常的事。

　　前后都是滩,风把船拘在这里,不能进也不能退,好像是在个魔术师手里。我守着大病初愈的妻,不知做什么事才好。忽然黑暗的船舱出现了一道光,是外边河上从舱篷缝里射进来的;这光慢慢地移动,从舱前移到舱后,分明是那河上放光的物体从我们船后已移到船头了。这光在船舱后消逝了不久,又有一道光射到舱前,仍然是那样的移动。

　　全船在静默里骚动着,妻的心房跳动得很快,只是小孩子们睡得沉沉地。

　　K君走进来了,轻轻地说,远远两只划子,一只在前,一只在后,船头都燃着一堆火,从我们的船旁划过。每支划子上坐着两个人,这不是窥探我们船上的虚实吗?

　　我听了K君的话,也走到舱外。暗银色的月光照彻山川,两团火光在急流的水上越走越远了。这是他们去报告他们的伙伴呢,还是探明了船上的人多,没有敢下手呢?

　　我望着那两团火光,尽在发呆,狗吠停止了,划子上的语声也听不见了。除去这满船的猜疑和恐惧外,面前是个非人间的、广漠的、原始般的世界。

　　最后船夫走到我身边;他大半被这满船客人的骚动搅得不能安静地躺在被里了。他说,不要怕,这地方一向是平静的。

"那么夜里这两支划子是作什么的呢？"

"那是捉鱼的。白天江上来往的船只多，不便捉鱼。夜静了，正是捉鱼的好时候。鱼见了火光便都跟随着火光聚拢起来；你看，那两只划子的下面不知有多少鱼呢……"

我恍然大悟，顿时想到"渔火"两个字。

…………

第二天早晨，风住了，船刚要起锚，对岸划来一只划子，上边有两个渔夫。他们好像是慰问我们昨夜的虚惊，卖给我们两条又肥又美的鳜鱼。

妻，幼年生长在海边，惯于鱼虾，对着这欢蹦乱跳的鱼，脸上浮现出病后的第一次健康的微笑。

春 雨

■ 梁遇春

　　整天的春雨，接着是整天的春阴，这真是世上最愉快的事情了。我向来厌恶晴朗的日子，尤其是娇阳的春天；在这个悲惨的地球上忽然来了这么一个欣欢的气象，简直像无聊赖的主人宴饮生客时拿出来的那副古怪笑脸，完全显出宇宙里的白痴成分。在所谓大好的春光之下，人们都到公园大街或者名胜地方去招摇过市，像猩猩那样嘻嘻笑着，真是得意忘形，弄到变成为四不像了。可是阴霾四布或者急雨滂沱的时候，就是最沾沾自喜的财主也会感到苦闷，因此也略带了一些人的气味，不像好天气时候那样望着阳光，盛气凌人地大踏步走着，颇有上帝在上，我得其所的意思。至于懂得人世哀怨的人们，黯淡的日子可说是他们惟一光荣的时光。苍穹替他们流泪，乌云替他们皱眉，他们觉到四围都是同情的空气仿佛一个堕落的女子躺在母亲怀中，看见慈母一滴滴的热泪溅到自己的泪痕，真是润遍了枯萎的心田。斗室中默坐着，忆念十载相违的密友，已经走去的情人，想起生平种种的坎坷，一身经历的苦楚，倾听窗外檐前凄清的滴沥，仰观波涛浪涌，似无止期的雨云，这时一切的荆棘都化做洁净的白莲花了，好比中古时代那班圣者被残杀后所显的神迹。"最难风雨故人来"，阴森森的天气使我们更感到人世温情的可爱，替从苦雨凄风中来的朋友倒上一杯热茶时候，我们很有放下屠刀，立地成佛子的心境。"风雨如晦，鸡鸣不已"，人类真是只有从悲哀里滚出来才能得到解脱,千锤百炼,腰间才有这一把明晃晃的钢刀,"今日把似君,谁为不平事","山雨欲来风满楼",这很可以象征我们孑立人间,尝尽辛酸,远望来日大难的气概,真好像思乡的客子拍着阑干,看到郭外的牛羊,想起故里的田园,怀念着宿草新坟里当年的竹马之交,泪眼里仿佛模糊辨出龙钟的父踽踽走着,或者只瞧见几根靠在破壁上的拐杖的影子。所谓生活术恐怕就在于怎么样当这么一个临风的征人罢。无论是风雨横来,无论是澄江一练,始终好像惦记着一个花一般的家乡,那可说就是生平理想的结晶,蕴在心头的诗情,也就是明哲保身的最后壁垒了;可是同时还能够认清眼底的江山,把住自己的步骤,不管这个异地的人们是多么残酷,不管这个他乡的水土是多么不惯,却能够清瘦地站着戛戛然好似狂风中的老树。能够忍受,却没有麻木,能够多情,却不流于感伤,仿佛楼前的春雨,悄悄下着,遮住耀目的阳光,却滋润了百草同千花。檐前的燕子躲在巢中,对着如丝如梦的细雨呢喃,真有点像也向我道出此中的消息。

可是春雨有时也凶猛得可以,风驰电掣,从高山倾泻下来也似的,万紫千红,都付诸流水,看起来好像是煞风景的,也许是别有怀抱罢。生平性急,一二知交常常焦急万分地苦口劝我,可是暗室扪心,自信绝不是追逐事功的人,不过对于纷纷扰扰的劳生却常感到厌倦,所谓性急无非是疲累的反响罢。有时我却极有耐心,好像废殿上的玻璃瓦,一任他风吹雨打,霜蚀日晒,总是那样子痴痴地望着空旷的青天。我又好像能够在没字碑面前坐下,慢慢地去冥想这块石板的深意,简直是个蒲团已碎,呆然趺坐着的老僧,想赶快将世事了结,可以抽身到紫竹林中去逍遥,跟把世事撇在一边,大隐隐于市,就站在热闹场中来仰观天上的白云,这两种心境原来是不相矛盾的。我虽然还没有,而且绝不会跳出人海的波澜,但是拳拳之意自己也略知一二，大概摆动于焦躁与倦怠之间，总以无可奈何天为中心罢。所以我虽然爱濛濛茸茸的细雨，我也爱大刀阔斧的急雨，纷至沓来，洗去阳光，同时也洗去云雾，使我们想起也许此后永无风恬日美的光阴了，也许老是一阵一阵的暴雨，将人世哀乐的踪迹都漂到大海里去，白浪一翻，什么渣滓也看不出了。焦躁同倦怠的心境在此都得到涅槃的妙悟，整个世界就像客走后，撤下筵席洗得顶干净，排在厨房架子上的杯盘。当个主妇的创造主看着大概也会微笑罢，觉得一天的工作总算告终了。最少我常常臆想这个还了本来面目的大地。

可是最妙的境界恐怕是尺牍里面那句烂调，所谓"春雨缠绵"罢。一连下了十几天的霉雨，好像再也不会晴了，可是时时刻刻都有晴朗的可能。有时天上现出一大片的澄蓝，雨脚也慢慢收束了，忽然间又重新点滴凄清起来，那种捉摸不到，万分别扭的神情真可以做这个哑谜一般的人生的象征。记得十几年前每当连朝春雨的时候，常常剪纸作和尚形状，把他倒贴在水缸旁边，意思是叫老天不要再下雨了，虽然看到院子里雨脚下一粒一粒新生的水泡我总觉到无限的欣欢，尤其当急急走过檐前，脖子上溅几滴雨水的时候。可是那时我对于春雨的情趣是不知不觉之间领略到的，并没有凝神去寻找，等到知道怎么样去欣赏恬适的雨声时候，我却老在干燥的此地做客，单是夏天回去，看看无聊的骤雨，过一过雨瘾罢了。因此"小楼一夜听春雨"的快乐当面错过，从我指尖上滑走了，盛年时候好梦无多，到现在彩云已散，一片白茫茫，生活不着边际，如堕五里雾中，对于春雨的怅惘只好算做心中的一小节罢，可是仿佛这一点很可以代表我整个的悲哀情绪。但是我始终喜欢冥想春雨，也许因为我对于自己的愁绪很有顾惜爱抚的意思；我常常把陶诗改过来，向自己说道："衣沾不足惜，但愿恨无违。"我会爱凝恨也似的缠绵春雨，大概也因为自己有这种的心境罢。

难老泉

■ 吴伯箫

当铺，钱号，窄轨道，已经随着土皇帝的覆灭最后淹没了；煤炭，汾酒，老醋，却在人民的生活里广泛散发着热力和芳香。山西是个宝地，太行山、吕梁山像两只巨大的膀臂从东西两面环抱着它；黄河、汾河像两条鲜血流注的动脉滋润着它。谷物和矿藏显示着大地的富饶，抗日战争的业绩歌颂着人民的英勇。这里的高山、密林，城镇、村落，哪里没写过可歌可泣的故事呢？二十几年前在游击队里跟这个地区建立起来的血肉感情，现在依然是炽热的。像回故乡一样，带着浓挚的怀想我们踏进了山西。

山西的省会太原，是一座古老的美丽的城市。滚滚的汾河从城西流过。东有东山，西有西山，北有卧虎，南有鸡笼，太原正好坐落在一个肥沃的盆地里。城里一片黑瓦房，密密匝匝，处处是高墙深巷，几进的庭院。不过比起解放后的新建设来，旧城显得太局促了。在雄伟的建设规模里，旧城只能算一个小小的角落。新建设中，不说别的，只城外一条宽阔的迎泽路，两旁就都是四层五层的高楼。迎泽路向西延伸，横跨汾河是一座十八个桥墩的迎泽桥，桥又宽又平，一直伸到西山脚下。这里矗立着多少厂矿的烟囱，浓烟弥漫，告诉人新兴的工业是多么发达；街街巷巷熙来攘往的人群，有说有笑，呈现着一种繁荣的景象，欢乐的气氛。

过迎泽桥向南，沿西山山麓走五十里，是晋祠，我们访问了"难老泉"。

"难老泉",听听名字就给人一种年轻的感觉。不必看见,就仿佛已经看见了。那喷涌的水源,那长流的碧波,永远是活泼泼的,青春常在的。在《滕王阁序》里王勃慨叹说,"冯唐易老,李广难封",比较起来,这难老泉实在值得叫人赞赏羡慕。

泉,论历史,实际倒是很老的。从地质考察,据说有两万万年或者三万万年呢。据文字记载,"难老泉"是晋水的主要源头,古时候的晋国因晋水得名。晋国若是从"桐叶封弟"说起,到现在也该有三千多年了吧。"桐叶封弟"的故事,历史传说是这样的:

西周初年,武王姬发死后,他的大儿子姬诵还很小,就由周公姬旦扶助做了国君,就是成王。有一天,姬诵和弟弟叔虞在一块儿玩,他把一个桐叶剪成圭形,送给叔虞说:"我拿这封你吧。"叔虞把这件事告诉了周公,周公就问姬诵:"你要封叔虞吗?"姬诵说:"我是跟弟弟说着玩的。"周公说:"天子无戏言。"于是姬诵就把叔虞封为唐的诸侯。叔虞到了唐,发挥了自己的智慧和才能,领导人民改良农田,兴修水利,发展农业,使人民生活逐渐安定富裕,就成为唐人爱戴的封建领主。

叔虞死后,他的儿子燮,因为境内有晋水,就改国号为"晋"。山西简称晋省,就是从这里来的。后人为了纪念叔虞,在晋水源头建立了一座庙祀奉他,这就是"晋祠"。

晋祠坐西向东,前临曲沼,后拥危峰,水秀山明,风景是很优美的。郦道元的《水经注》记载:"沼西际山枕水,有唐叔虞祠。"看来晋祠在北魏以前就有了。当初也许规模并不很大,经过北齐高欢父子在这里起楼阁、筑池馆;唐太宗李世民亲自写了《晋祠之铭并序》碑;宋仁宗赵祯又在晋祠西端为叔虞的母亲邑姜修了宏伟壮丽的圣母殿,一代一代重修增建,现在已经成了一组祠庙建筑群。里边殿堂楼阁,亭台桥坊,足有三百多项名胜古迹。像"鱼沼飞梁"、"莲池映月"、"双桥挂雪",每一种景物都各具形势,各有特色。其中"晋祠三绝",更深深吸引着游人的欣赏和流连。

"晋祠三绝",一绝是"宋塑侍女"。在圣母殿里围绕着邑姜凤冠霞帔的坐像,有四十四尊侍女塑像,据说是宋朝的作品。塑像塑得精致、细腻,一个个都像活的。虽然身体的丰满俊美,脸形的清秀圆润,神态的婉约自然,都有共同的地方,但是四十四尊四十四个样子。有的像在沉思,有的像在凝视,有的像在缓歌徐吟,有的像在低声细语,还有的微笑,有的轻颦,……衣裳,服饰,颜色,一切都那样逼真。走近去,你仿佛会听见她们说笑的声音,会感觉出她们呼吸的温馨。

二绝是"古柏齐年"。传说西周初年这里栽有两株柏树,因为同样古老,所以叫"齐年柏"。可惜有一株在清朝道光年间被砍伐了。剩下的一株,横卧如虬龙,斜倚在擎天柏上,披覆在圣母殿左侧。另有一株"长龄柏",传说是东周时候栽的。

三绝就是"难老泉"。

"难老泉"的来历,有一个美丽动人的故事:

传说在晋祠北边二十里地的金胜村,有一个姓柳的姑娘,嫁给了晋祠所在地的古唐村。她婆婆虐待她,一直不让她回娘家,每天都叫她担水。水源离家很远,一天只能担一趟。婆婆又有一种脾气,只喝身前一桶的水,故意增加担水的困难,不许换肩,折磨她。有一天,柳氏担水走到路上,遇到一个牵马的老人,要用她担的水饮马。老人满脸风尘,看样子是远路来的,柳氏就毫不迟疑地答应了,把后一桶水递给了马。可是马仿佛渴极了,喝完后一桶水连前一桶水也喝了。

这使柳氏很为难：再担一趟吧，看看天色将晚，往返已经来不及了；不担吧，挑着空桶回家。一定要挨婆婆的辱骂鞭挞。正在踌躇的时候，老人就给了柳氏一根马鞭，叫她带回家去，只要把马鞭在瓮里抽一下，水就会自然涌出，涨得满瓮。转眼老人和马都不见了。

柳氏提心吊胆地回家，试试办法，果然应验。以后她就再也不担水了。婆婆见柳氏很久不担水，可是瓮里却总是满的，很奇怪。叫小姑去看，发现了抽鞭的秘密。又有一天，婆婆破天荒允许柳氏回娘家，小姑拿马鞭在瓮里乱抽一阵，水就汹涌喷出，溢流不止。小姑慌了，立刻跑到金胜村找柳氏。柳氏正梳头，没等梳完，就急忙把一绺头发往嘴里一咬，一气跑回古唐村，什么话没说，一下就坐在瓮上。从此，水从柳氏身下源源不断地流出，流了千年万年，这就是"难老泉"。

这故事的题目叫做《饮马抽鞭，柳氏坐瓮》。晋祠背后的山叫悬瓮山，《山海经》里说："悬瓮之山，晋水出焉。"这大概就是"柳氏坐瓮"的根源。泉水从一丈深的石岩里涌出来，真有点像从瓮里涌出的样子。水的流量不小，一秒钟一点八吨。流水永远不停，雨涝不增，天旱不减。水微温。通常是摄氏十八度。泉水澄清碧绿，像泻玉泼翠一样。李白游晋祠曾题诗说："晋祠流水如碧玉，百尺清潭泻翠娥。"可以想见它的美丽。这道泉水，和"鱼沼泉"、"善利泉"，汇成晋水南北两渠。除了供应居民食用，可以灌溉三万亩农田，开动一百盘水磨。范仲淹游晋祠曾赞美说："千家灌禾稻，满目江南田。"

从"难老泉"向前走几步，有水潭叫"不系舟"。水潭四周用汉白玉栏围成船的样子，因此得名。潭水冬温夏凉，寒天水汽蒸腾，像云雾一样。水面有浮萍，潭底有水草，都冬夏常青。长长的水草随着流水波动，像风吹麦浪，荡漾起伏。有人题诗说："涓涓难老泉，

分流晋祠侧,中有长生萍,冬夏常一色。"水潭中间是"中流砥柱",也有一个令人惊心动魄的传说:

几百年前,这里南北两渠的农民,由于地方土豪的挑拨,经常为争水互斗。天越旱,斗得越厉害。后来官府设下毒计,说要"调解"纠纷,就在潭边支一口滚沸的油锅,锅里放十枚铜钱,说:哪方有人能当众从锅里取出几枚铜钱,以后就分几分水量,判定之后,永免争执。这时候,从北渠的人群里,走出了一个青年,他勇敢地伸手从油锅里取出了七枚铜钱,于是北渠的农民就永远得七分水量。可是那青年受烫伤过重,当场死去了!

青年姓张,是晋祠山边花塔村人,人们称他为张郎。北渠的群众为了纪念他,就把他的尸骨埋在了"中流砥柱"下面。为了分水,在砥柱东面筑了一道石堤,在堤腰凿了十孔圆洞,南三北七。在东堤又筑了一道人字堰,作为南北两渠的分水岭,以免出堤后水流混合。

现在,不管南渠北渠,人民是一家。地成大块,水也统一调度。一边支应新建的热电厂用水,一边浇灌一千顷稻田。

一手是工,一手是农,晋水的无限潜力得到充分发挥了。这里边有更多的人用水力再创造的力量。

一九五六年初秋,我们一天经历了三十个世纪,欣赏了晋祠那样丰富的文物古迹。当我们出"对越坊",沿"智伯渠"往回走的时候,回头看参天古木掩映下的楼台殿阁,看一抹果树林株株都满挂着累累的果实。右边十里稻花,左边烟囱入云,实在是兴奋。

但是最难忘的还是"难老泉"。

到现在五个年头过去了,"永锡难老",记忆还是新的。

桐庐行

■ 柯 灵

我生长在水乡,水使我感到亲切。如果我的性格里有明快的成分,那是水给我的,那澄明透澈的水,浅绿的水。

我多次横渡钱塘江,却只是往来两岸之间,没有机会沿江看看。钱塘上游的富春江,早就给我许多幻想了,直到最近,才算了却这个无关紧要的心愿。

江上旅游,最理想的,应当坐木船,浮家泛宅,不计时日,迎晓风,送夕阳,看明月,一路从从容容地走去,觉得什么地方好,就在那里停泊,等兴尽了再走。自然,在这样动乱的时代,这只是一种遐想。这次到富春江,从杭州出发,行程只有一天,早去晚回,雇的是一艘小火轮。抗战期间,从杭州到所谓"自由"区的屯溪,这是一条必经之路,舟楫往来,很热闹过一时;现在"曲终人不见,江上数峰青",才还了它原来的清静。在目前这样"圣明"的"盛世",专程游览而去的,大概这还算是第一次。

论风景,富春江最好的地方在桐庐到严州之间,出名的七里泷和严子陵钓台都在那一段;可是我们到了桐庐就折回了,没有再上去。原因有两种,时间限制是其一,主要的是因为那边不太平,据说有强盗,一种无以为生、铤而走险的"大国民"。安全第一,不去为上。这自然未免扫兴,好比拜访神交已久的朋友,到了门口没法进去,到底缘悭一面。妙的是桐庐这扇大门着实有点气派,虽然望门投止,也可以约略窥见那秀甲天下的光景。

从钱塘、富春溯江而上,经富阳到桐庐,整整走了九小时,约莫有二百里的水程。清早启碇,沐着袭人的凉意,上面是层云飘忽的高空,下面是一江粼粼的清流,天连水,水连天,交接处迎面挡着一道屏风似的山影。——这的确是屏,不像山,动人的是那色彩,浓蓝夹翠绿,深深浅浅,像用极细极细的工笔在淡青绢本上点出来的。这一路上去,目不暇接的是远远近近的山,明明暗暗的树,潮平岸阔,风正帆轻,偶或在无穷的原野中出现临河的小村小镇,听听遥岸的人声,也自有一种亲切和喜悦。

过了富阳,因为连日阴雨,山上的积水顺流而下,满江是赭色的急湍。船行本是逆流,这一来走得更慢。时间太久了,不断的"疲劳欣赏"渐渐使人感到单调。直到壁立的桐君山在船头出现,这才士气大振,似乎发现了新大陆。

拿经历来印证想象,过去这大半天所见的光景,跟我虚构的画面至少有点不符。我想象中的富春江没有这么开阔,夹岸对峙着悬崖峭壁,翠嶂青峰,另是一番深峻的气象。看到桐君山,我这才像是看到了梦中的旧相识。它巍然矗立,那么陡峭,那么庄严,似乎颇藐视我这个昂首惊喜的游人。山上没有什么嶙峋的怪石,却是杂树葱茏,有一株不知名的花树,众醉独醒,开得正在当令。绿云掩映之间,山巅掣出几间缥缈的屋子,有人正在窗前探首,向江心俯瞰。

船转过山脚,天目溪从斜刺里迎面而来,富春江是一片绀赭,而它却是溶溶的碧流,两种截然不同的颜色,在这里分成两半,形成稀有的奇景。

桐君山并不高,却以地位和形势取胜,兼有山和水的佳趣。背后是深谷,绵延的山脉;前面极目无垠,原野如绣,而两面临水,脚底下就是那滔滔东去的大江;隔岸相望,两江交叉处是桐庐的市廛一撮,另一面又是隔岸的青山。山顶的庙宇已经破残不堪,从那漏空的断壁,洞穿的飞檐,朱痕犹在的雕栏画栋之间,到处嵌进了山,望得见水。庙后的一株石榴,寂寞中兀自开得绚烂,那耀眼的艳红真当得起"如火如荼"的形容,似乎也只有这样的地方才配有它。站在山顶,居高临下,看看那幽深雄奇的气势,我想起历史,想起战争,想起我们的河山如此之美。而祖国偏又如此多难。在这次抗日战争中,桐庐曾经几度沦陷,缅想敌人立马山头,面对如此山川,而它的主人却是一个坚忍的、不可征服的民族,我不知激动他的是一种怎样的情感。

渡水过桐庐,从江边拾级而上,我们在街上闲闲地溜达了一回。这是个江城,同时是个山城,所以高高地矗立在水上。像喜欢杭州的龙井一样,我喜欢这个小城。好在小,比较整洁,有温暖亲切的感觉,令人向往丰乐和平、日长如年的岁月,不像有些小村小城,一接触到就使人想起灾难、贫穷、老死,想起我们民族的困厄。桐庐街道虽小,却并无逼窄之感,道旁疏疏地种着街树,这似乎是别的小城市中所不经见的。市街相当繁荣,有些房子正在建造。劫灰犹在,春意乍生,可以看出这个小城是相当富庶的。

临江有一家旅馆,两面临水。一位朋友曾经在那里投宿,据说入夜倚窗,看山间明月,江上渔灯,有不可描摹的情趣。可惜我们没有这个幸运。

数年来梦想的富春江,总算看过了。虽然连七里泷和钓台的面也没有见,可是到底逛了桐庐。这就够了!单为爬一次桐君山,也算得此行不虚!人们都说上游如何如何的山回水曲,引人入胜。如何如何的柳暗花明,奇峰突起,看了桐庐,我们的想象有了驰骋的依托,从这里也可以得其一二,愿将此留供低徊,作他日直溯上游时的印证吧。

初冬过三峡

■ 萧　乾

一

听说船早晨十点从奉节入，九点多钟我揣了一份干粮爬上一道金属小梯，站到船顶层的甲板上了。从那时候起，我就跟天、水以及两岸的巉岩峭壁打成一片，一直伫立到天色昏暗，只听得见成群的水鸭子在江面上啾啾私语，却看不见它们的时候，才回到舱里。在初冬的江风里吹了将近九个钟头，脸和手背都觉得有些麻木臃肿了，然而那是怎样难忘的九个钟头啊！我一直都像是在变幻无穷的梦境里，又像是在听一阕奔放浩荡的交响乐章：忽而妩媚，忽而雄壮；忽而阴森逼人，忽而灿烂夺目。

整个大江有如一环环接起来的银链，每一环四壁都是蔽天翳日的峰峦，中间各自形成一个独特天地，有的椭圆如琵琶，有的长如梭。走进一环，回首只见浮云衬着初冬的天空，自由自在地游动，下面众峰峥嵘，各不相让，实在看不出船是怎样硬从群山缝隙里钻过来的。往前看呢，山岚弥漫，重岩叠嶂，有的如笋如柱。直插云霄，有的像彩屏般森严大方地屹立在前，挡住去路。天又晓得船将怎样从这些巨汉的腋下钻出去。

那两百公里的水程用文学作品来形容，正像是一出情节惊险、故事曲折离奇的好戏，这一幕包管你猜不出下一幕的发展，文思如此之绵密，而又如此之突兀，它迫使你非一口气看完不可。

出了三峡，我只有力气说一句话：这真是自然之大手笔。晚餐桌上，我们拿它比过密西西比河，也比过从阿尔卑斯山穿过的一段多瑙河，越比越觉得祖国河山的奇瑰，也越体会到我们的诗词绘画何以那样俊拔奇伟，气势万千。

二

没到三峡以前，只把它想象成岩壁峭绝，不见天日。其实，太阳这个巧妙的照明师不但利用出峡入峡的当儿，不断跟我们玩着捉迷藏，它还会在壁立千仞的幽谷里，忽而从峰与峰之间投进一道金晃晃的光柱，忽而它又躲进云里，透过薄云垂下一匹轻纱。

早年读书时候，对三峡的云彩早就向往了，这次一见，果然是不平凡。过瞿塘峡，山巅积雪跟云絮几乎羼在一起，明明是云彩在移动，恍惚间却觉得是山头在走。过巫峡，云渐成朵，忽聚忽散，似天鹅群舞，在蓝天上织出奇妙的图案。有时候云彩又呈一束束白色的飘带，它似乎在用尽一切轻盈婀娜的姿态来衬托四周叠起的重岭。

初入峡，颇有逛东岳庙时候的森懔之感。四面八方都是些奇而丑的山神，朝自己扑奔而来。两岸斑驳的岩石如巨兽伺伏，又似正在沉眠。山峰有的作蝙蝠展翅状，有的如尖刀倒插，也有的似引颈欲鸣的雄鸡，就好像一位魄力大、手艺高的巨人曾挥动千钧巨斧，东斫西削，硬替大江斩出这道去路。岩身有的作绛紫色，有的灰白杏黄间杂。著名的"三排石"是浅灰带黄，像煞三煮断垣。仙女峰作杏黄色，峰形尖如手指，真是瑰丽动人。

尽管山坳里树上还累累挂着黄橙橙的广柑，峰巅却见了雪。大概只薄薄下了一层,经风一刮,远望好像棱棱可见的肋骨。巫峡某峰,半腰横挂着一道灰云,显得异常英俊。有的山上还有闪亮的瀑布,像银丝带般蜿蜒飘下。也有的虽然只不过是山缝儿里淌下的一道涧流,可是在夕阳的映照下,却也变成了金色的链子。

船刚到夔府峡,望到屹立中流的滟滪滩,就不能不领略到三峡水势的险巇了。从那以后,江面不断出现这种拦路的礁石。勇敢的人们居然还给这些暗礁起下动听的名字:如"头珠石"、"二珠石"。这以外,江心还埋伏着无数险滩,名字也都蛮漂亮。过去不晓得多少生灵都葬身在那里了。现在尽管江身狭窄如昔,却安全得像个秩序井然的城市。江面每个暗礁上面都浮起红色灯标,船每航到瓶口细颈处,山角必有个水标站,门前挂着各种标记,那大概就相当于陆地上的交通警。水浅地方,必有白色的报航船,对来往船只报告水位。傍晚,还有人驾船把江面一盏盏的红灯点着,那使我忆起老北京的路灯。

每过险滩,从船舷俯瞰,江心总像有万条蛟龙翻滚,漩涡团团,船身震撼。这时候,水面皱纹圆如铜钱,乱如海藻,恐怖如陷阱。为了避免搁浅,穿着救生衣的水手站在船头的两侧,用一根红蓝相间的长篙不停地试着水位。只听到风的呼啸,船头跟激流的冲撞,和水手报水位的喊声。这当儿,驾驶台一定紧张得很了。

船一声接一声地响着汽笛,对面要是有船,也鸣笛示意。船跟船打了招呼,于是,山跟山也对语起来了,声音辽远而深沉,像是发自大地的肺腑。

三

最令人惊心动魄的是激流里的木船。有的是出来打鱼的,有的正把川江的橘麻往下游运。剽悍的船夫就驾着这种弱不禁风的木船,沿着嶙峋的巉岩,在江心跟汹涌的漩涡搏斗。船身给风刮得倾斜了,浪花漫过了船头,但是勇敢的桨手们还在劲风里唱着号子歌。

这当儿,一声汽笛,轮船眼看开过来了。木船赶紧朝江边划。轮船驶过,在江里翻滚的那一万条蛟龙变成十万条了,木船就像狂风中的荷瓣那样横过来倒过去地颠簸动荡。不管怎样,桨手们依旧唱着号子歌,逆流前进。他们征服三峡的方法虽然是古老过时的,然而他们毕竟还是征服者。

三峡的山水叫人惊服,更叫人惊服的是沿峡劳动人民征服自然,谋取生存的勇气和本领。在那耸立的峭壁上,依稀可以辨出千百层细小石级,蜿蜒交错,真是羊肠蟠道三十六迴。有时候重岩绝壁上垂下一道长达十几丈的竹梯,远望宛如什么爬虫在巉岩上蠕动。上面,白色的炊烟从一排排茅舍里袅袅上升。用望远镜眺望,还可以看到屋檐下晒的柴禾、腊肉或渔具,旁边的土丘大约就是他们的祖茔。峡里还时常看见田垄和牲口。在只有老鹰才飞得到的绝岩上,古代的人们建起了高塔和寺庙。

船到南津关,岸上忽然出现了一片完全不同的景象;山麓下搭起一排新的木屋和白色的帐篷。这时候,一簇年轻小伙子正在篮球架子下面嘶嚷着,抢夺着。多么熟稔的声音啊!我听到了筑路工人铿然的铁锹声,也听到更洪亮的炸石声。赶紧借过望远镜来一望,镜子里出现了一张张充满青春气息的笑脸。多巧啊,电灯这当儿亮了。我看见高耸的钻探机。

原来这是个重大的勘察基地,岸上的人们正是历史奇迹的创造者。他们征服自然的规模更大,办法更高明了。他们正设计在三峡东边把口的地方修建一座世界最大的水电站,一座可以照耀半个中国的水电站。三峡将从蜀道上一道险隘的关隘,变成为幸福的源泉。

山势渐渐由奇伟而平凡了,船终于在苍茫的暮色里,安全出了峡。从此,漩涡消失了,两岸的峭岩消失了,江面温柔广阔,酷似一片湖水。轮船转弯时,衬着暮霭,船身在江面轧出千百道金色的田垄,又像有万条龙睛鱼在船尾并排追踪。

江边的渔船已经看不清楚了,天水交接处,疏疏朗朗只见几根枯苇般的桅杆。天空昏暗得像一面积满尘埃的镜子,一只苍鹰此刻正兀自在那里盘旋。它像是在寻思着什么,又像是对这片山川云物有所依恋。

风

■ 杨 绛

为什么天地这般复杂地把风约束在中间?硬的东西把它挡住,软的东西把它牵绕住。不管它怎样猛烈的吹;吹过遮天的山峰,洒脱缭绕的树林,扫过辽阔的海洋,终逃不到天地以外去。或者为此,风一辈子不能平静,和人的感情一样。

也许最平静的风,还是拂拂微风。果然纹风不动,不是平静,却是酝酿风暴了。蒸闷的暑天,风重重地把天压低了一半,树梢头的小叶子都沉沉垂着,风一丝不动,可是何曾平静呢?风的力量,已经可以预先觉到,好像蹲伏的猛兽,不在睡觉,正要纵身远跳。只有拂拂微风最平静,没有东西去阻挠它:树叶儿由它撩拨,杨柳顺着它弯腰,花儿草儿都随它俯仰,门里窗里任它出进,轻云附着它浮动,水面被它偎着,也柔和地让它搓揉。随着早晚的温凉、四季的寒暖,一阵微风,像那悠远轻淡的情感,使天地浮现出忧喜不同的颜色。有时候一阵风是这般轻快,这般高兴,顽皮似的一路拍打拨弄。有时候淡淡的带些清愁,有时候润润的带些温柔;有时候亢爽,有时候凄凉。谁说天地无情?它只微微的笑,轻轻地叹息,只许抑制着的风拂拂吹动。因为一放松,天地便主持不住。

假如一股流水,嫌两岸缚束太紧,它只要流、流、流,直流到海,便没了边界,便自由了。风呢,除非把它紧紧收束起来,却没法儿解脱它。放松些,让它吹重些吧;树枝儿便拦住不放,脚下一块石子一棵小草都横着身子伸着臂膀来阻挡。窗嫌小，门嫌狭，都挤不过去。墙把它遮住，房子把它罩住。但是风顾得这些么？沙石不妨带着走，树叶儿可以卷个光，墙可以推倒，房子可以掀翻。再吹重些，树木可以拔掉，山石可以吹塌，可以卷起大浪，把大块土地吞没，可以把房屋城堡一股脑儿扫个干净。听它狂嗥狞笑怒吼哀号一般，愈是阻挡它，愈是发狂一般推撞过去。谁还能管它么？地下的泥沙吹在半天，天上的云压近了地，太阳没了光辉，地上没了颜色，直要把天地捣毁，恢复那不分天地的混沌。

不过风究竟不能掀翻一角青天，撞将出去。不管怎样猛烈，毕竟闷在小小一个天地中间。吹吧，只能像海底起伏鼓动着的那股力量，掀起一浪，又被压伏下去。风就是这般压在天底下，吹着吹着，只把地面吹起成一片凌乱，自己照旧是不得自由。末了，像盛怒到极点，不能再怒，化成怅怅的烦闷懊恼；像悲哀到极点，转成绵绵幽恨；狂欢到极点，变为凄凉；失望到极点，成了淡漠。风尽情闹到极点，也乏了。不论是严冷的风，蒸热的风，不论是哀号的风，怒叫的风，到末了，渐渐儿微弱下去，剩几声悠长的叹气，便没了声音，好像风都吹完了。

但是风哪里就吹完了呢。只要听平静的时候，夜晚黄昏，往往有几声低吁，像安命的老人，无可奈何的叹息。风究竟还不肯驯服。或者就为此吧，天地把风这般紧紧的约束着。

清塘荷韵

■ 季羡林

楼前有清塘数亩。记得三十多年前初搬来时，池塘里好像是有荷花的，我的记忆里还残留着一些绿叶红花的碎影。后来时移事迁，岁月流逝，池塘里却变得"半亩方塘一鉴开，天光云影共徘徊"，再也不见什么荷花了。

我脑袋里保留的旧的思想意识颇多，每一次望到空荡荡的池塘，总觉得好像缺点什么。这不符合我的审美观念。有池塘就应当有点绿的东西，哪怕是芦苇呢，也比什么都没有强。最好的最理想的当然是荷花。中国旧的诗文中，描写荷花的简直是太多太多了。周敦颐的《爱莲说》，读书人不知道的恐怕是绝无仅有的。他那一句有名的"香远益清"是脍炙人口的。几乎可以说，中国人没有不爱荷花的。可我们楼前池塘中独独缺少荷花。每次看到或想到，总觉得是一块心病。

有人从湖北来，带来了洪湖的几颗莲子，外壳呈黑色，极硬。据说，如果埋在淤泥中，能够千年不烂。因此，我用铁锤在莲子上砸开了一条缝，让莲芽能够破壳而出，不至永远埋在泥中。这都是一些主观的愿望，莲芽能不能够出，都是极大的未知数。反正我总算是尽了人事，把五六颗敲破的莲子投入池塘中，下面就是听天由命了。

这样一来，我每天就多了一件工作：到池塘边上去看上几次。心里总是希望，忽然有一天，"小荷才露尖尖角"，有翠绿的莲叶长出水面。可是，事与愿违，投下去的第一年，一直到秋凉落叶，水面上也没有出现什么东西。经过了寂寞的冬天，到了第二年，春水盈塘，绿柳垂丝，一片旖旎的风光。可是，我翘盼的水面上却仍然没有露出什么荷叶。此时我已经完全灰了心，以为那几颗湖北带来的硬壳莲子，由于人力无法解释的原因，大概不会再有长出荷花的希望了。我的目光无法把荷叶从淤泥中吸出。

但是，到了第三年，却忽然出了奇迹。有一天，我忽然发现，在我投莲子的地方长出了几个圆圆的绿叶，虽然颜色极惹人喜爱，但是却细弱单薄，可怜兮兮地平卧在水面上，像水浮莲的叶子一样。而且最初只长出了五六个叶片。我总嫌这有点太少，总希望多长出几片来。于是，我盼星星，盼月亮，天天到池塘边上去观望。有校外的农民来捞水草，我总请求他们手下留情，不要碰断叶片。但是经过了漫漫的长夏，凄清的秋天又降临人间，池塘里浮动的仍然只是孤零零的那五六个叶片。对我来说，这又是一个虽微有希望但究竟仍是令人灰心的一年。

真正的奇迹出现在第四年上。严冬一过，池塘里又溢满了春水。到了一般荷花长叶的时候，在去年飘浮着五六个叶片的地方，一夜之间，突然长出了一大片绿叶，而且看来荷花在严冬的冰下并没有停止行动，因为在离开原有五六个叶片的那块基地比较远的池塘中心，也长出了叶片。叶片扩张的速度，扩张范围的扩大，都是惊人地快。几天之内，池塘内不小一部分，已经全为绿叶所覆盖。而且原来平卧在水面上的像是水浮莲一样的叶片，不知道是从哪里聚集来了力量，有一些竟然跃出了水面，长成了亭亭的荷叶。原来我心中还迟迟疑疑，怕池中长的是水浮莲，而不是真正的荷花。这样一来，我心中的疑云一扫而光：池塘中生长的真正是洪湖莲花的子孙了。我心中狂喜，这几年总算是没有白等。

　　天地萌生万物，对包括人在内的动植物等有生命的东西，总是赋予一种极其惊人的求生存的力量和极其惊人的扩展蔓延的力量，这种力量大到无法抗御。只要你肯费力来观摩一下，就必然会承认这一点。现在摆在我面前的就是我楼前池塘里的荷花。自从几个勇敢的叶片跃出水面以后，许多叶片接踵而至。一夜之间，就出来了几十枝，而且迅速地扩散、蔓延。不到十几天的工夫，荷叶已经蔓延得遮蔽了半个池塘。从我撒种的地方出发，向东西南北四面扩展。我无法知道，荷花是怎样在深水中淤泥里走动。反正从露出水面荷叶来看，每天至少要走半尺的距离，才能形成眼前这个局面。

　　光长荷叶，当然是不能满足的。荷花接踵而至，而且据了解荷花的行家说，我门前池塘里的荷花，同燕园其他池塘里的，都不一样。其他地方的荷花，颜色浅红；而我这里的荷花，不但红色浓，而且花瓣多，每一朵花能开出十六个复瓣，看上去当然就与众不同了。这些红艳耀目的荷花，高高地凌驾于莲叶之上，迎风弄姿，似乎在睥睨一切。幼时读旧诗："毕竟西湖六月中，风光不与四时同。接天莲叶无穷碧，映日荷花别样红。"爱其诗句之美，深恨没有能亲自到杭州西湖去欣赏一番。现在我门前池塘中呈现的就是那一派西湖景象。是我把西湖从杭州搬到燕园里来了。岂不大快人意也哉！前几年才搬到朗润园来的周一良先生赐名为"季荷"。我觉得很有趣，又非常感激。难道我这个人将以荷而传吗？

　　前年和去年，每当夏月塘荷盛开时，我每天至少有几次徘徊在塘边，坐在石头上，静静地吸吮荷花和荷叶的清香。"蝉噪林愈静，鸟鸣山更幽。"我确实觉得四周静得很。我在一片寂静中，默默地坐在那里，水面上看到的是荷花的绿肥、红肥。倒影映入水中，风乍起，一片莲瓣堕入水中，它从上面向下落，水中的倒影却是从下边向上落，最后一接触到水面，二者合为一，像小船似的漂在那里。我曾在某一本诗话上读到两句诗："池花对影落，沙鸟带声飞。"作者深惜第二句对仗不工。这也难怪，像"池花对影落"这样的境界究竟有几个人能参悟透呢？

晚上，我们一家人也常常坐在塘边石头上纳凉。有一夜，天空中的月亮又明又亮，把一片银光洒在荷花上。我忽听扑通一声。是我的小白波斯猫毛毛扑入水中，它大概是认为水中有白玉盘，想扑上去抓住。她一入水，大概就觉得不对头，连忙矫捷地回到岸上，把月亮的倒影打得支离破碎，好久才恢复了原形。

今年夏天，天气异常闷热，而荷花则开得特欢。绿盖擎天，红花映日，把一个不算小的池塘塞得满而又满，几乎连水面都看不到了。一个喜爱荷花的邻居，天天兴致勃勃地数荷花的朵数。今天告诉我，有四五百朵；明天又告诉我，有六七百朵。但是，我虽然知道他为人细致，却不相信他真能数出确切的数目。在荷叶底下，石头缝里，旮旮旯旯，不知还隐藏着多少菡萏儿，都是在岸边难以看到的。粗略估计，今年大概开了将近一千朵。真可以算是洋洋大观了。

连日来，天气突然变寒。好像一下子从夏天转入秋天。池塘里的荷叶虽然仍是绿油的一片，但是看来变成残荷之日也不会太远了。再过一两个月，池水一结冰，连残荷也将消逝得无影无踪。那时荷花大概会在冰下冬眠，做着春天的梦。它们的梦一定能够圆的。"既然冬天到了，春天还会远吗？"

我为我的"季荷"祝福。

可贵的山茶花

■ 邓 拓

我生平最喜欢山茶花。前年冬末春初卧病期间,幸亏有一盆盛开的浅红色的"杨妃山茶"摆在床边,朝夕相对,颇慰寂寥。有一个早上,突然发现一朵鲜艳的花儿被碰掉了,心里觉得很可惜。我把她拾起来,放在原来的花枝上,借着周围的花叶把她托住。经过了二十天的时间,她还没有凋谢。这是多么强烈的生命力啊!当时我写了一首小诗,称颂这朵山茶花:

红粉凝霜碧玉丛,
淡妆浅笑对东风。
此生愿伴春长在,
断骨留魂证苦衷。

她的粉红色花瓣,又嫩又润,恍惚是脂粉凝成的;衬着绿油油的叶子,又厚又有光泽,好像是用碧玉雕成的;一株小树能开许多花朵,前后开花的时间,可以连续两个月。似乎在严寒的季节,她就已经预示了春天的到来,而在东风吹遍大地的时候,她更加不愿离去,即便枝折花落,她仍然不肯凋谢,始终要把她的生命献给美丽的春光。这样坚贞优美的性格,怎能不令人感动啊!

今年春节,我有机会在云南的昆明和大理等地,看到各色各样的山茶花。特别是在大理，不但所有的公共场所都遍栽山茶花，而且许多居民的庭院中也尽是山茶花。在这个古老的小县城里，春节前夕的街头，到处摆满了小摊，出售野生的山茶花。我当时看到这番情景，马上产生一个强烈的印象，觉得这个小巧玲珑的古城，把它叫做"茶花城"，一点也不过分。美丽的山茶花，使这里的山水人物，全都变得那么娇艳可爱了。仰望苍山，俯瞰洱海，听着五朵金花公社的歌声，看着金花银花姐妹们热情的笑脸，人们的生活更显得丰富而美满，如诗如画，永不凋谢，永远繁荣！

这样美丽的山茶花乃是我国西南地区的特产，而以云南、四川为最。明代的王世懋，在他的著作《学圃杂疏》的"花疏"中写道：

> 吾地山茶重宝珠。有一种花大而心繁者，以蜀茶称，然其色类殷红。尝闻人言，滇中绝胜。余官莆中，见士大夫家皆种蜀茶，花数千朵，色鲜红，作密瓣，其大如杯。云：种自林中丞蜀中得来，性特畏寒，又不喜盆栽。余得一株，长七八尺，舁归，植淡园中，作屋幕于隆冬，春时撤去。蕊多辄摘却，仅留二三花，更大绝，为余兄所赏。后当过枝，广传其种，亦花中宝也。

王世懋是江苏太仓人，为明代著名诗人王世贞的弟弟。从他的这一节记载中，我们可以看出，明代嘉靖年间，江苏等地的山茶花，大概都由四川和云南移植过去的。王世懋在书中还介绍了黄山茶、白山茶、红白茶梅、杨妃山茶等许多品种。在他以后，到明代万历年间，王象晋写了一部《群芳谱》，其中对山茶花又作了详细的介绍：

> 山茶一名曼陀罗，树高者丈余，低者二三尺，枝干交加。叶似木樨，硬有棱，稍厚；中阔寸余，两头尖，长三寸许；面深绿，光滑，背浅绿，经冬不脱。以叶类茶，又可作饮，故得茶名，花有数种，十月开至二月。有鹤顶茶，大如莲，红如血，中心塞满如鹤顶，来自云南，曰滇茶玛瑙茶，红黄白粉为心，大红为盘，产自温州。宝珠茶，千叶攒簇，色深少态。杨妃茶，单叶，花开早，桃红色，焦萼。白似宝珠，宝珠而蕊白，九月开花，清香可爱。正宫粉、赛宫粉，皆粉红色。石榴茶，中有碎花。海榴茶，青蒂而小。茉榴茶、踯躅茶、类山踯躅。真珠茶、串珠茶，粉红色。又有云茶、磐口茶、茉莉茶、一捻红、照殿红。

在这里介绍了许多种山茶花的名目和特点，很有参考价值。但是，他说山茶又叫做曼陀罗，后来其他作者也这么说，这一点我却有另外的解释。曼陀罗显然是梵语的译音，并非我国原有的名称。而山茶花的原产地的确是我们中国，所以介绍她的本名只能用中国原有的名称，而不应该采用外来的名称。

唐代段成式的《酉阳杂俎》，早已肯定了山茶花的名称和基本特征。他说："山茶，叶似茶树，高者丈余，花大盈寸，色如绯，十二月开。"到了宋代，范成大在《桂海虞衡志》中，更把山茶花分为南北两大类，一类是以当时的中原，即所谓中州所产的为代表；另一类则是南山茶，就是我们现在所说的云南四川等地的山茶花。估计自古迄今南北各地山茶花的种类，总在一百种上下。正如明代的李时珍在《本草纲目》中所说的，"山茶之名，不可胜数"。这就好比菊花的名目一样，随着人工栽培技术的不断进步，她们的花色品种也必然会越来越多。李时珍在《本草纲目》中还介绍了山茶花的许多用途和医药价值。这就证明,她不但可供人们欣赏,而且是人们养生祛病的良友啊!

虽然,最珍贵的山茶花品种,目前还只能在南方温暖的地带有繁殖的条件。但是也可以断定,只要培植得法,她同样可以适应北方的气候和土壤,而逐渐繁殖起来,只要条件适宜,山茶花的寿命可以延续很久。据明代隆庆年间冯时可写的《滇中茶花记》所说:"茶花最甲海内,……寿经三四百年,尚如新植。"看来在我国南北各地,如果经过植物学家和园艺技师的共同研究,完全有可能把昆明、大理等处最好的山茶花品种,普遍移植,决无问题。这比起在欧洲、美洲各国种植山茶花,条件要好得多了。人们都知道,法国人加梅尔,在十七世纪的时候,曾将中国的山茶花移植到欧洲,后来又移植到美洲。难道我们要在国内其他地区移植还不比他们更容易吗?

但是,无论天南海北的人,每当欣赏山茶花的时候,都不应该忘记她还有一段动人的传说。这是流传在云南白族人民中的一个神话故事。它告诉我们:古代有个魔王,嫉恨人间美满的生活,他用魔法把大地变成一片惨白的世界,不让有红花绿叶留在人间。但是,人们是爱惜自己的美好生活的。一位白族的少女,毅然决然地献出了不朽的青春,献出了宝贵的生命,用自己的鲜血,重新染红了山茶花,用自己的胆汁重新染绿了花叶。从那以后,山茶花才更加娇艳地出现在大地上。

怪不得历来有无数的诗人,写了无数的诗篇,一致赞赏山茶花的高贵品质。

这里应该首先提到宋代苏东坡歌咏山茶花的一首七绝。他写道:

　　山茶相对阿谁栽?

细雨无人我独来。
说似与君君不会，
烂红如火雪中开。

宋代另一个著名诗人范成大，也写了许多赞美山茶花的诗，其中有一首绝句是：

折得瑶华付与谁？
人间铅粉弄妆迟。
直须远寄骖鸾客，
鬓脚飘飘可一枝！

特别应该记住，爱国诗人陆放翁，因为看到花园里有"山茶一树，自冬至清明后，著花不已"，曾经写了两首绝句，大加赞扬：

东园三日雨兼风，
桃李飘零扫地空。
惟有山茶偏耐久，
绿丛又放数枝红。

雪里开花到春晚，
世间耐久孰如君？
凭栏叹息无人会，
三十年前宴海云。

在宋代的诗人中，就连曾子固素来被认为不会写诗的人，也都写过几首诗，尽情歌唱山茶花的秀艳和高尚的性格。曾子固的诗中有些句子也很动人。比如，他说："为怜劲意似松柏，欲攀更惜长依依。"他把山茶花和松柏相比，可算得估价极高了。

后来元、明、清各个朝代都有许多著名的诗人和画家，用他们的笔墨和丹青，尽情地描绘这美丽的山茶花。如今，我们生活在东风吹遍大地的新时代，我们要让人民过着日益美满幸福的生活，我们对于如此美丽而高贵的山茶花，怎么能不加倍地珍爱呢！

华山谈险

■ 黄苗子

我们这几位"旅行家"在黄河边上的一个小县歇下来。这个地方有许多从各地来的画家们在进行壁画临摹研究工作。当我们宣布要上华山一游之后,曾经去过的画家们就纷纷以一连串惊心动魄的词句来形容华山的险,有人在讲述用铁链子攀缘上去时那种战战兢兢的心情。有人说:上了二十里到"回心石"猛抬头看见挂着铁链的陡壁,已经叫你心神不定,再看看壁上前人的题字:左边刻着"当思父母",右边却叫你"勇猛前进",这时真像挂着十五个吊桶在心头——七上八落,不知该拿出勇气上去呢,还是名副其实地到了石边就"回心"转意,到此为止!有人又提到一千年前那位老作家——被称做"韩文公"的老韩愈,他上了苍龙岭不敢下来,急得痛哭一场,连书本子都扔掉了(苍龙岭有"韩愈投书处")。说这个地方的确好险,现在想起来心头还是蹦跳!

有人听说我要上华山,先把我打量一下,便发问:"你有心脏病没有?你神经衰弱不?"

听到了这一系列关于华山的"警告",我心里确实嘀咕起来。我平常到了北京饭店的屋顶向下一望,都觉得目眩心怔,发生马上就要掉下去的感觉,何况攀着铁链子上万丈悬崖,这个滋味儿怕不大好受,心里就凉了半截;待要自己提出取消华山之游,可是话已经说出来,不去,又怕别人笑话。

在一次闲谈中，我们约好的游伴之一，曾经以"考据家"的姿态谈到韩愈投书的问题，他说韩愈"年未四十而视茫茫，而发苍苍，而齿牙动摇"（韩著《祭十二郎文》中语），分明是个未老先衰的旧式书生，他上得华山心里不发抖才怪；我们今天翻山越岭这种体力锻炼不是没有，解放军部队"智取华山"的壮举我们学不到，起码这种不畏艰难的精神是现代中国人都应当有的。

这位同志的话鼓舞了我们，并且确实被一份在路上偶然看到的《新绘详细西京华山胜景全图》那些奇怪的诗句所诱惑：

什么"一心游览上华山，四十里高往正南，西岳大部坐正顶，仰天池上把景观，北看黄河来朝献，吹箫引凤中峰盖……"

很想看一看究竟，果然几天以后，我们四个人便到达华山山下的华阴县，在那里休息一晚，好准备明天上山。

在华阴，看那高插云霄的三个山峰十分清楚，古人有"天外三峰削不成"的诗句。正好写出它的高峻。

旅馆里来往的不是上山便是下山的人，当我们背着背包、照相机和防备气候变化用的棉衣及毛线衣正要出门的时候，有一位刚从山上下来的旅客和我们打招呼，看看我们这副出门的装备，他带笑地说："你们上山东西带得太多了，看情况到了山上非逐渐减轻不可，上山下山都得手脚并用，手里可不能拿着东西呀！刚才我还跟店家说笑话，我说你们准得一路扔东西，店家就说他们扔了你就一路跟着捡吧……"

在"华山游口"接洽好背东西兼带路的人，我们便顺利地穿过玉泉院，沿着山沟的溪涧入山。果然渐入佳境，在峡谷中被流水和野花一路吸引住，精神抖擞，腰脚也不觉疲乏，一口气上了五里山路，到一所叫做三教堂的地方歇下来喝茶。

正在这时候，却从山上下来一位气急败坏的青年人，一面擦汗，一面向老道要茶喝。我们问他从哪儿下来，他说："咳！又高又险的路，一口气走了二三十里！我是早上从中峰下来的。这华山真是怕人，半个月前我爬过青海的雪山，还没有这样危险，那苍龙岭两边峭壁，中间一条'鲫鱼背'（意思是像鲫鱼背一样的两边陡削的山脊），拉着铁链子上下，眼睛往下望，白茫茫一片，云树在万丈山坳底下，叫你心魂都震抖起来。老君犁沟和千尺幢也都是又陡又狭的石壁，一不当心准教你……"他停了一下又说："刚才有一位四十多岁的老乡，是甘肃来的，下苍龙岭吓得直哭，一面哭，一面倒爬着，由两个人前后牵着下来……说老实话，我现在腿还是软的。"我们之中的一位"勇敢的人"先开口："同志，我们还没有上山，先别给我们泄气，想听一听你对于山上风景的意见，冒那么大的险到底值得值不得呢？"年轻人这时立刻堆满笑容说："对呀，我都忘了说，你不上到三峰顶上你真是想象不到，这山上的峰峦变化真是奇妙莫测咧！到了一个峰，你以为是绝境，却不想拐几拐又是一个比头一个更奇更绝的峰。华山的每个峰都各有胜处，北峰看日出和南峰看日出的景色就各有不同，所以为什么从古以来就有许多人爱华山，有许多人愿意一辈子在山上不下来。华山是险，但是确实值得付出一点代价，来领略这个大自然的奇迹！"

从谈话中，我们知道这位青年人是外国语学院的学生，学希腊文；因为有病，医生劝他休养半年，并且劝他旅行。

经过大块小块的石头路，正要上莎萝坪，又碰到从山上下来的西安剧团的演员们。人有时候像蚂蚁，在路上碰头时会聊上几句天，可是在山势如此险仄的所在，我们的谈话也并不怎样恰心。我眼见一位女演员正在用手扶着石头跨过去，一面小心地动作着，一面却

"好心"地对我们讲话:"哎呀,你们胆小的可不要上去,上头那高山陡壁吓得死人!"这时又是我们队伍中那位"勇敢的人"硬着头皮在答话:"不怕,我们胆子都很大。"当然罗,这四个人谁也都不真正"胆子大"。当我们已经走得相当远时,还听得对方低声地说:"胆子大……那就好咧。"

上得青柯坪,已经走了十多里路,这时已是旧小说上所说的"午牌时分",两腿疲乏,勉强地支撑着走到饭堂。道士们端上又香又软的热馍馍,这时才觉得饥饿是首待解决的问题。

华山的道士们有很好的组织,有的参加了农业生产小组,有的参加游客招待小组,招待小组解决游客的食宿问题,简单的菜饭和清洁的卧具使人满意。

在九天宫睡了午觉,便沿路到达回心石,果然,抬头一看……呀!铁链子就挂在那悬崖之上。不是回头就真没有别的路可去了。

只听得我们的"领队"轻轻地、似乎征询也似乎敦促的口气说:"怎样?走吧!"那时我已下定决心,就"外强中干"地冒出一声"走!"其实不走也不行哪,那位带路的人已经背着我们的行李在用手拉着铁链子上去了呢。

四个人战战兢兢地跟着他,此时我忽然发现了一个真理和奇迹:四条"腿"走起路来比两条腿轻松,手拉着铁链,减轻了下肢的重量,觉得既稳当又好走。这样,我们便上了千尺幢——自然,我没有敢向四周和底下看。

千尺幢是两面峭壁当中的一条狭隘的石缝,中间凿出踏步,踏步又陡又浅,全靠拉着两边挂着的铁链上山,这地方除了一线天光之外,周围看不见外景,这倒也感到安全,人一步一步地攀上去,到顶只有一二米大小的一个方洞眼,旁边斜放着铁板,只要把铁板一盖，华山的咽喉便被堵住，山上山下便没有第二条路可通。

从千尺幢上百尺峡，仍然是攀缘铁链上去。顾名思义，它比千尺幢路程较短，但是四周没有遮拦，心理上似乎觉得危险得多。从这里遥望峭壁尽头的群仙观的建筑，感到位置章法十分恰当，叫人想起古画中的"仙山楼阁图"，群仙观是一位老道花了三四十年的精力修盖起来的道观。这位老者今年九十多岁，已经二十多年没有下过山了。

再上去就是老君犁沟，二十年前出版的《华山指南》，警告游客们到此要"敛神一志，扪索以登，切忌乱谈游视，万一神悸手松，坠不测矣！"因为这是一块大石板，光溜溜的草木不生，两旁竖着石柱，用铁索拦住，人就从这中间上行。自然，身到此间，不用说也就会"敛神一志"的。

攀完了老君犁沟，在太阳将下时，我们到达北峰，真武殿孤零零地立在山顶上，好像只要有一阵狂风，就会把整个建筑卷去似的。我们当天就在此住宿一宵。

今晚月色不明，除了迎面翘立的西峰之外，群山都在脚底，清凉的晚风徐徐地给人拂去疲劳，回复神智。此时四山极静，似乎连大自然微细的呼吸都可以听见，除了恋恋于这高峰暮色而痴坐台阶的四个人之外，一切有生，如归寂灭。这时忽从远处飘来一种声音，这声音节奏纡徐，忽然低沉，忽然朗爽，不像诗诵，也不是曲词，它仿佛只是人对自然的独白，是在人的情愫中挑出最悦耳和最清净的一点来献给自然的、一种不可形容的声音语言。自然，只有这种境界更适宜于这种声音，这种境界和声音，确能把人引向另一个渺茫的世界中去，虽然那个世界只是个短暂的，虚幻的，使人犹如欣赏一出美好的古典戏剧一样地去欣赏它。

第二天早晨起来说梦，有人梦见昨晚唱"混元颂"的道士，依然在唱它那听不懂的歌词；有人梦见自己变成巨人，横躺在苍龙岭上。梦究竟是荒唐的事。一早上最叫人暗中着急的是不停地刮着大风，眼看那"一线孤绳，上通霄汉"的苍龙岭兀立在那咆哮的狂风中，不要说人，就是蚂蚁怕也会被吹落到那万丈深坑中去。这时四个人中就有人提出："刮这样大的风，怕上不去吧"的疑问，但谁也没有作正面答复。有人摊开纸笔对着远山作画，于是大家都画起画来。

华山有许多地方像北宋范宽的山水杰作，大片的山石像披麻，像斧劈，也有些地方宜用荷叶皴。望不见底的峭壁，有时只有几根纵线，有时却纵横交错表现出气魄的魁伟。从来画家都爱画华山，但真正把华山画得"形神"兼备却不容易。

午饭以后，我们离开北峰向南，到尽头又是绝路，崖边是垂直的一面石壁，凿出梯形踏步，两旁挂着铁链便人攀登，这就是十丈多高的"上天梯"。过了上天梯，穿过金天洞不远，就是苍龙岭。

苍龙岭是突出的山脊，狭而且长，远看像天上垂下来一根长绳，人就像小虫一样缘着绳了上去。近看两旁渊壑，瞑不见底，云从山下冒出，风呼啦呼啦地摇动半山松林，像伸出来的怪手要攫人！我们四个人这时谁也没有说话，按着宽有三四尺、狭仅尺许的踏步，俯身牵住铁链，"脚踏实地"地屏息前进。在前进中，我没有向周围俯视的余暇（自然也没有这种勇气），只是全心全意地爬上龙口；到了龙口，大家坐在石凳上舒一口气，一种解决一个难题以后的快感，浮在每个人脸上。

我们到了中峰，在道观喝了茶，听道士们指着峰峦述说解放华山时战士们的英勇行动和反动武装的懦怯怕死，觉得又兴奋又舒畅。人凭着勇敢和机智，能够战胜敌人也能战胜自然环境。在今天，我们的社会制度底下更有不可胜数的事例来说明这个真理。

"金锁关"是上东、西、南三峰的隘口,为了夜宿南峰,我们先到南天门一游。南天门的前殿看来平常,从殿后穿出石坪,才看到这个寺观原来是靠着削壁建筑的,西岩有一石门,石门下面铺着两根石桥,桥面宽不到一米,过去是栈道,人牵住石边削壁的铁链,踏着不到六十厘米的狭道移步前行。左边就是一望无底的悬崖。虽然知道南天门的女道士,经常像逛马路一样从此处下朝元洞,过软梯,经"朽朽橼",到贺老洞;但是我们穿出石门,才踏过了石桥,在心慌脚软的情况下,就只好废然而返!

南峰是太华诸峰的最高处,远望秦岭,少华、终南、太白,这些在平地上觉得骞腾云表的高山,现在都俯伏峰底,有如众星拱北。人在仰天池悄立,真有古人"呼吸通帝座"的感觉。我们借了道士的棉衣穿上,在黄昏时漫步山头,还觉得寒意深重。可不是吗,比我们早不了几天的登山人,还在金天宫门前的钟楼栏杆上写着:"一九五七年五月六日,在此遇雪,生平奇观……"等字句儿。道士们说:此地俗语有"上了金锁关,又是一重天"的说法,从山上的气候和植物土壤来看,确实是另一境界。

我不想细说在南峰早上看日出的美妙,也不想描写西峰上每棵松树的丰姿;解放华山时在西峰翠云宫捉住反动武装头子的故事让道士们和你详谈,赵匡胤和陈搏老祖下棋,输掉了华山的传说,让东峰的下棋亭提出证据,(可是要到下棋亭你得穿过"鹞子翻身",那也是十分惊险的场面)《宝莲灯》那出戏中"劈山救母"的故事让西峰那块石头和那把铁斧作出附会。……但是这座西岳华山为什么从古以来就会使人感到这么大的兴趣,几千年来有无数诗篇和文章对它作出各种歌颂,《华山志》说它是"轩辕黄帝会群仙之所,所以兴云雨、福苍生也",封建皇帝又利用它来作为欺骗百姓的工具,历代都举行过崇隆的祀典,而这座山又为什么会引起人们像《宝莲灯》那么美丽动人的幻想？我想,人要是住上几天,亲自和山灵接触一下,必然会解答这个问题。

踏上归途以前,自然还会想到怎样下"苍龙岭"、"千尺幢"的问题,又会使你发生"好上不好下"的错觉,但是我告诉你：从南峰绝顶回到华阴车站上下四十里路,我们只从早上七时到下午六时半左右就完成了行程,中途还不断的休息、画速写、拍照。

大概上过华山的人都会得到这么一点经验教训：传说和想象中的一切困难要是吓不倒你的时候,你已经达到了目的的一半,此外就是在具体实践中如何稳步前进的问题。如果你还怕上不去,那么每年三月间你来看看附近省、县赶"山会"的六七十岁小脚老太婆,她们百十成群上上下下的盛况,你就知道华山并不如一般人所说的那么"险"。

枯叶蝴蝶

■ 徐 迟

峨嵋山下,伏虎寺旁,有一种蝴蝶,比最美丽的蝴蝶可能还要美丽些,是峨眉山最珍贵的特产之一。

当它阖起两张翅膀的时候,像生长在树枝上的一张干枯了的树叶。谁也不去注意它,谁也不会瞧它一眼。

它收敛了它的花纹、图案,隐藏了它的粉墨、彩色,逸出了繁华的花丛,停止了它翱翔的姿态,变成了一张憔悴的,干枯了的,甚至不是枯黄的、而是枯槁的,如同死灰颜色的枯叶。

它们伪装,是为了保护自己,但是它还是逃不脱被捕的命运。不仅因为它的美丽,更因为它那用来隐藏它的美丽的枯槁与憔悴。

它以为它这样做可以保护自己,殊不知它这样做更教人去搜捕它。有一种生物比它还聪明,这种生物的特技之一是装假作伪,因此它装假作伪这种行经是超不过这种生物——人的。

人把它捕捉,将它制成标本,作为一种商品去出售,价钱越来越高。最后几乎把它捕捉得再也没有了。这一生物品种快要绝种了。

到这时候。国家才下令禁止捕捉枯叶蝶。但是,已经来不及了。国家的禁止更增加了它的身价。枯叶蝶真是因此而要绝灭了。

我们既然有一对美丽的如真理的翅膀,我们永远也不愿意阖上它们。做什么要装模作样,化为一只枯叶蝶,最后也还是被售,反而不如那翅膀两面都光彩夺目的蝴蝶到处飞翔,被捕捉而又生生不息。

我要我的翅膀两面都光彩夺目。

我愿这自然界的一切都显出它们的真相。

白蝴蝶之恋

■ 刘白羽

春意甚浓了,但在北方还是五风十雨,春寒料峭,一阵暖人心意的春风刚刚吹过,又来了一片沁人心脾的冷雨。

我在草地上走着,忽然,在鲜嫩的春草上看到一只雪白的蝴蝶。蝴蝶给雨水打落在地面上,沾湿的翅膀轻微地簌簌颤动着,张不开来。它奄奄一息,即将逝去。但它白得像一片小雪花,轻柔纤细,楚楚动人,多么可怜呀!

她从哪儿来?要飞向哪儿去?我痴痴望着它。忽然像有一滴圣洁的水滴落在灵魂深处,我的心灵给一道白闪闪的柔软而又强烈的光照亮了。

我弯下身,小心翼翼地把白蝴蝶捏起来,放在手心里。

这已经冷僵了的小生灵发蔫了,它的细细的足脚动弹了一下,就歪倒在我的手中。

我用口呵着气,送给它一丝丝温暖,蝴蝶渐渐苏醒过来。它是给刚才那强暴的风雨吓懵了吧?不过,它确实太纤细了。你看,那白茸茸的像透明的薄纱的翅膀,两根黑色的须向前伸展着,两点黑漆似的眼睛,几只像丝一样细的脚。可是,这纤细的小生灵,它飞翔出来是为了寻觅什么呢?在这阴晴不定的天气里,它表现出寻求者何等非凡的勇气。

它活过来了,我竟感到无限的喜悦。

这时,风过去了,雨也过去了。太阳用明亮的光辉照满宇宙,照满人间,一切都那样晶莹,那样明媚,树叶由嫩绿变成深绿了,草地上开满小米粒那样黄的小花朵。我把蝴蝶放在盛满阳光的一片嫩叶上,我向草地上漫步而去了。但我的灵魂里在呐喊——开始像很遥远、很遥远……,我还以为天空中又来了风、来了雨,后来我才知道就在我的心灵深处:你为什么把一个生灵弃置不顾?……于是我折转身又走回去,又走到那株古老婆娑的大树那儿。谁知那只白蝴蝶缓缓地、缓缓地在树叶上蠕动呢!我不惊动它,只静静地看着。阳光闪发着一种淡红色,在那叶片上颤悸、燃烧,于是带来了火、热、光明、生命,雨珠给它晒干了,风沙给它扫净了,那树叶像一片绿玻璃片一样透明、清亮。

我那美丽的白蝴蝶呀!我那勇敢的白蝴蝶呀!它试了几次,终于一跃而起,展翅飞翔,活泼伶俐地在我周围翩翩飞舞了好一阵,又向清明如洗的空中冉冉飞去,像一片小小的雪花,愈飞愈远,消失不见了。

这时,一江春水在我心头轻轻地荡漾了一下。在白蝴蝶危难时我怜悯它,可是当它真的自由翱翔而去时我又感到如此失落、怅惘,"唉!人呵人……"我默默伫望了一阵,转身向青草地走去。

悠然把酒对西山

■ 陈从周

"更喜高楼明月夜,悠然把酒对西山",明米万钟在他北京西郊的园林里。写了这两句诗句。一望而知是从晋人陶渊明"采菊东篱下,悠然见南山"脱胎而来的。不管"对"也好,"见"也好,所指的都是远处的山。这就是中国园林设计中的借景。把远景纳为园中一景,增加了该园的景色变化。这在中国古代造园中早已应用,明计成在他所著《园冶》一书中总结出来,有了定名。他说:"借者,园虽别内外,得景无拘远近。"已阐述得很明白了。

北京的西郊,西山蜿蜒若屏,清泉汇为湖沼,最宜建园,历史上曾为北京园林集中之地,明清两代,蔚为大观,其中圆明园更被称为"万园之园"。

这座在历史上驰名中外的名园——圆明园,其于造园之术,可用"因水成景,借景西山"八字来概括。圆明园的成功,在于"因"、"借"二字,是中国古代园林的主要手法的具体表现。偌大的一个园林,如果立意不明,终难成佳构。所以造园要立意在先。尤其是郊园、郊园多野趣,重借景。这两点不论从哪一个园,即今日尚存的颐和园,都能体现出来。

圆明园在一八六〇年英法联军与一九〇〇年八国联军入侵北京时已全被焚毁,今仅存断垣残基。如今,只能用另一个大园林颐和园来谈借景。

颐和园在北京西北郊十公里，万寿山耸翠园北。昆明湖弥漫山前，玉泉山蜿蜒其西，风景洵美。

颐和园在元代名瓮山金海，至明代有所增饰，名好山园。清康熙四十一年（一七〇二年）曾就此作瓮山行宫。清乾隆十五年（一七五〇年）开始大规模兴建，更名清漪园。一八六〇年为英法联军所毁，一八八六年修复，易名颐和园。一九〇〇年又为八国联军所破坏，一九〇三年又重修，遂成今状。

颐和园是以杭州西湖为蓝本，精心摹拟，故西堤、水岛、烟柳画桥，移江南的淡妆，现北地之胭脂，景虽有相同，趣则各异。

园面达三、四平方公里，水面占四分之三，北国江南因水而成。入东宫门，见仁寿殿，峻宇翬飞，峰石罗前。绕其南豁然开朗，明湖在望。

万寿山面临昆明湖，佛香阁踞其巅，八角四层，俨然为全园之中心。登阁则西山如黛，湖光似镜，跃然眼帘；俯视则亭馆扑地，长廊萦带，景色全囿于一园之内，其所以得无尽之趣，在于借景。小坐湖畔的湖山真意亭，玉泉山山色塔影，移入槛前，而西山不语，直走京畿，明秀中又富雄伟，为他园所不及。

廊在中国园林中极尽变化之能事，颐和园长廊可算显例，其予游者之兴味最浓，印象特深，廊引人随，中国画山水手卷，于此舒展，移步换影，上苑别馆，有别宫禁，宜其清代帝王常作园居。

谐趣园独自成区，倚万寿山之东麓，积水以成池，周以亭榭，小桥浮水，游廊随经，适宜静观，此大园中之小园，自有天地。园仿江南无锡寄畅园，以同属山麓园，故有积水，皆有景可借。

水曲由岸，水隔因堤，故颐和园以长堤分隔，斯景始出，而桥式之多，构图之美，处处画本，若玉带桥之莹洁柔和，十七孔桥之仿佛垂虹，每当山横春霭，新柳拂水，游人泛舟，所得之景与陆上得之景，分明异趣。而处处皆能映西山入园，足证"借景"之妙。

天山景物记

■ 碧　野

朋友，你到过天山吗？天山是我们祖国西北边疆的一条山脉，连绵几千里，横亘准噶尔盆地和塔里木盆地之间，把广阔的新疆分为南北两半。远望天山，美丽多姿，那长年积雪高插云霄的群峰，像集体起舞时的维吾尔族少女的珠冠，银光闪闪；那富于色彩的不断的山峦，像孔雀正在开屏，艳丽迷人。

天山不仅给人一种稀有美丽的感觉，而且更给人一种无限温柔的感情。它有丰饶的水草，有绿发似的森林。当它披着薄薄云纱的时候，它像少女似的含羞；当它被阳光照耀得非常明朗的时候，又像年轻母亲的饱满的胸膛。人们会同时用两种甜蜜的感情交织着去爱它，既像婴儿喜爱母亲的怀抱，又像男子依偎自己的恋人。

如果你愿意，我陪你进天山去看一看。

雪峰·溪流·森林

七月间新疆的戈壁滩炎暑逼人，这时最理想是骑马上天山。新疆北部的伊犁和南部的焉耆都出产良马，不论伊犁的哈萨克马或者焉耆的蒙古马，骑上它爬山就像走平川，又快又稳。

进入天山，戈壁滩上的炎暑就远远地被撇在后边，迎面送来的雪山寒气，立刻会使你感到像秋天似的凉爽。蓝天衬着高耸的巨大的雪峰，在太阳下，几块白云在雪峰间投下云影，就像白缎上绣上了几朵银灰的暗花。那融化的雪水,从高悬的山涧、从峭壁断崖上飞泻下来,像千百条闪耀的银链。这飞泻下来的雪水,在山脚汇成冲激的溪流,浪花往上抛,形成千万朵盛开的白莲。可是每到水势缓慢的回水涡,却有鱼儿在跳跃。当这个时候,饮马溪边,你坐在马鞍上,就可以俯视那阳光透射到的清澈的水底,在五彩斑斓的水石间,鱼群闪闪的鳞光映着雪水清流,给寂静的天山添上了无限生机。

再往里走,天山越来越显得优美,沿着白皑皑群峰的雪线以下,是蜿蜒无尽的翠绿的原始森林,密密的塔松像撑天的巨伞,重重叠叠的枝丫,只漏下斑斑点点细碎的日影,骑马穿行林中,只听见马蹄溅起漫流在岩石上的水声,增添了密林的幽静。在这林海深处,连鸟雀也少飞来,只偶然能听到远处的几声鸟鸣。这时,如果你下马坐在一块岩石上吸烟休息,虽然林外是阳光灿烂,而遮去了天日的密林中却闪耀着你烟头的红火光。从偶然发现的一棵两棵烧焦的枯树看来,这里也许来过辛勤的猎人,在午夜中他们生火宿过营,烤过猎获的野味。这天山上有的是成群的野羊、草鹿、野牛和野骆驼。

如果说进到天山这里还像是秋天,那么再往里走就像是春天了。山色逐渐变柔嫩,山形也逐渐变得柔和,很有 伸手就可以触摸到嫩脂似的感觉。这里溪流缓慢,萦绕着每一个山脚,在轻轻荡漾着的溪流两岸,满是高过马头的野花,红、黄、蓝、白、紫,五彩缤纷,像织不完的织锦那么绵延,像天边的彩霞那么耀眼,像高空的长虹那么绚烂。这密密层层成丈高的野花,朵儿赛八寸的玛瑙盘,瓣儿赛巴掌大。马走在花海中,显得格外矫健,人浮在花海上,也显得格外精神。在马上你用不着离鞍,只要稍微伸手就可以满怀捧到你最心爱的大鲜花。

虽然天山这时并不是春天，但是有哪一个春天的花园能比得过这时天山的无边繁花呢？

迷人的夏季牧场

就在雪的群峰的围绕中，一片奇丽的千里牧场展现在你的眼前。墨绿的原始森林和鲜艳的野花，给这辽阔的千里牧场镶上了双重富丽的花边。千里牧场长着一色青翠的酥油草，清清的溪水齐着两岸的草丛在漫流。草原是这样无边的平展，就像风平浪静的海洋。在太阳下，那点点水泡似的蒙古包在闪耀着白光。

当你尽情策马在这千里草原上驰骋的时候，处处都可以看见千百成群肥壮的羊群、马群和牛群。它们吃了含有乳汁的酥油草，毛色格外发亮，好像每一根毛尖都冒着油星。特别是那些被碧绿的草原衬托得十分清楚的黄牛、花牛、白羊、红羊，在太阳下就像绣在绿色缎面上的彩色图案一样美。

有的时候，风从牧群中间送过来银铃似的叮当声，那是哈萨克牧女们坠满衣角的银饰在风中击响。牧女们骑着骏马，优美的身姿映衬在蓝天、雪山和绿草之间，显得十分动人。她们欢笑着跟着嬉逐的马群驰骋，而每当停下来，就轻轻地挥动着牧鞭歌唱她们的爱情。

这雪峰、绿林、繁花围绕着的天山千里牧场，虽然给人一种低平的感觉，但位置却在海拔两三千米以上。每当一片乌云飞来，云脚总是扫着草原，洒下阵雨，牧群在雨云中出没，加浓了云意，很难分辨得出哪是云头哪是牧群。而当阵雨过去，雨洗后的草原就变得更加清新碧绿，远看像块巨大的蓝宝石，近看缀满草尖上的水珠，却又像数不清的金刚钻。

特别诱人的是牧场的黄昏，周围的雪峰被落日映红，像云霞那么灿烂；雪峰的红光映射到这辽阔的牧场上，形成一个金碧辉煌的世界，蒙古包、牧群和牧女们，都镀上了一色的玫瑰红。当落日沉没，周围雪峰的红光逐渐消褪，银灰色的暮霭笼罩草原的时候，你就可以看见无数点点的红火光，那是牧民们烧起铜壶准备晚餐。

你用不着客气，任何一个蒙古包都是你的温暖的家，只要你朝火的地方走去，不论走进哪一家蒙古包，好客的哈萨克牧民都会像对待亲兄弟似的热情地接待你。渴了你可以先喝一碗马奶，饿了有烤羊排，有酸奶疙瘩、有酥油饼，你可以一如哈萨克牧民那样豪情地狂饮大嚼。

当家家蒙古包的吊壶三脚架下的野牛粪只剩下一堆红火烬的时候，夜风就会送来东不拉的弦音和哈萨克牧女们婉转嘹亮的歌声。这是十家八家聚居在一处的牧民们齐集到一家比较大的蒙古包里，欢度一天最后的幸福时辰。

过后，整个草原沉浸在夜静中。如果这时你披上一件皮衣走出蒙古包，在月光下或者繁星下，你就可以朦胧地看见牧群在夜的草原上轻轻地游荡，夜的草原是这么宁静而安详，只有漫流的溪水声引起你对这大自然的遐思。

野马·蘑菇圈·旱獭·雪莲

夜牧中，草原在繁星的闪烁下或者在月光的披照中，该发生多少动人的情景，但人们却在安静的睡眠中疏忽过去了；只有当黎明来到这草原上，人们才会发现自己的马群里的马匹在一夜间忽然变多了，而当人们怀着惊喜的心情走拢去，马匹立刻就分为两群，其中一群会奔腾离你远去，那长长的鬣鬃在黎明淡青的天光下，就像许多飘曳的缎幅。这个时候,你才知道那是一群野马。夜间,它们混入牧群,跟牧马一起嬉戏追逐。它们机警善跑,游走无定,几匹最腱壮的公野马领群,它们对许多牧马都熟悉,相见彼此用鼻子对闻,彼此用头亲热地磨擦,然后就合群地在一起吃草、嬉逐。黎明,当牧民们走出蒙古包,就是它们分群的一刻。公野马总是掩护着母野马和野马驹远离人们。当野马群远离人们站定的时候,在日出的草原上,还可以看见屹立护群的公野马的长鬣鬃一直披垂到膝下,闪着美丽的光泽。

　　日出后的草原千里通明,这时最便于去发现蘑菇。天山蘑菇又嫩又肥厚,又大又鲜甜。这个时候你只要立马草原上了望,便可以发现一些特别翠绿的圆点子,那就是蘑菇圈。你对着它朝直驰马前去,就很容易在这直径三四丈宽的一圈沁绿的酥油草丛里,发现像夏天夜空里的繁星似的蘑菇。眼看着这许许多多雪白的蘑菇隐藏在碧绿的草丛中,谁都会动心。一只手忙不过来,你自然会用双手去采,身上的口袋装不完,你自然会添上你的帽子、甚至马靴去装。第一次采到这么多新鲜蘑菇,对一个远来的客人是一桩最快乐的事。你把鲜蘑菇在溪水里洗净,不要油,不要盐,光是白煮来吃就有一种特别鲜甜的滋味,如果你再加上一条野羊腿,那就又鲜甜又浓香。

　　天山上奇珍异品很多,我们知道的水獭是生活在水滨和水里的,而天山上却生长着旱獭。在牧场边缘的山脚下,你随处都可以看见一个个洞穴,这就是旱獭居住的地方。从九十月大雪封山,到第二年四五月冰消雪化,旱獭要整整在它们的洞穴里冬眠半年。只有到了夏至后,发青的酥油草才把它们养得胖墩墩,圆滚滚。这时它们的毛色麻黄发亮,肚子拖着地面,短短的四条腿行走迟缓,正可以大量捕捉。

另一种奇珍异品是雪莲。如果你从山脚往上爬，超越天山雪线以上，就可以看见青凛凛的雪的寒光挺立着一朵朵还玉琢似的雪莲，这习惯于生长在奇寒环境中的雪莲，根部扎入岩隙间，汲取着雪水，承受着雪光，柔静多姿，洁白晶莹。这生长在人迹罕到的拔海几千米雪线以上的灵花异草，据说是稀世之宝——一种很难求得的妇科良药。

天然湖与果子沟

在天山峰峦的高处，常常出现有巨大的天然湖，就像美女晨妆时开启的明净的镜面。湖面平静，水清见底，高空的白云和四周的雪峰清晰地倒影水中，把湖山天影融为晶莹的一体。在这幽静的湖中，唯一活动的东西就是天鹅。天鹅的洁白增添了湖水的明净，天鹅的叫声增添了湖面的幽静。人家说山色多变，而事实上湖色也是多变，如果你站立高处了望湖面，眼前是一片爽心悦目的碧水茫茫，如果你再留意一看，接近你的视线的是鳞光闪闪，像千万条银鱼在游动，而远处平展如镜，没有一点纤尘或者没有一根游丝的侵扰。湖色越远越深，由近到远，是银白、淡蓝、深青、墨绿，界线非常分明。传说中有这么一个湖是古代一个不幸的哈萨克少女滴下的眼泪，湖色的多变正是象征着那个古代少女的万种哀愁。

就在这个湖边，传说中的少女的后代子孙现在已在放牧着羊群。湖水滋润着湖边的青草，青草喂胖了羊群，羊奶哺育着少女的后代子孙。当然，这象征着哈萨克族不幸的湖，今天已经变为实际的幸福湖。

山高爽朗，湖边清净，日里披满阳光，夜里缀满星辰，牧民们的蒙古包随着羊群环湖周游，他们的羊群一年年繁殖，他们恋爱、生育，他们弹琴歌唱自己幸福的生活。

高山的雪水汇入湖中，又从像被一刀劈开的峡谷岩石间，泻落到千丈以下的山涧里去，水从悬崖上像条飞链的白光。如果你走到悬崖跟前，脚下就会受到一种惊心动魄的震撼。俯视水链冲泻到深谷的涧石上，溅起密密的飞沫，在日中的阳光下，形成蒙蒙的瑰丽的彩色水雾。就在急湍的涧流边，绿色的深谷里也散布着一顶顶牧民的蒙古包，像水洗的玉石那么洁白。

　　如果你顺着弯弯曲曲的涧流走，沿途汇入千泉流就逐渐形成溪流，然后沿途再汇入涧流和溪流，就形成河流奔腾出天山。

　　就在这种深山野谷的溪流边，往往有着果树夹岸的野果子沟。春天繁花开遍峡谷，秋天果实压满山腰。每当花红果熟，正是鸟雀野兽的乐园。这种野果子沟往往不为人们所发现。其中有这么一条野果子沟，沟里长满野苹果，连绵五百里。春天，五百里的苹果花开无人知，秋天，五百里成熟累累的苹果无人采。老苹果树凋枯了，更多的新苹果树茁长起来。多少年来，这条五百里长沟堆积了几丈厚的野苹果泥。

　　现在，已经有人发现了这条野苹果沟，开始在沟里开辟猪场，用野苹果来养育成群的乌克兰大白猪；而且有人已经开始计划在沟里建立酿酒厂，把野苹果酿造成大量芬芳的美酒，让这大自然的珍品化成人们的血液，增进人们的健康。

　　朋友，天山的丰景美物何止这些，天山绵延几千里，不论高山、深谷，不论草原、湖泊，不论森林、溪流，处处都有丰饶的物品，处处都有奇丽的美景，你要我说我可真说不完，如果哪一天你有豪情去游天山，临行前别忘了通知我一声，也许我可能给你当一个不很出色的向导。当向导在我只是一个漂亮的借口，其实我私心里也很想找个机会去重游天山。

海滨仲夏夜

■峻 青

夕阳落山不久,西方的天空,还燃烧着一片橘红色的晚霞。大海,也被这霞光染成了红色,而且比天空的景色更要壮观。因为它是活动的,每当一排排波浪涌起的时候,那映照在浪峰上的霞光,又红又亮,简直就像一片片霍霍燃烧着的火焰,闪烁着,消失了。而后面的一排,又闪烁着,滚动着,涌了过来。

天空的霞光渐渐地淡下去了,深红的颜色变成了绯红,绯红又变为浅红。最后,当这一切红光都消失了的时候,那突然显得高而远了的天空,则呈现出一片肃穆的神色。最早出现的启明星,在这深蓝色的天幕上闪烁起来了。它是那么大,那么亮,整个广漠的天幕上只有它在那里放射着令人注目的光辉,活像一盏悬挂在高空的明灯。

夜色加浓,苍穹中的"明灯"越来越多了。而城市各处的真的灯火也次第亮了起来,尤其是围绕在海港周围山坡上的那一片灯光,从半空倒映在乌蓝的海面上,随着波浪,晃动着,闪烁着,像一串流动着的珍珠,和那一片片密布在苍穹里的星斗互相辉映,煞是好看。

在这幽美的夜色中,我踏着软绵绵的沙滩,沿着海边,慢慢地向前走去。海水,轻轻地抚摸着细软的沙滩,发出温柔的刷刷声。晚来的海风,清新而又凉爽。我的心里,有着说不出的兴奋和愉快。

夜风轻飘飘地吹拂着,空气中飘荡着一种大海和田禾相混合的香味,柔软的沙滩上还残留着白天太阳炙晒的余温。那些在各个工作岗位上劳动了一天的人们,三三两两地来到了这软绵绵的沙滩上,他们浴着凉爽的海风,望着那缀满了星星的夜空,尽情地说笑,尽情地休憩。愉快的笑声,不时地从这儿那儿飞扬开来,像平静的海面上不断地从这儿那儿涌起的波浪。

我漫步沙滩,徘徊在我的乡亲朋友们中间。

我看到,在那边,在一只底儿朝上反扣在沙滩上的木船旁边,是一群刚从田里收割麦子归来的人们,他们在谈论着今年的收成。今春,雨水足,麦苗长得旺,收成比去年好。眼下,又下了一场透雨,秋后的丰收局面,也大体可以确定下来了。人们为这大好年景所鼓舞着,谈话中也充满了愉快欢乐的笑声。

月亮上来了。

是一轮灿烂的满月。它像一面光辉四射的银盘似的,从那平静的大海里涌了出来。大海里,闪烁着一片鱼鳞似的银波。沙滩上,也突然明亮了起来,一片片坐着、卧着、走着的人影,看得清清楚楚了。啊!海滩上,居然有这么多的人在乘凉。说话声、欢笑声、唱歌声、嬉闹声,响遍了整个的海滩。

月亮升得很高了。它是那么皎洁,那么明亮。

夜已经深了。

沙滩上的人,有的躺在那软绵绵的沙滩上睡着了,有的还在谈笑。凉爽的风轻轻地吹拂着,皎洁的月光照耀着。让这些英雄的人们,在这自由的天幕下,干净的沙滩上,海阔天空地尽情谈笑吧,酣畅地休憩吧。

说 树

■ 吴冠中

童年的故乡本有很多高大的树，孩子们谁也不予理会树有什么美，只常冒险爬上高枝去掏鸟窝。后来树几乎被砍光了，因为树干值钱。没有了大树的故乡是多么单调的故乡呵，也似乎所有的老人都死去了，近乎凄凉。少小离家老大回的游子最珍惜老树，因树比人活得久长，抚摸老树，仿佛抚摸了逝去的故旧亲朋，老树仍抽枝发叶，它尚活着，它自然认识世世代代的主人，至于千年古柏古松，更阅尽帝王将相，成为读不尽的历史卷轴。

人们到树下纳凉，摆小摊，四川的黄桷树荫更是挑夫们中途最佳的歇脚处，那里还往往有小姑娘卖茶水。"斜阳古柳赵家庄，负鼓盲翁正作场"，如果没有了古柳，盲翁失去了卖艺的好场所。夏木阴浓固具郁郁葱葱之美，而冬天的树，赤裸着身躯，更见体态魁梧或绰约多姿之美，那纯是线结构之美，进入抽象美的范畴了。不少人沉湎于人间丰腴，不爱看冬天的树，因其荒秃。宋代画家郭熙几乎专画冬天的树，郭熙的画面充满强劲的筋骨，郭熙的世界是树之精灵的世界，是人之精灵的世界。

作为郭熙的后裔，我永远在探寻树的精灵。到江南写生，要赶早春，杨柳枝条已柔软，才吐新芽，体态袅娜，一派任东风梳弄的妩媚风韵，远看如披了轻纱，诗人说：柳如烟。黄山松背靠石壁，无地自容，为了生存呵，不得已屈身向前伸出臂膀，生命的坎坷却被人赞赏，说那是为了迎客、送客、望客。美国的尤色美底大森林有我见过的最大的松树，笔直参天，高树仰止，汽车从树基裂开的水洞间穿行。如何表现其高大，画家煞费苦心，最大最大，未必最美最美。六十年江湖生涯，老树最是莫逆之交。滨江的大榕树，遍体垂挂着气根，蓬头散发，永葆婆姿风范；冰天雪地，白桦无寒意，回眸秋波，以迎稀客；四月天，北国的枣树依然光秃着乌黑、坚硬、屈曲的干枝，瘦骨嶙峋，傲视群芳。天南地北，我见过的树，爱过的树确乎不少，但大多叫不上名，相逢何必曾相识。有一回在贵州凯里地区的原始森林里爬坡，背着笨重的画箱，全靠着两只手攀着前进，有些树看来躯干结实，不意一抓却成灰，我摔跤滚下，几乎丧生，这是初次见到站着死去的树，寿终正寝，真正享受了天年。

能享天年的树毕竟不多了，人们懂得了植树的重要，"前人种树后人凉"，这是人类的美德，为子孙造福的职责。毁尽了树，人类自己也将毁灭，于是地球上只剩下高昌、交河、楼兰……树不仅是生命的标志，也是艺术的标志。生命之树长青，其实是艺术生命长青，人总是要死去的，艺术才能跨越时代，"秦时明月汉时关"的作者永存在艺术中。然而艺术极难成活，比树难活多了。人们说风格是人，也可说风格是树，像树一样逐渐成长。树的年轮是一年一年添增的，而风格的形成还往往不一定与岁月成正比，未必越老越有风格，但却绝对需要长年累月地耕作。众目睽睽，空头美术家满天飞舞，君不见在花篮簇拥的展厅中，有最长、最大、最小及用脚、舌、发制作的符咒。作者往往是三年、二年、一年成才的俊彦或美女。雨后多春笋，更多杂草，哪里去寻夏木荫浓处？天坛、太庙，依傍的是祖荫。

澜沧江边的蝴蝶会

■ 冯 牧

我在西双版纳的美妙如画的土地上,幸运地遇到了一次真正的蝴蝶会。

很多人都听说过云南大理的蝴蝶泉和蝴蝶会的故事,也读过不少关于蝴蝶会的奇妙景象的文字记载。据我所知道的,第一个细致而准确地描绘了蝴蝶会的奇景的,恐怕要算是明朝末年的徐霞客了。在三百多年前,这位卓越的旅行家就不但为我们真实地描写了蝴蝶群集的奇特景象,并且还详尽地描写了蝴蝶泉周围的自然环境。他这样写着:

> ……山麓有树大合抱,倚崖而耸立,下有泉,东向漱根窍而出,清冽可鉴。稍东,其下又有一小树,仍有一小泉,亦漱根而出,二泉汇为方丈之沼,即所溯之上流也。泉上大树,当四月初,即发花如蛱蝶,须翅栩然,与生蝶无异;又有真蝶千万,连须钩足,自树巅倒悬而下,及于泉面,缤纷络绎,五色焕然。

这是一幅多么令人目眩神迷的奇丽景象!无怪乎许多来到大理的旅客都要设法去观赏一下这个人间奇观了。但可惜的是,胜景难逢,由于某种我们至今还不清楚的自然规律,每年蝴蝶会的时间总是十分短促并且是时有变化的；而交通的阻隔，又使得有机会到大理去游览的人，总是难于恰巧在那个时间准确无误的来到蝴蝶泉边。就是徐霞客也没有亲眼看到真正的蝴蝶会的盛况；他晚去了几天，花朵已经凋谢，使他只能折下一枝蝴蝶树的标本，惆怅而去。他的关于蝴蝶会的描写，大半是根据一些亲历者的转述而记载下来的。

其实所谓蝴蝶会，并不是大理蝴蝶泉所独有的自然风光，而是在云南的其他地方也曾经出现过的一种自然现象。比如，在清人张泓所写的一本笔记《滇南新语》中，就记载了昆明城里的圆通山（就是现在的圆通公园）的蝴蝶会，书中这样写道：

> 每岁孟夏，蛱蝶千百万会飞此山，屋树岩壑皆满，有大如轮、小于钱者，翩翻随风。缤纷五彩，锦色烂然，集必三日始去，究不知其去来之何从也，余目睹其呈奇不爽者盖两载。

今年春天，由于一种可遇而不可求的机会，我看到了一次真正的蝴蝶会，一次完全可以和徐霞客所描述的蝴蝶泉相媲美的蝴蝶会。

西双版纳的气候是四季长春的。在那里你永远看不到植物凋敝的景象。但是，即使如此，春天在那里也仍然是最美好的季节。就在这样的季节里，在傣族的泼水节的前夕，我们来到了被称为西双版纳的一颗"绿宝石"的橄榄坝。

在这以前，人们曾经对我说：谁要是没有到过橄榄坝，谁就等于没有看到真正的西双版纳。当我们刚刚踏上这片土地时，我马上就深深地感觉到，这些话是丝毫也不夸张的。我们好像来到了一个天然的巨大的热带花园里，到处都是浓荫匝地，繁花似锦，到处都是一片蓬勃的生气：鸟类在永不休止地啼鸣；在棕褐色的沃土上，各种植物好像是在拥挤着、争抢着向上生长。行走在村寨之间的小径上，就好像是行走在精心培植起来的公园林荫路上一样，只有从浓密的叶隙中间，才能偶尔看到烈日的点点金光。我们沿着澜沧江边的一连串村寨进行了一次远足旅行。

我们的访问终点，是背倚着江岸、紧密相连的两个村寨——曼厅和曼扎。当我们刚刚走上江边的密林小径时，我就发现，这里的每一块土地，每一段路程，每一片丛林，都是那样地充满了浓丽的热带风光，都足以构成一幅色彩斑斓的绝妙风景画面。我们经过了好几个隐藏在密林深处的村寨，只有在注意寻找时，才能从树丛中发现那些美丽而精巧的傣族竹楼。这里的村寨分布得很特别，不是许多人家聚成一片，而是稀疏地分散在一片林海中间。每一幢竹楼周围都是一片丰饶富庶的果树园；家家户户的庭前窗后，都生长着枝叶挺拔的椰子树和槟榔树，绿荫盖地的芒果树和荔枝树。在这里，人们用果实累累的香蕉树作篱笆，用清香馥郁的夜来香作围墙。被果实压弯的袖子树用枝叶敲打着竹楼的屋檐，密生在枝丫间的菠萝蜜散发着醉人的浓香。

我们在花园般的曼厅和曼扎度过了一个愉快的下午。我们参观了曼扎的办得很出色的托儿所；在那里的整洁而漂亮的食堂里，按照傣族的习惯，和社员们一起吃了一餐富有民族特色的午饭，分享了社员们的富裕生活的欢乐。我们在曼厅旁听了为布置甘蔗和双季稻生产而召开的社长联席会，然后怀着一种满意的心情走上了归途。

我们走的仍然是来时的路程，仍然是那条浓荫遮天的林中小路。数不清的奇花异卉仍然到处散发着沁人心脾的清香，在路边的密林里，响彻着一片鸟鸣蝉叫。透过树林枝干的空隙，时时可以看到大片的平整的田地，早稻和许多别的热带经济作物的秧苗正在夕照中随风荡漾。在村寨的边沿，可以看到桢叶林和菩提林的巨人似的身姿，在它们的荫蔽下，佛寺的高大的金塔和庙顶在闪着耀眼的金光。

一切都和我们来时一样。可是，我们又似乎觉得，我们周围的自然环境和来时有些异样。终于，我们发现了一种来时所没有的新景象：我们多了一群新的旅伴——成群的蝴蝶，在花丛上，在枝叶间，在我们的周围，到处都有三五成群的彩色蝴蝶在迎风飞舞；它们有的在树丛中盘旋逗留，有的却随着我们一同前进。开始，我们对于这种景象也并不以为奇。我们知道，这里的蝴蝶的美丽和繁多是别处无与伦比的；我们在森林中经常可以遇到彩色斑斓的蝴蝶和人们一同行进，甚至连续飞行几里路。我们早已养成了这样的习惯：习于把成群的蝴蝶看作是西双版纳的美妙自然景色的一个不可缺少的组成部分了。

但是，我们越来越感到，我们所遇到的景象实在是超过了我们的习惯和经验了。蝴蝶越聚越多，一群群、一堆堆丛林中飞到路径上，并且成群结队地向着我们要去的方向前进着。它们在上下翻飞，左右盘旋；它们在花丛树影中飞快地扇动着彩色的翅膀，闪得人眼花缭乱。有时，千百个蝴蝶拥塞了我们前进的道路，使我们不得不用树枝把它们赶开，才能继续前进。

就这样，在我们和蝴蝶群的搏斗中走了大约五里路之后，我们看到了一个奇异的景色。我们走到一片茂密的桢树林边。在一块草坪上面，有一株硕大的菩提树，它的向四面伸张的枝丫和浓茂的树叶，好像是一把巨大的阳伞似地遮盖着整个岸坪。在草坪中央的几方丈的地面上，聚集着数以万计的美丽的蝴蝶，仿佛是密密地丛生着一片奇怪的植物似的，好像是一座美丽的花坛一样。它们互相拥挤着，攀附着，重叠着，面积和体积在不断地扩大。从四面八方飞来的新的蝶群正在不断地加入进来。这些蝴蝶大多数是属于一个种族的,它们的翅膀的背面是嫩绿色的,这使它们在停伫不动时就像是绿色的小草一样,它们翅膀的正面却又是金黄色的,上面还有着美丽的花纹,这使它们在扑动翅翼时却又像是朵朵金色的小花。在它们的密集着的队伍中间,仿佛是有意来作为一种点缀,有时也飞舞着少数的巨大的黑底红花身带飘带的大木蝶,在一刹那间,我们好像是进入了一个童话世界;在我们的眼前,在我们四周,在一片令人心旷神怡的美妙的自然景色中间,到处都是密密匝匝、层层叠叠的蝴蝶;蝴蝶密集到这种程度,使我们随便伸出手去便可以捉到几只。天空中好像是雪花似地飞散着密密的花粉,它和从森林中飘来的野花和菩提的气味,混合成一股刺鼻的浓香。

面对着这种自然界的奇景,我们每个人几乎都目瞪口呆了。站在千万只翩然飞舞的蝴蝶当中,我们觉得自己好像是有些多余的了。而蝴蝶却一点也不怕我们;我们向它们密集的队伍投掷着树枝,它们立刻轰地拥向天空,闪动着彩色缤纷的翅翼,但不到一分钟之后,它们又飞到草地上集合了。我们简直是无法干扰它们参与盛会的兴致。

我们在这些群集成阵的蝴蝶前长久地观赏着,赞叹着,简直是流连忘返了。在我的思想里,突然闪过了一个念头:难道这不正是过去我们从传说中听到的蝴蝶会么?我完全被这片童话般的自然景象所陶醉了;在我的心里,仅仅是充溢着一种激动而欢乐的情感,并且深深地为了能在我们祖国边疆看到这样奇丽的风光而感到自豪。我们所生活、所劳动、所建设着的土地,是一片多么丰富,多么美丽,多么奇妙的土地啊!

秦淮拾梦记

■ 黄　裳

在住处安顿下来，主人留下一张南京地图，嘱咐我好好休息一下就离开了。遵命躺在床上，可是无论如何也睡不着。只好打开地图来看，一面计划着游程。后来终于躺不住，索性走出去。

在珠江路口跳上电车，只一站就是新街口，这个闹市中心对我来说已经完全变成了一个陌生的地方，新建的市楼吞没了旧时仅有的几幢"洋楼"。三十年前，按照我的记忆，这地方就像被敲掉了满口牙齿的赤裸的牙床，只新装了一两颗"金牙"，此外就全是残留着参差断根的豁口。通往夫子庙的大路一眼望不到底，似乎可以一直看到秦淮河。

在地图上很容易就找到了在附近的羊皮巷和户部街。

三十三年以前，报社的办事处就设在户部街上。这真是一个可怜的办事处，在十来亩大小的院落里，零落地放着许多大缸，原来这是一个酱园的作坊。前面有一排房子，办事处借用了两间斗室，睡觉、办公、写稿都在这里。门口也没有挂什么招牌，在当时这倒不失为一种聪明的措置。

我就在这里紧张而又悠闲地生活过一段日子，也并没有什么不满足。特别是从《白下琐言》等书里发现，这里曾经有过一座"小虹桥"，是南唐故宫遗址所在，什么澄心堂、瑶光殿都在这附近时，就更产生了一种虚幻的满足。这就是李后主曾经与大周后、小周后演出过多少恋爱悲喜剧的地方；也是他醉生梦死地写下许多流传至今的歌词的地方；他后来被樊若水所卖，被俘北去，仓皇辞庙、挥泪对宫娥之际，应当也曾在这座桥上走过。在我的记忆里，户部街西面的洪武路，也就是卢妃巷的南面有一条小河，河上是一座桥，河身只剩下一潭深黑色的淤泥，桥身下半也已埋在土里，桥背与街面几乎已经拉平。这座可怜的桥不知是否就是当年"小虹桥"的遗蜕。

三十年前的旧梦依然保留着昔日的温馨。这条小街曾经是很热闹的，每当华灯初上，街上就充满了熙攘的人声，还飘荡着过往的黄包车清脆的铃声。小吃店里的小笼包子正好开笼，咸水鸭肥白的躯体就挂在案头。一直到夜深，人声也不会完全萧寂。在夜半一点前后，工作结束放下电话时，还能听到街上叫卖夜宵云吞和卤煮鸡蛋的声音，这时我就走出去，从小贩手中换取一些温暖。……总之，我已完全忽视并忘却这条可以代表南京市内陋巷风格而无愧的小巷的种种，高低不平的路面，从路边菜圃一直延伸过来的沟渠，污水面上还满覆了浮萍。雨后，路上就到处布满了一个个小水潭。……

这一切，今天是大大变化了，但有的却没有什么变化。那个酱园作坊的大院子，不用说，是没有找到。户部街的两侧，已经新建了许多工厂、机关……，再也没有了那样的空地。但街面依旧像当年一样逼仄。这时正在翻修下水道，路面中间挖起了一条深沟。人们只能在沟边的泥水塘中跳来跳去，要这样一直走到杨公井。寻找旧居的企图是失败了，但这跳来跳去的经验倒还与当年无异。

还是到秦淮河畔去看看吧。

在建康路下车，走过去就是贡院西街。我走来走去找了许久，也没有找到那座已经成为夫子庙标记的亭子。但我毫不怀疑，那拥挤的人群，繁盛的市场，那种特有的气氛，是只有夫子庙才有的。

晚明顾起元在《客座赘语》中提到这一带时说："百货聚焉"、"市魁驵侩,千百嘈哄其中"。这样的气氛,依然保留了下来,但社会的性质完全改变了,一切自然也与过去不同。

与三十年前相比,黄包车、稀饭摊子、草药铺、测字摊、穿了长衫走来走去的人们都不见了;现在这里是各种类型的百货店、饮食店⋯⋯,还有挂了招牌,出售每斤九角一分的河蟹的小铺,和为一个热闹的市井所不可少的一切店铺,甚至在路边上我还发现了一个旧书摊。

穿过街去,就到了著名的秦淮。河边有一排精巧的石栏,有许多老人都在石栏上闲坐,栏杆表面发着油亮的光泽,就像出土的古玉。地上放着一排排鸟笼子。过去对河挂了"六朝小吃馆"店招的地方,现在是一色新修的围墙。走近去凭栏一望,不禁吃了一惊。秦淮河还是那么浅,甚至更浅了,记忆中惨绿的河水现在变成了暗红,散发出来的气味好像也与从前不同了。

在文德桥侧边是新建的"白鹭洲菜场"。卡车正停在门口卸货。过桥就是钞库街,在一个堆了煤块的曲折的小弄墙角,挂着一块白地红字搪瓷路牌,上面写着"乌衣巷"。这时已是下午四时,巷口是一片照得人眼睛发花的火红的夕阳。

乌衣巷是一条曲折的小巷,不用说汽车,脚踏车在这里也只能慢慢地穿过,巷里的人家屋宇还保留着古老的面貌,偶然也能看到小小的院落、花木,但王谢家族那样的第宅是连影子也没有的,自然也不会看到什么燕子。

巷子后半路面放宽了,两侧的建筑也整齐起来。笔直穿出去就是白鹭洲公园,但却紧紧地闭着铁门。向一位老人请教,才知道要走到小石坝街的前门才能进去。我顺便又向他探问了一些秦淮河畔的变迁，老人的兴致很好，热情地向我推荐了能吃到可口的蟹粉包子和干丝的地方，但也时时流露出一种惆怅的颜色，当我告诉他三十多年前曾来过这里时，老人睁大了眼睛，"噢，噢，变了，变了。"他指引给我走到小石坝街去的方向，我道了谢，走开去，找到了正门，踏进了白鹭洲公园。

这是一处完全和旧有印象不同了的园林。一切都是新的，包括了草地、新植的树木和水泥制作的仿古亭台。干净、安谧，空阔甚至清冷。我找了一个临水的地方坐下，眼前是夕阳影里的钟山和一排城堞。我搜寻着过去的记忆，记得这里有着一堵败落的白垩围墙，嵌着四字篆字"东园故址"的砖雕门额，后面是几株枯树，树上吊着一个老鸦窠。这样荒凉破败的一座"东园"，今天是完全变了。

园里虽然有相当宽阔的水面，但这地方并非当年李白所说的白鹭洲。几十年前，一个聪明的商人在破败的"东园"遗址开了一个茶馆，借用了这个美丽的名字，还曾请名人撰写过一块碑记。碑上记下了得名的由来，也并未掩饰历史的真相，应该还要算是老实的。

在一处经过重新修缮彩绘的曲槛回廊后面，正举行着菊展，菊花都安置在过去的老屋里，这时暮色已经袭来，看不真切了。各种的菊花错落地陈列在架上、地上，但盆上并没有标出花的名色。像"幺凤"、"青鸾"、"玉搔头"、"紫雪窝"这样的名色，一个都不见。这就使我有些失望。我不懂赏花，正如也不懂读画一样。看画时兴趣只在题跋，看花就必然注意名色。从花房里走出，无意中却在门口发现了那块"东园故址"的旧额，真是如逢旧识。不过看得出来，这是被捶碎以后重新镶拼起来的。面上还涂了一层白粉。即使如此，我还是非常满意。整个白鹭洲公园，此外再没有一块旧题、匾对、碑碣，……这是一座风格大半西化了的园林，却恰恰坐落在秦淮河上。

坐在生意兴旺的有名的店里吃着著名的蟹粉小笼包饺和干丝，味道确实不坏。干丝上面还铺着一层切得细细的嫩黄姜丝。这是在副食品刚刚调整了价格之后，但生意似乎并未受到怎样的影响。一位老人匆匆走进来和我同坐，他本意是来吃干丝的，不巧卖完了，只好改叫了一碗面。他对我说："调整了价格，生意还是这么好。不过干丝是素的，每碗也提高了五分钱，这是没有道理的。"我想，他的意见不错。

杂七搭八地和老人谈话，顺便也向他打听这里的情形，经过他的指点，才知道过去南京著名的一些酒家，六华春、太平洋……就曾开设在窗外的一条街上，我从窗口张望了一下，黝黑的一片，什么也看不见。我记起三十多年前曾在六华春举行过一次"盛宴"，邀请了南京电话局长途台的全体女接线员，请求她们协助，打破国民党反动派的干扰，使我每晚打出的新闻专电畅通无阻的旧事。这些年轻女孩子叽叽喳喳的笑语，她们一口就答应下来的爽朗、干脆的姿态，这一切都好像正在目前。

自公元3世纪以来，南京曾经是八个王朝的首都。宫廷政治中心一直在城市的北部、中部。城南一带则是主要的平民生活区。像乌衣巷，曾是豪族的住宅区，不过后来败落了，秦淮河的两岸变成了市民经济和文化生活的中心。明代后期这种发展趋势尤为显著。形成商业中心的各行各业，百工货物，几乎都集中在这里。繁复的文化娱乐活动也随之而发展。这里既是王公贵族、官僚地主享乐的地方，也是老百姓游息的场所。不过人们记得的只是写进《板桥杂记》、《桃花扇》里的场景，对普通市民和社会下层的状况则所知甚少，其实他们的存在倒是更为重要的，是全部的基础。曾国藩在镇压了太平天国起义以后，第一件紧急措施就是恢复秦淮的画舫。他不再顾及"理学名臣"的招牌，只想在娼女身上重新找回封建末世的繁荣，动机和手段都是清清楚楚的。

穿着高贵的黑色华服的王谢子弟，早已从历史的屏幕上消失了；披了白袷春衫的明末的贵公子，也只能在旧剧舞台上看见他们的影子，今天在秦淮河畔摩肩擦背地走着的只是那些"寻常百姓"，过去如此，今后也仍将如此。不同的是今天的"寻常百姓"已经不是千多年来一直被压迫、被侮辱损害的一群了。

从饭店里出来，走到街上，突然被刚散场的电影院里涌出的人群裹住，几乎移动不得，就这样一路被推送到电车站，被送进了候车的人群。天已经完全昏黑了，我站在车站上寻思，在三十年以后我重访了秦淮，没有了河房，没有了画舫，没有了茶楼，也没有了"桨声灯影"，这一切似乎都理所当然地成了历史的陈迹。可是我们应该怎样更好地安排人民的休息、娱乐和文化生活呢？人们爱这个地方，爱这个祖祖辈辈的"游钓之地"。我们应该怎样来满足人民炽热的愿望呢？

桃花源记

■ 汪曾祺

汽车开进桃花源，车中一眼看见一棵桃树上还开着花。只有一枝，四五朵，通红的，如同胭脂。十一月天气，还开桃花！这四五朵红花似乎想努力地证明：这里确实是桃花源。

有一位原来也想和我们一同来看看桃花源的同志，听说这个桃花源是假的，就没有多大兴趣，不来了。这位同志真是太天真了。桃花源怎么可能是真的呢？《桃花源记》是一篇寓言。中国有几处桃花源，都是后人根据《桃花源诗并记》附会出来的。先有《桃花源记》，然后有桃花源。不过如果要在中国选举出一个桃花源，这一个应该有优先权。这个桃花源在湖南桃源县，桃源旧属武陵。而且这里有一条小溪，直通沅江。陶渊明的《桃花源记》不是这样说的么："晋太原中，武陵人，捕鱼为业。缘溪行，忘路之远近……"

刚放下旅行包，文化局的同志就来招呼去吃擂茶。闻擂茶之名久矣，此来一半为擂茶，没想到下车后第一个节目便是吃擂茶，当然很高兴。茶叶、老姜、芝麻、米，加盐，放在一个擂钵里，用硬杂木做的擂棒"擂"成细末，用开水冲开，便是擂茶。吃擂茶时还要摆出十几个碟子，里面装的是炒米、炒黄豆、炒绿豆、炒包谷、炒花生、砂炒红薯片、油炸锅巴、泡菜、酸辣藠头……边喝边吃。擂茶别具风味，连喝几碗，浑身舒服。佐茶的茶食也都很好吃，藠头尤其好。我吃过的藠头多矣，江西的、湖北的、四川的……但都不如这里的又酸又甜又辣,桃源薤头滋味之浓,实为天下冠。桃源人都爱喝擂茶。有的农民家,夏天中午不吃饭,就是喝一顿擂茶。问起擂茶的来历,说:诸葛亮带兵到这里,士兵得了瘟疫,遍请名医,医治无效,有一个老婆婆说:"我会治!"她熬了几大锅擂茶,说:"喝吧!"士兵喝了擂茶,都好了。这种说法当然也只好姑妄听。诸葛亮有没有带兵到过桃源,无可稽考。根据印象,这一带在三国时应是吴国的地方,若说是鲁肃或周瑜的兵,还差不多。我总怀疑,这种喝茶法是宋代传下来的。《都城纪胜·茶坊》载:"冬天兼卖擂茶。"《梦粱录·茶肆》条载:"冬月添卖七宝擂茶。"有一本书载:"杭州人一天吃三十丈木头。"指的是每天消耗的"擂槌"的表层木质。"擂槌"大概就是桃源人所说的擂棒。"一天吃三十丈木头",形容杭州人口之多。

擂槌可以擂别的东西,当然也可以擂茶。"擂"这个字是从宋代沿用下来的。"擂"者,擂而细之之谓也,跟擂鼓的擂不是一个意思。茶里放姜,见于《水浒传》,王婆家就有这种茶卖,《水浒传》第二十四回写道:"便浓浓的点两盏姜茶,将来放在桌子上。"从字面看,这种茶里有茶叶,有姜,至于还放不放别的什么,只好阙闻了。反正,王婆所卖之茶与桃源擂茶有某种渊源,是可以肯定的。湖南省不少地方喝"芝麻豆子茶",即在茶里放入炒熟且碾碎的芝麻、黄豆、花生,也有放姜的,好像不加盐,茶叶则是整的,并不擂细,而且喝干了茶水还把叶子捞出来放进嘴里嚼嚼吃了,这可以说是擂茶的嫡堂兄弟。湖南人爱吃姜。十多年前在醴陵、浏阳一带旅行,公共汽车一到站,就有人托了一个瓷盘,里面装的是插在牙签上的切得薄薄的姜片,一根牙签上插五六片,卖与过客。本地人掏出角把钱,买得几串,就坐在车里吃起来,像吃水果似的。大概楚地卑湿,故湘人保存了不撤姜食的习惯。生姜、茶叶可以治疗某些外感，是一般的本草书上都讲过的。北方的农村也有把茶叶、芝麻一同放在嘴里生嚼用来发汗的偏方。因此，说擂茶最初起于医治兵士的时症，不为无因。

上午在山上桃花观里看了看。进门是一正殿，往后高处是"古隐君子之堂"。两侧各有一座楼，一名"蹑风"，用陶渊明"愿言蹑轻风"诗意；一名"玩月"，用刘禹锡故实。楼皆三面开窗，后为墙壁，颇小巧，不俗气。观里的建筑都不甚高大，疏疏朗朗，虽为道观，却无甚道士气，既没有一气化三清的坐像，也没有伸着手掌放掌心雷降妖的张天师。楹联颇多，联语多隐括《桃花源记》词句，也与道教无关。这些联匾在"文化大革命"中由一看山的老人摘下藏了起来，没有交给"破四旧"的"红卫兵"，故能完整地重新挂出来，也算万幸了。

下午下山，去钻了"秦人洞"。洞口倒是有点像《桃花源记》所写的那样，"山有小口，仿佛若有光"，"初极狭，才通人"。洞里有小小流水，深不过人脚面，然而源源不竭，蜿蜒流至山下。走了十几步，豁然开朗了，但并不是"土地平旷，屋舍俨然，有良田美池桑竹之属。阡陌交通，鸡犬相闻"。后面有一点平地，也有一块稻田，田中插一木牌，写着"千丘田"，实际上只有两间房子那样大，是特意开出来种了稻子应景的。有两个水池子，山上有一个擂茶馆，再后就又是山了。如此而已。因此不少人来看了，都觉得失望，说是"不像"。这些同志也真是天真。他们大概还想遇见几个避乱的秦人，请到家里，设酒杀鸡来招待他一番，这才满意。

看了秦人洞，便扶向路下山。山下有方竹亭，亭极古拙，四面有门而无窗，墙甚厚，拱顶，无梁柱，云是明时所筑，似可信。亭后旧有方竹，为国民党的兵砍尽。竹子这个东西，每隔三年，须删砍一次，不则挤死；然亦不能砍尽，砍尽则不复长。现在方竹亭后仍有一丛细竹，导游的说明牌上说：这种竹子看起来是圆的，摸起来是方的。摸了摸，似乎有点楞。但一切竹竿似皆不尽浑圆，这一丛细竹是补种来应景的，和我在成都薛涛井旁所见方竹不同，——那是真正"的角四方"的。方竹亭前原来有很多碑，"文化大革命"中都被"红卫兵"椎碎了，剩下了些石头乌龟昂着头空空地坐在那里。据说有一块明朝的碑，字写得很好，不知还能不能找到拓本。

旧的碑毁掉了，新的碑正在造出来。就在碎碑残骸不远处，有几个石工正在丁丁地斫治。一个小伙子在一块桃源石的巨碑上浇了水，用一块油石在慢慢地磨着。碑石绿如艾叶，很好看。桃源石很硬，磨起来很不容易。问："磨这样一块碑得用多少工？"——"好多工啊？那晓得呢！反正磨光了算！"这回答真有点无怀氏之民的风度。

晚饭后，管理处的同志摆出了纸墨笔砚，请求写几个字，把上午吃擂茶时想出的四句诗写给了他们：

> 红桃曾照秦时月，
> 黄菊重开陶令花。
> 大乱十年成一梦，
> 与君安坐吃擂茶。

晚宿观旁的小招待所，栏杆外面，竹树萧然，极为幽静。桃花源虽无真正的方竹，但别的竹子都可看。竹子都长得很高，节子也长，竹叶细碎，姗姗可爱，真是所谓修竹。树都不粗壮，而都甚高。大概树都是从谷底长上来的，为了够得着日光，就把自己拉长了。竹叶间有小鸟穿来穿去,绿如竹叶,才一寸多长。

> 修竹姗姗节子长,
> 山中高树已经霜。
> 经霜竹树皆无语,
> 小鸟啾啾为底忙?

晨起,至桃花观门外闲眺,下起了小雨。

> 山下鸡鸣相应答,
> 林间鸟语自高低。
> 芭蕉叶响知来雨,
> 已觉清流涨小溪。

做了一日武陵人,临去,看那个小伙子磨的石碑,似乎进展不大。门口的桃花还在开着。

黄山小记

■ 菡 子

黄山在影片和山水画中是静静的，仿佛天上仙境，好像总在什么辽远而悬空的地方；可是身历其境，你可以看到这里其实是生气蓬勃的，万物在这儿生长发展，是最现实而活跃的童话诞生的地方。

从每一条小径走进去，阳光仅在树叶的空隙中投射过来星星点点的光彩，两旁的小花小草却都挤到路边来了；每一棵嫩芽和幼苗都在生长，无处不在使你注意：生命！生命！生命！就在这些小路上，我相信许多人都观看过香榧的萌芽，它伸展翡翠色的扇形，摸触得到它是"活"的。新竹是幼辈中的强者，静立一时，看着它往外钻，撑开根上的笋衣，周身蓝云云的，还罩着一层白绒，出落在人间，多么清新！这里的奇花都开在高高的树上，望春花、木莲花，都能与罕见的玉兰媲美，只是她们的寿命要长得多；最近发现的仙女花，生长在高峰流水的地方，她涓洁、清雅，穿着白纱似的晨装，正像喷泉的姐妹。她早晨醒来，晚上睡着，如果你一天窥视着她，她是仙辈中最娇弱的幼年了。还有嫩黄的"兰香灯笼"——这是我们替她起的名字，先在低处看见她眼瞳似的小花，登高却看到她放苞了，成了一串串的灯笼，在一片雾气中，她亮晶晶的，在山谷里散发着一阵阵的兰香味，仿佛真是在喜庆之中；杜鹃花和高山玫瑰个儿矮些，但她们五光十色，异香扑鼻，人们也不难发现她们的存在。紫蓝色的青春花，暗红的灯笼花，也能攀山越岭，四处丛生，她们是行人登高热烈的鼓舞者。在这些植物的大家庭里,我认为还是叶子耐看而富有生气,它们形状各异,大小不一,有的纤巧,有的壮丽,有的是花是叶巧不能辨;叶子兼有红黄紫绿各种不同颜色,就是通称的绿叶,颜色也有深浅,万绿丛中一层层地深或一层层地浅,深的葱葱郁郁,油绿欲滴、浅的仿佛玻璃似的透明,深浅相间,正构成林中幻丽的世界。这里的草也是有特色的,悬岩上挂着长须(龙须草),沸水烫过三遍的幼草还能复活(还魂草),有一种草,一百斤中可以炼出三斤铜来,还有仙雅的灵芝草,既然也长在这儿,不知可肯屈居为它们的同类?黄山树木中最有特色的要算松树了,奇美挺秀,蔚然可观,日没中的万松林,映在纸上是世上少有的奇妙的剪影。松树大都长在石头缝里,只要有一层尘土就能立脚,往往在断崖绝壁的地方伸展着它们的枝翼,塑造了坚强不屈的形象。"迎客松"、"异萝松"、"麒麟松"、"凤凰松"、"黑虎松",都是松中之奇,莲花峰前的"蒲团松"顶上,可围坐七人对饮,这是多么有趣的事。

　　鸟儿是这个山林的主人,无论我登多少高(据估计有两万石级),总听见它们在头顶的树林中歌唱,我不觉把它们当作我的引路人了。在这三四十里的山途中,我常常想起不知谁先在这奇峰峻岭中种的树,有一次偶尔得到了答复,原来就是这些小岛的祖先,它们衔了种子飞来了,又靠风儿作媒,就造成了林,这个传说不会完全没有道理吧。玉屏楼和散花精舍的招待员都是听"神鸦"的报信为客人备茶的,相距头十里,聪明的鸦儿却能在一小时之内在这边传送了客来的消息,又飞到另一个地方去。夏天的黎明,我发现有一种鸟儿是能歌善舞的,它象银燕似地自由飞翔,忽上忽下,忽左忽右,我难以捉摸它灵活的舞姿,它的歌声清脆嘹亮委婉动听,是一支最亲切的晨歌,从古人的黄山游记中我猜出它准是八音鸟或山乐鸟。在这里居住的动物最聪明的还是猴子,它们在细心观察人们的生活,据说新四军游击队在这山区活动的时候,看见它们抬过担架,它们当中也有"医生"。一个猴子躺下,就去找一个猴医来,由它找些药草给病猴吃。在深壑绿林之中,也有人看见过老虎、蟒蛇、野牛、羚羊出没,有人明明看见过美丽的鹿群,至今还能描叙它们机警的眼睛。我们还在从始信峰回温泉的途上小溪中捉到过十三条娃娃鱼,它们古装打扮,有些象《梁山伯与祝英台》中的书僮,头上一面一个圆髻,一定还有许多我不知道的动物,古来号称五百里的黄山,实在还有许多我们不能到达的地方,最好有个黄山勘探队,去找一找猴子的王国和鹿群的家乡以及各种动物的老寨。

从黄山发出最高音的是瀑布流泉。有名的"人字瀑"、"九龙瀑"、"百丈瀑"并非常常可以看到,但是急雨过后,水自天上来,白龙骤下,风声瀑声,响彻天地之间,"带得风声入浙川",正是它一路豪爽之气。平时从密林里观流泉,如丝如带,缭绕林间,往往和飘泊的烟云结伴同行。路边的溪流淙淙作响,有人随口念道:"人在泉上过,水在脚边流",悠闲自得可以想见。可是它绝非静物,有时如一斛珍珠迸发,有时如两丈白缎飘舞,声貌动人,乐于与行人对歌。温泉出自朱砂,有时可以从水中捧出它的本色,但它汇聚成潭,特别在游泳池里,却好像是翠玉色的,蓝得发亮,像晴明的天空。

在狮子林清凉台两次看东方日出,第一次去迟了些,我只能为一片雄浑瑰丽的景色欢呼,内心漾溢着燃烧般的感情,第二次我才虔诚地默察它的出现。先是看到乌云镶边的衣裙,姗姗移动,然后太阳突然上升了,半圆形的,我不知道它有多大,它的光辉立即四射开来，随着它的上升，它的颜色倏忽千变，朱红、橙黄、淡紫……，它是如此灿烂、透明，在它的照耀下万物为之增色，大地的一切也都苏醒了，可是它自己却在统体的光亮中逐渐隐着身子，和宇宙溶成一体。如果我不认识太阳，此时此景也会用这个称号去称赞它。云彩在这山区也是天然的景色，住在山上，清晨，白云常来作客，它在窗外徘徊，伸手可取，出外散步，就踏着云朵走来走去。有时它们迷漫一片使整个山区形成茫茫的海面，只留最高的峰尖，像大海中的点点岛屿，这就是黄山著名的云海奇景。我爱在傍晚看五彩的游云，它们扮成侠士仕女，骑龙跨凤，有盛装的车舆，随行的乐队，当他们列队缓缓行进时，隔山望去，有时像海面行舟一般。在我脑子里许多美丽的童话，都是由这些游云想起来的。黄山号称七十二峰，各有自己的名称，什么莲花峰、始信峰、天都峰、石笋峰……或象形或寓意各有其肖似之处。峰上由怪石奇树形成的"采莲船"、"五女牧羊"、"猴子观桃"、"喜鹊登梅"、"梦笔生花"等等，胜过匠人巧手的安排。对那连绵不绝的峰部，我愿意远远地从低处看去，它们与松树相接，映在天际，黑白分明，真有锦绣的感觉。

　　漫游黄山，随处可以歇脚，解放以后不仅"云谷寺"、"半山寺"面目一新，同时保留了古刹的风貌，但是比起前后山崭新的建筑如"观瀑楼"、"黄山宾馆"、"黄山疗养院"、"岩音小筑"、"玉屏楼"、"北海宾馆"管理处大楼和游泳池等，又都是小巫见大巫了，上山的路，休息的亭子，跨溪的小桥，更今非昔比，过去使人视为畏途和冷落荒芜的地方，现在却像你的朋友似地在前面频频招手。这些建筑都有自己的光采，它新颖雄伟，使黄山的每一个角落都显得生动起来。这里原是避暑圣地，酷暑时外面热得难受，这里还是春天气候。但也不妨春秋冬去,那里四季都是最清新而丰美的公园。

　　古今多少诗人画家描写过黄山的异峰奇景,我是不敢媲美的,旅行家徐霞客说过:"五岳归来不看山,黄山归来不看岳",我阅历不深,只略能领会他豪迈的总评,登在这里的照片,我也只能证明它的真实而无法形容它的诗情画意,看来我的小记仅是为了补充我所见闻而画中看不到的东西。

那 树

■ 王鼎钧

那棵树立在那条路边已经很久很久了,当那路还只是一条泥泞的小径时,它就立在那里;当路上驶过第一辆汽车之前,它就立在那里;当这一带只有稀稀落落几处老式平房时,它就立在那里。

那树有一点佝偻,露出老态,但是坚固稳定,树顶像刚炸开的焰火一样繁密。认识那棵树的人都说,有一年,台风连吹两天两夜,附近的树全被吹断,房屋也倒塌了不少,只有那棵树屹立不摇,而且,据说,连一根树叶都没有掉下来。这真令人难以置信,可是,据说,当这一带还没有建造新式公寓之前,陆上台风紧急警报声中,总有人到树干上漩涡形的洞里插一柱香呢!

那的确是一棵坚固的大树,霉黑潮湿的皮层上,有隆起的筋和纵裂的纹,像生铁铸就的模样。几丈以外的泥土下,还看出有树根的伏脉。在夏天的太阳下挺着颈子急走的人,会像猎犬一样奔到树下,吸一口浓荫,仰脸看千掌千指托住阳光,看指缝间漏下来的碎汞。有时候,的确,连树叶也完全静止。

于是鸟来了,鸟叫的时候,几公尺外幼稚园里的孩子也在唱歌。

于是情侣止步,夜晚,树下有更黑的黑暗。于是那树,那沉默的树,暗中伸展它的根,加大它所能荫庇的土地,一公分一公分的向外。

但是,这世界上还有别的东西,别的东西延伸得更快,柏油一里一里铺过来,高压线一千码一千码架过来,公寓楼房一排一挨过来。所有原来在地面上自然生长的东西都被铲除,被连根拔起。只有那树被一重又一重死鱼般的灰白色包围,连根须都被压路机碾进灰色之下,但树顶仍在雨后滴翠,经过速成的新建筑物衬托,绿得很深沉。公共汽车在树旁插了站牌,让下车的人好在树下从容撑伞。入夜,毛毛细雨比猫步还轻,跌进树叶里汇成敲响路面的点点滴滴,泄漏了秘密,很湿,也很诗。那树被工头和工务局里的科员端详过计算过无数次,任他依然绿着。

计程车像饥蝗拥来。"为什么这儿有一棵树呢?"一个司机喃喃。"而且是这么老这么大的树。"乘客也喃喃。在车轮扬起的滚滚黄尘里,在一片焦躁恼怒的喇叭声里,那一片清荫不再有用处。公共汽车站搬了,搬进候车亭。水果摊搬了,搬到行人能悠闲的停住的地方。幼稚园也要搬,看何处能属于孩子。只有那树屹立不动,连一片叶也不落下。那一蓬叶子照旧绿,绿得很问题。

啊!啊,树是没有脚的。树是世袭的土著,是春泥的效死者,树离根,根离土,树即毁灭。它们的传统是引颈受戮,即使是神话作家也不曾说森林逃亡。连一片叶也不逃走,无论风力多大。任凭头上已飘过十万朵云,地上叠过二十万个脚印。任凭在枝丫间跳远的鸟族已换了五十代子孙。任凭鸟的子孙已栖息每一座青山。当幼苗长出来,当上帝伸手施洗,上帝曾说:"你绿在这里,绿着生,绿着死,死复绿。"啊!所以那树,冒死掩覆已失去的土地,作徒劳无用的贡献,在星空下仰望上帝。

这天,一个喝醉了的驾驶者以七十英里的速度对准树干撞去,于是人死。于是交通专家宣判那树要偿命。于是这一天来了,电锯从树的踝骨咬下去,嚼碎,撒了一圈白森森的骨粉。那树仅仅在倒地时呻吟了一声。这次屠杀排在深夜进行，为了不影响马路上的交通。夜很静，像树的祖先时代，星临万户，天象庄严，可是树没有说什么，上帝也没有。一切预定，一切先有默契，不再多言。与树为邻的一位老太太偏说她听见老树叹气，一声又一声，像严重的气喘病。伐树的工人什么也没听见，树缓缓倾斜时，他们只发现一件事：本来藏在叶底下的那盏路灯格外明亮，马路豁然开旷，像拓宽了几尺。

尸体的肢解和搬运连夜完成。早晨，行人只见地上有碎叶，叶上每一平方厘米仍绿。绿世界的残存者已不复存，它果然绿着生、绿着死。缓缓的，路面染上旭辉，缓缓的，清道妇一路挥帚出现。她们戴着斗笠，包着手臂，是都市的寄生者，是树的亲戚。扫到树根，她们围着年轮站定，看那一圈又一圈的风雨图，估计根有多大，能分裂成多少斤木柴。一个她说：昨天早晨，她扫过这条街，树仍在，住在树干里的蚂蚁大搬家，由树根到马路对面，流成一条细细的黑河。她用作证的语气说，她从没有见过那么多蚂蚁，那一定是一个蚂蚁国。她甚至说，有几个蚂蚁像苍蝇一般大。她一面说，一面用扫帚划出大移民的路线，汽车的轮胎几次将队伍切成数段，但秩序毫不紊乱。对着几个睁大了眼睛的同伴，她表现了乡间女子特殊的丰富见闻。老树是通灵的，它预知被伐，将自己的灾祸先告诉体内的寄生虫。于是小而坚韧的民族决定远征，一如当初它们远征而来。每一个黑斗士离巢时先在树干上绕行一周，表示了依依不舍。这是那个乡下来的清道妇说的。这就是落幕了，她们来参加了树的葬礼。

两星期后，根被挖走了，为了割下这颗生满虬须的大头颅，刽子手贴近它做成陷阱，切断所有的动脉静脉。时间仍然是在夜间，这一夜无星无月，黑得像一块仙草冰，他们带利斧和美制的十字镐来，带工作灯来，人造的强光把举镐挥斧的影子投射在路面上，在公寓二楼的窗帘上，跳跃奔腾如巨无霸。汗水赶过了预算数，有人怀疑已死未朽之木还能顽抗。在陷阱未填平之前，车辆改道，几个以违规为乐的摩托车骑士跌进去，抬进医院。不过这一切都过去了，现在，日月光华，周道如砥，已无人知道有过这么一棵树，更没有人知道几千条断根压在一层石子一层沥青又一层柏油下闷死。

一朵午荷

■ 洛　夫

这是去夏九月间的旧事，我们为了荷花与爱情的关系，曾发生过一次温和的争辩。

"真正懂得欣赏的人，才真正懂得爱。"

"此话怎讲？"

"据说伟大的爱应该连对方的缺点也爱，完整的爱包括失恋在内。"

"话是这么说，可是这与欣赏荷有啥关系。"

"爱荷的人不但爱它花的娇美，叶的清香，枝的挺秀，也爱它夏天的喧哗，爱它秋季的寥落，甚至觉得连喂养它的那池污泥也污得有些道理。"

"花凋了呢？"

"爱它的翠叶田田。"

"叶残了呢？"

"听打在上面的雨声呀！"

"这种结论岂不太过罗曼蒂克。"

"你认为……？"

"欣赏别人的孤寂是一种罪恶。"

其实我和你都不是好辩的人，因此我们的结论大多空洞而可笑，但这次却为你这句淡然的轻责所慑服，临别时，我除了赧然一笑外，还能说些什么呢？

　　记得那是一个落着小雨的下午，午睡醒来，突然想到去历史博物馆参观一位朋友的画展。为了喜欢那份凉意，手里的伞一直未曾撑开，冷雨溜进颈子里，竟会引起一阵小小的惊喜。沿着南海路懒懒散散地走过去，噘起嘴唇想吹一曲口哨，第一个音符尚未成为完整的调子。一辆红色计程车侧身驰过，溅了我一裤脚的泥水。抵达国家画廊时，正在口袋里乱掏，你突然在我面前出现，并递过来一块雪白的手帕。老是喜欢做一些平淡而又惊人的事，我心想。但当时好像彼此都没有说什么，便沿着画廊墙壁一路看了过去。有一幅画设想与色彩都很为特殊，经营得颇为大胆，整个气氛有梵谷的粗暴，一大片红色，触目惊心，有抗议与呼救的双重暗示。我们围观了约有五分钟之久，两人似乎都想表示点意见，但在这种场合，我们通常是沉默的，因为只要任何一方开口，争端必起，容忍不但成了我们之间的美德，也是互相默认的一种胜利者的表示。

　　这时，室外的雨势越来越大，群马奔腾，众鼓齐擂，整个世界笼罩在一阵阵激越的杀伐声中，但极度的喧嚣中又有着出奇的静。我们相偕跨进了面对植物园的阳台。

　　"快过来看！"你靠着玻璃窗失神地叫着。我挨过去向窗外一瞧，正如旧约《创世纪》第一章中所说："神的灵运行在水面上，神说有光，便有了光。"我顿时为窗下一幅自然的奇景所感动，怔住。

　　窗下是一大片池荷，荷花多已凋谢，或者说多已雕塑成一个个结实的莲蓬。满池的青叶在雨中翻飞着，大者如鼓，小者如掌，雨粒劈头劈脸洒将下来，鼓声与掌声响成一片，节奏急迫而多变化，声势相当慑人。这种景象，徐志摩看了一定大呼过瘾，朱自清可能会吓得脸色发白；在荷塘边，在柔柔的月色下，他怎么样也无法联想起这种骚动。这时，一阵风吹来，全部的荷叶都朝一个方向翻了过去，犹如一群女子骤然同时撩起了裙子。我在想，朱自清看到会不会因而激起一阵腼腆的窃喜。

我们印象中的荷一向是青叶如盖，俗气一点说是亭亭玉立，之所以亭亭，是因为它有那一把瘦长的腰身，风中款摆，韵致绝佳。但在雨中，荷是一群仰着脸的动物，专注而矜持，显得格外英姿勃发，矫健中另有一种娇媚。雨落在它们的脸上，开始水珠沿着中心滴溜溜地转，渐渐凝聚成一个水晶球，越向叶子的边沿扩展，水晶球也越旋越大，瘦弱的枝杆似乎已支持不住水球的重负，由旋转而左摇右晃，惊险万分。我们的眼睛越睁越大，心跳加速，紧紧抓住窗棂的手掌沁出了汗水。猝然，要发生的终于发生了，荷身一侧，哗啦一声，整个叶面上的水球倾泻而下，紧接着荷枝弹身而起，又恢复了原有的挺拔和矜持，我们也随之嘘了一口气。我点燃一支烟，深深吸了一口，然后缓缓吐出，一片浓烟刚好将脸上尚未褪尽的红晕掩住。

也许由于过度紧张，也许由于天气阴郁，这天下午我除了在思索你那句"欣赏别人的孤寂是一种罪恶"的话外，一直到画廊关门，挥手告别，我们再也没有说什么。

但我真正懂得荷，是在今年一个秋末的下午。

十月的气温仍如江南的初夏，午后无风，更显得有点燠热。偶然想起该到植物园去走走，这次我是诚心去植物园看荷的，心里有了准备，仍不免有些紧张。十来分钟的路程居然走出一掌的汗。跨进园门，首先找到那棵编号廿五的水杉，然后在旁边的石凳上坐憩一下，调整好呼吸后，再轻步向荷池走去。

噫！那些荷花呢？怎么又碰上花残季节，在等我的只剩下满池涌动的青叶，好大一拳的空虚向我袭来。花是没了，取代的只是几株枯干的莲蓬，黑黑瘦瘦，一副营养不良的身架，跟丰腴的荷叶对照之下，显得越发孤绝。这时突然想起我那首《众荷喧哗》中的诗句：

众荷喧哗而你是挨我最近
最静，最最温柔的一朵……

我向池心轻轻扔过去一粒石子，你的脸便哗然红了起来。

午后的园子很静，除了我别无游客。我找了一块石头坐了下来，呆呆地望着满池的青荷出神。众荷田田亭亭如故，但歌声已歇，盛况不再。两个月前，这里还是一片繁华与喧嚣，白昼与黄昏，池里与池外，到处拥挤不堪；现在静下来了，剩下我独自坐在这里，抽烟，扔石子，看池中自己的倒影碎了，又拼合起来，情势逆转，现在已轮到残荷来欣赏我的孤寂了。

其实，当时我还真不明白它的脸为什么会顿然红了起来，也记不起扔那粒石子究竟暗示什么，当然更记不起我曾对它说了些什么，总不会说"你是君子，我很欣赏你那栉风沐雨，吃污泥而吐清香的高洁"之类的废话吧？人的心事往往是难以牢记的，勉强记住反而成了一种永久的负荷。现在它在何处，我不得而知，或下或上升为彩霞，坠为烂泥，纵然远不可及，但我仍坚持它是惟一曾经挨我最近，最静，最最温柔的一朵。朋友，这不正足以说明我决不是只喜欢欣赏他人孤寂的那类人吗？

想到这里，我竟有些赧然，甚至感到难堪起来。其实，孤寂也并不就是一种羞耻，当有人在欣赏我的孤寂时，我绝不会认为他有任何罪过。朋友，这点你不要跟我辩，兴衰无非都是生命过程中的一部分。今年花事已残，明年照样由根而茎而叶而花，仍然一大朵一大朵地呈现在我们面前，接受人的赞赏与攀折，它却毫无顾忌地一脚踩污泥，一掌擎蓝天，激红着脸大声唱着"我是一朵盛开的莲"，唱完后不到几天，它又安静地退回到叶残花凋的自然运转过程中去接受另一次安排，等到第二年再来接唱。

  扑扑尘土，站起身来，心口感到很闷，有点想吐，寂寞真是一种病吗？绕着荷池走了一圈，绕第二圈时，突然发现眼前红影一闪而没。放眼四顾，仍只见青荷田田，什么也没有看到。是迷惘？是殷切期盼中产生的幻觉？不甘心，我又回来绕了半匝，然后蹲下身子搜寻，在重重叠叠的荷叶掩盖中，终于找到了一朵将谢而未谢，却已冷寂无声的红莲，我惊喜得手足无措起来，这不正是去夏那挨我最近，最静，最最温柔的一朵吗？

紫藤萝瀑布

■ 宗　璞

我不由得停住了脚步。

从未见过开得这样盛的藤萝，只见一片辉煌的淡紫色，像一条瀑布，从空中垂下，不见其发端，也不见其终极，只是深深浅浅的紫，仿佛在流动，在欢笑，在不停地生长。紫色的大条幅上，泛着点点银光，就像迸溅的水花。仔细看时，才知那是每一朵紫花中的最浅淡的部分，在和阳光互相挑逗。

这里春红已谢，没有赏花的人群，也没有蜂围蝶阵。有的就是这一树闪光的、盛开的藤萝。花朵儿一串挨着一串、一朵接着一朵，彼此推着挤着，好不活泼热闹！

"我在开花！"它们在笑。

"我在开花！"它们嚷嚷。

每一穗花都是上面的盛开、下面的待放。颜色便上浅下深，好像那紫色沉淀下来了，沉淀在最嫩最小的花苞里。每一朵盛开的花像是一个张满了的小小的帆，帆下带着尖底的舱。船舱鼓鼓的，又像一个忍俊不禁的笑容，就要绽开似的。那里装的是什么仙露琼浆？我凑上去，想摘一朵。

但是我没有摘。我没有摘花的习惯。我只是伫立凝望，觉得这一条紫藤萝瀑布不只在我眼前，也在我心上缓缓流过。流着流着，它带走了这些时一直压在我心上的关于生死的疑惑，关于疾病的痛楚。我浸在这繁密的花朵的光辉中，别的一切暂时都不存在，有的只是精神的宁静和生的喜悦。

这里除了光彩，还有淡淡的芳香，香气似乎也是浅紫色的，梦幻一般轻轻地笼罩着我。忽然记起十多年前家门外也曾有过一大株紫藤萝，它依傍一株枯槐爬得很高，但花朵从来都稀落，东一穗西一串伶仃地挂在树梢，好像在察颜观色，试探什么。后来索性连那稀零的花串也没有了。园中别的紫藤花架也都拆掉，改种了果树。那时的说法是，花和生活腐化有什么必然关系。我曾遗憾地想：这里再看不见藤萝花了。

过了这么多年，藤萝又开花了，而且开得这样盛，这样密，紫色的瀑布遮住了粗壮的盘虬卧龙般的枝干，不断地流着、流着，流向人的心底。

花和人都会遇到各种各样的不幸，但是生命的长河是无止境的。我抚摸了一下那小小的紫色的花舱，那里满装生命的酒酿，它张满了帆，在这闪光的花的河流上航行。它是万花中的一朵，也正是由每一个一朵，组成了万花灿烂的流动的瀑布。

在这浅紫色的光辉和浅紫色的芳香中，我不觉加快了脚步。

巩乃斯的马

■周 涛

我一直对不爱马的人怀有一点偏见,认为那是由于生气不足和对美的感觉迟钝所造成的,而且这种缺陷很难弥补。有时候读传记,看到有些了不起的人物以牛或骆驼自喻,就有点替他们惋惜,他们一定是没见过真正的马。

在我眼里,牛总是有点落后的象征的意思,一副安贫知命的样子,这大概是由于过分提倡"老黄牛"精神引起的生理反感。骆驼却是沙漠的怪胎,为了适应严酷的环境,把自己改造得那么丑陋畸形。至于毛驴,顶多是个黑色幽默派的小丑,难当大用。它们的特性和模样,都清清楚楚地写着人类对动物的征服,生命对强者的屈服,所以我不喜欢。它们不是作为人类朋友的形象出现的,而是俘虏,是仆役。有时候,看到小孩子鞭打牛,高大的骆驼在妇人面前下跪,发情的毛驴被缚在车套里龇牙大鸣,我心里便产生一种悲哀的怜悯。

那卧在盐车之下哀哀嘶鸣的骏马和诗人臧克家笔下的"老马",不也是可悲的吗?但是不同。那可悲里含有一种不公,这一层含义在别的畜牲中是没有的。在南方,我也见到过矮小的马,样子有些滑稽,但那不是它的过错。既然橘树有自己的土壤,马当然有它的故乡了。自古好马生塞北。在伊犁,在巩乃斯大草原,马作为茫茫天地之间的一种尤物,便呈现了它的全部魅力。

那是1970年,我在一个农场接受"再教育",第一次触摸到了冷酷、丑恶、冰凉的生活实体，不正常的政治气候像潮闷险恶的黑云一样压在头顶上，使人压抑到不能忍受的地步。高强度的体力劳动并不能打击我对生活的热爱，精神上的压抑却有可能摧毁我的信念。

终于，有一天夜晚，我和一个外号叫"蓝毛"的长着古希腊人脸型的上士一起爬起来，偷偷摸进马棚，解下两匹喉咙里滚动着咴咴低鸣的骏马，在冬夜旷野的雪地上奔驰开了。

天低云暗，雪地一片模糊，但是马不会跑进巩乃斯河里去。雪原右侧是巩乃斯河，形成了沿河的一道陡直的不规则的土壁。光背的马儿驮着我们在土壁顶上的雪原轻快地小跑，喷着鼻息，四蹄发出嚓嚓的有节奏的声音，最后大颠着狂奔起来。随着马的奔驰、起伏、跳跃和喘息，我们的心情变得开朗、舒展。压抑消失，豪兴顿起，在空旷的雪野上打着唿哨乱喊，在颠簸的马背上感受自由的亲切和驾驭自己命运的能力，是何等的痛快舒畅啊！我们高兴得大笑，笑得从马背上栽下来，躺在深雪里还是止不住地狂笑，直到笑得眼睛里流出了泪水……

那两匹可爱的光背马，这时已在近处缓缓停住，低垂着脖颈，一副歉疚的想说"对不起"的神态，它们温柔的眼睛里仿佛充满了怜悯和抱怨，还有一点诧异，弄不懂我们这两个究竟是怎么了。我拍拍马的脖颈，抚摸一会儿它的鼻梁和嘴唇，它会意了，抖抖鬃毛像抖掉疑虑，跟着我们慢慢走回去。一路上，我们谈着马，闻着身后热烘烘的马汗味和四围里新鲜刺鼻的气息，觉得好像不是走在冬夜的雪原上。

马能给人以勇气，给人以幻想，这也不是笨拙的动物所能有的。在巩乃斯后来的那些日子里，观察马渐渐成了我的一种艺术享受。

我喜欢看一群马，那是一个马的家族在夏牧场上游移，散乱而有秩序，首领就是那里面一眼就望得出的种公马，它是马群的灵魂。作为这群马的首领当之无愧，因为它的确是无与伦比的强壮和美丽，匀称高大，毛色闪闪发光，最明显的特征是颈上披散着垂地的长鬃，有的浓黑，流泻着力与威严；有的金红，燃烧着火焰般的光彩。它管理着保护着这群牝马和顽皮的长腿短身子马驹儿，眼光里保持着父爱般的尊严。

在马的这种社会结构中，首领的地位是由强者在竞争中确立的。任何一匹马都可以争夺，通过追逐、撕咬、拼斗，使最强的马成为公认的首领。为了保证这群马的品种不至于退化，就不能搞"指定"，也不能看谁和种公马的关系好，也不能凭血缘关系接班。

生存竞争的规律使一切生物把生存下去作为第一意识，而人却有时候会忘记，造成许多误会。

唉，天似穹庐，笼盖四野。在巩乃斯草原度过的那些日子里，我与世界隔绝，生活单调；人与人互相警惕，唯恐失一言而遭灭顶之祸，心灵寂寞。只有一个乐趣，看马。好在巩乃斯草原马多，不像书可以被焚，画可以被禁，知识可以被践踏，马总不至于被驱逐出境吧？这样，我就从马的世界里找到了奔驰的诗韵，油画般的辽阔草原、夕阳落照中兀立于荒草的群雕、大规模转场时铺散在山坡上的好文章、熊熊篝火边的通宵马经、毡房里悠长喑哑的长歌在烈马苍凉的嘶鸣中展开，醉酒的青年哈萨克在群犬的追逐中纵马狂奔，东倒西歪地俯身鞭打猛犬，这一切，使我蓦然感到生活不朽的壮美和那时潜藏在我们心里的共同忧郁……

哦，巩乃斯的马，给了我一个多么完整的世界！凡是那时被取消的，你都重新又给予了我！弄得我直到今天听到马蹄踏过大地的有力声响时，就在屋子里坐卧不宁，总想出去看看，是一匹什么样儿的马走过去了。而且我还听不得马嘶，一听到那铜号般高亢、鹰啼般苍凉的声音，我就热血陡涌、热泪盈眶，大有战士出征走上古战场，"风萧萧兮易水寒"的悲壮之概。

　　有一次我碰上巩乃斯草原夏日迅疾猛烈的暴雨，那雨来势之快，可以使悠然在晴空盘旋的孤鹰来不及躲避而被击落，雨脚之猛，竟能把牧草覆盖的原野一瞬间打得烟尘滚滚。就在那场暴雨的豪打下，我见到了最壮阔的马群奔跑的场面。仿佛分散在所有山谷里的马都被赶到这儿来了，好家伙，被暴雨的长鞭抽打着，被低沉的怒雷恐吓着，被刺进大地倏忽消逝的闪电激奋着，马，这不肯安分的牲灵从无数谷口、山坡涌出来，山洪奔泻似地在这原野上汇聚了，小群汇成大群，大群在运动中扩展，成为一片喧叫、纷乱、快速移动的集团冲锋！争先恐后，前呼后应，披头散发，淋漓尽致！有的疯狂地向前奔驰，像一队尖兵，要去踏住那闪电；有的来回奔跑，俨然得像临危不惧、收拾残局的大将；小马跟着母马认真而紧张地跑，不再顽皮、撒欢，一下子变得老练了许多；牧人在不可收拾的潮水中被携裹，大喊大叫，却毫无声响，喊声像一块小石片跌进奔腾喧嚣的大河。

　　雄浑的马蹄声在大地奏出鼓点，悲怆苍劲的嘶鸣、叫喊在拥挤的空间碰撞、飞溅，划出一条条不规则的曲线，扭住、缠住漫天雨网，和雷声雨声交织成惊心动魄的大舞台。而这一切，得在飞速移动中展现，几分钟后，马群消失，暴雨停歇，你再看不见了。

　　我久久地站在那里，发愣、发痴、发呆。我见到了，见过了，这世间罕见的奇景，这无可替代的伟大的马群，这古战场的再现，这交响乐伴奏下的复活的雕塑群和油画长卷！我把这几分钟间见到的记在脑子里，相信，它所给予我的将使我终身受用不尽……

　　马就是这样，它奔放有力却不让人畏惧，毫无凶暴之相；它优美柔顺却不任人随意欺凌,并不懦弱,我说它是进取精神的象征,是崇高感情的化身,是力与美的巧妙结合恐怕也并不过分。屠格涅夫有一次在他的庄园里说托尔斯泰"大概您在什么时候当过马",因为托尔斯泰不仅爱马、写马,并且坚信"这匹马能思考并且是有感情的"。它们常和历史上的那些伟大的人物、民族的英雄一起被铸成铜像屹立在最醒目的地方。

过去我认为,只有《静静的顿河》才是马的史诗;离开巩乃斯之后,我不这么看了。巩乃斯的马,这些古人称之为骐骥、称之为汗血马的英气勃勃的后裔们,日出而撒欢,日入而哀鸣。它们好像永远是这样散漫而又有所期待,这样原始而又有感知,这样不假雕饰而又优美,这样我行我素而又不会被世界所淘汰。成吉思汗的铁骑作为一个兵种已经消失,六根棍马车作为一种代步工具已被淘汰,但是马却不会被什么新玩艺儿取代,它有它的价值。

牛从挽用变为食用,仍然是实用物;毛驴和骆驼将会成为动物园里的展览品,因为它们只会越来越稀少;而马,车辆只是在实用意义上取代了它,解放了它,它从实用物进化为一种艺术品的时候恰恰开始了。

值得自豪的是我们中国有好马。从秦始皇的兵马俑、铜车马到唐太宗的六骏,从马踏飞燕的奇妙构想到大宛汗血马的美妙传说,从关云长的赤兔马到朱德总司令的长征坐骑……纵览马的历史,还会发现它和我们民族的历史紧密相连着。这也难怪,骏马与武士与英雄本有着难以割舍的亲缘关系呢,彼此作用的相互发挥、彼此气质的相互补益,曾创造出多少叱咤风云的壮美形象?纵使有一天马终于脱离了征战这一辉煌事业,人们也随时会从军人的身上发现马的神韵和遗风的。我们有多少关于马的故事呵,我们是十分爱马的民族呢。至今,如同我们的一切美好传统都像黄河之水似的遗传下来那样,我们的历代名马的筋骨、血脉、气韵、精神也都遗传下来了。那种"龙马精神",就在巩乃斯的马身上——

> 此马非凡马,
> 房星是本星;
> 向前敲瘦骨,
> 犹自带铜声。

我想,即便我一直固执地对不爱马的人怀一点偏见,恐怕也是可以得到谅解了吧。

山的呼唤

■ 琼 瑶

梦中，总听到那山的呼唤。

从小，热爱山，热爱水，热爱大自然那渺无边际、不可捉摸的神奇与旖旎。

童年时，在故乡湖南的乡间，曾有那么一座山，使我喘息过，使我迷惑过，使我喜悦而又使我沉迷，至今，那山仍清晰地萦绕于我的脑际。那山并不高，遍布着松树，高大的直入云霄，小的只有半个人高，泥土是红色的，土质松而软，没有杂草，没有荆棘，只是遍地散布着一颗颗的松果。而我穿梭于那松林间，奔跑着，呼喊着，收集着那些松果，竟日流连，乐而不疲。玩累了，我会选择一棵巨大的松树，倚着它坐下来，让那如伞般的松枝遮蔽着我。闭上眼睛，我静静地倾听那风声穿过松林发出的簌簌声响，幻想着它在诉说些什么。我一直是个爱做梦的孩子，我就在那儿制造着、酝酿着、堆积着我最初的、童稚的梦。长长久久地听着那山的倾诉、山的声籁和山的呼唤。

这座童年时期影响着我的山，始终活在我的心中。它带着一股烧灼般的力量压迫着我。一座山！我总觉得自己要攀一座山，而我也总觉得自己在攀一座山。我开始写作，迫切地想写出我对山的那份感觉，我写了很多以山为背景的小说，像《深山里》，像《苔痕》，像《船里的卡保山》……而真正能写出我那份感觉的，只有一篇《幸运草》。

两年前,随着拍摄《幸运草》的外景勘察队,我上了一座山。我这一生真正地爬上了一座"山",再度感受那份令人喘息、令人迷惑、令人喜悦而又令人沉迷的滋味。那座山,那座高不可攀、深入云霄的山,那座远离尘嚣、没有丝毫人间烟火味的山!那座半是梦境、半是幻境、半是仙境的山!

那山高达海拔一万三千多英尺,名叫"玉山"。

再没有什么感觉比登上一座高山的感觉更踏实,也再没什么感觉比登上一座高山的感觉更虚幻。那山半在云封雾绕中,半在氤氲迷离中。岩石高插入云,松树伸展着枝丫,像一只只巨人的手,托住了整个的天空。

站在那儿,世界在你的脚底,寒意深深的云层包围着你。浓密的松树,高大,挺拔,苍劲。树枝上全挂着一串一串的苍苔,云所带来的水汽凝聚在苍苔上,成为一颗颗晶莹的水滴,顺着苍苔向下滴落。云飘浮在脚下,在眼前,在身边,忽而来,忽而去,忽而凝聚,忽而飘散。太阳的光芒透过树梢,透过云层,像一条条闪烁的光带,遍撒在整个山头。一会儿,你会浴在阳光的灿烂里,一会儿,你又会置身于岩石的阴影下。身边所有的一切景象,瞬息万变,使你不能不一次又一次的惊叹,惊叹那造物的神秘与神奇。

夜里,寒月当头,流星数点。山沐浴在月光下,一片清幽,一片朦胧。处处是岩石与巨木的幢幢黑影。给人一份说不出的震慑与肃穆的感觉。山中的夜并不宁静,风在林中穿梭,时而尖啸,如一声壮烈的呐喊;时而低吟,如一支柔美的清歌。除了风声,有隔山的飞瀑,在不停不休地飞湍奔流。有不知名的鸟啼,此起彼应地互相唱和。有树枝偶然的断裂声,有小虫的唧唧,有草丛中不明原委的簌簌……这种种的声浪,汇合成了一股"山的呼唤",那样让人感动,让人震慑,让人迷惑。似乎在不住地低喊着:"来吧!来吧!来吧!来上一座山。看看山会带给你什么?来吧!来吧!来吧!"

梦中,我总听到那山的呼唤。我知道,我将重去,我将攀登,一次又一次。因为,那山在呼唤着我。

遥远的自然

■ 韩少功

城市是人造品的巨量堆积,是一些钢铁、水泥和塑料的构造。标准的城市生活是一种昼夜被电灯操纵、季节被空调机控制、山水正在进入画框和阳台盆景的生活,也就是说,是一种越来越远离自然的生活。这大概是城市人越来越怀念自然的原因。

城市人对自然的怀念让人感动。他们中的一些人,不大能接受年迈的父母,却愿意以昂贵的代价和不胜其烦的劳累来饲养宠物。他们中的一些人不可忍受外人的片刻打扰,却愿意花整天整天的时间来侍候家里的一棵树或者一块小小的草坪。他们遥望屋檐下的天空,用笔墨或电脑写出了赞颂田园的诗歌和哲学,如果还没有在郊区或乡间盖一间木头房子,至少也能穿上休闲服,带上食品和地图,隔那么一段时间(比方几个月或者几年),就把亲爱的大自然定期地热爱一次。有成千上万的旅游公司在激烈竞争,为这种定期热爱介绍着目标和对象并提供周到的服务。

他们到大自然中去寻找什么呢?寻找氧气?负离子?叶绿素?紫外线?万变的色彩?无边的幽静?人体的运动和心态的闲适?……事实上,人造的文明同样可以提供这一切,甚至可以提供得更多和更好,也更加及时和方便。氧吧和医院里的输氧管可以随时送来森林里的清新。健身器上也可以随时得到登山的大汗淋漓的感觉。而世界上任何山光水色的美景,都可以在电视屏幕上得到声色并茂的再现。但是,如果这一切还不足以取消人们对自然的投奔冲动,如果文明人的一个个假日仍然意味着自然的召唤和自然的预约,那么可以肯定,人造品完全替代自然的日子还远远没有到来。

而且还可以肯定:人们到大自然中去寻找的,是氧气这一类东西以外的什么。

也许,人们不过是在寻找个异。作为自然的造化,个异意味着世界上没有一片叶子是完全相同的,没有一个生命的个体是完全相同的。这种状况对于都市中的文明人来说,当然正在变得越来越稀罕。他们面对着千篇一律的公寓楼,面对着千篇一律的电视机、快餐食品以及作息时间表,不得不习惯着自己周围的个异逐渐消失。连最应该各各相异的艺术品,在文化工业的复制技术下,也正在变得面目相似,无论是肥皂还是连环画,彼此莫辩和新旧莫辩都为人们所容忍。现代工业品一般来自指生产的流水线,甚至不能接受手工匠人的偶发性随意。不管它们出于怎样巧妙的设计,它们之间的差别只是类型之间的差别,而不是个异之间的差别。它们的品种数量总是有限,一个型号下的产品总是严格雷同和大量重复,而这正是生产者们梦寐以求的目标:严格雷同就是技术高精度的标志,大量重复就是规模经济的最重要特征。第一千个甲型电话机必定还是甲型,每一万辆乙型汽车必定还是乙型,它们在本质上以个异为大忌,整齐划一地在你的眼下哗哗哗地流过,代表着相同的功能和相同的价格,不可能成为人们的什么惊讶发现。它们只有在成为稀有古董以后,以同类产品的大面积废弃为代价,才会成为某种怀旧符号,与人们的审美兴趣勉强相接。它们永远没法呈现出自然的神奇和丰富——毫无疑问,正是那种造化无穷的自然原态才是人的生命起点,才是人们一次次校正人生的人性标尺。

也许，人们还在寻找永恒。一般来说，人造品的存在期都太短促了，连最为坚固的钢铁，一旦生长出锈痕，简直也成了速朽之物，与泥土和河流的万古长存无法相比。它甚至没有遗传的机能，较之于动物的生死和植物的枯荣，缺乏生生不息的恒向和恒力。一棵路边的野草，可以展示来自数千年乃至数万年前的容貌，而可怜的电话机或者汽车却身前身后两茫茫，哪怕是最新品牌，也只有近乎昙花一现的生命。时至今日，现代工业产品在更新换代的催逼之下，甚至习惯着一次性使用的转瞬即逝，纸杯、易拉罐，不定期有毛巾和袜子，人们用过即扔。这种消费方式既然是商家的利润所在，于是也很快在宣传造势中成为普遍的大众时尚。在这个意义上，现代工业正在加速一切人造品进入垃圾堆的进程，正在进一步削弱人们与人造品之间稳定的情感联系。人们的永恒的感觉，或者说相对恒久的感觉，越来越难与人造品相随。激情满怀一诺千金之时，人们可以对天地盟誓，但怎么可以想象有人面对一条领带或者一只沙发盟誓？牵肠挂肚离乡背井之时，人们可以抓一把故乡的泥土入怀，但怎么可以想象有人取一只老家的电器零件入怀？在全人类各民族所共有的心理逻辑之下，除了不老的青山、不废的江河、不灭的太阳，还有什么东西更能构建一种与不朽精神相对应的物质形式？还有什么美学形象更能承担一种信念的永恒品格？

　　如果细心体会一下，自然能使人们为之心动的，也许更在于它所寓含着的共和理想。在人们身陷其中的世俗生活中，文明意味着财富的创造，也意味着财富的秩序和规则。人造品总是被权利关系分割和网捕。所有的人造品都是产品，既是产品就产权，就与所有权和支配权结下了不解之缘。不论是个人占有还是集团占有，任何楼宇、机器、服装、食品一开始就是物各有主，冷冷地阻止着权限之外的人僭用,还有精神上的亲近和进入。正因为如此,人们很难怀念外人的东西,比如怀念邻家的钟表或者大衣柜。人们对故国和家园的感怀,通常都只是指向权利关系之外的自然——太阳、星光、云彩、风雨、草原、河流、群山、森林以及海洋,这么多色彩和音响,尽管也会受到世俗权利的染指,比如局部地沦为庄园或者笼鸟,但这种染指毕竟极其有限;大自然无比高远和辽阔的主体,至少到目前为止还无法被任何人专享和收藏,只可能处于人类公有和共有的状态。在大自然面前,私权只是某种文明炎症的一点点局部感染。世俗权利给任何所带来的贫贱感或富贵感、卑贱感或优越感、虚弱感或强盛感,都可能在大山大水面前轻而易举地得到瓦解和消散。任何世俗的得失在自然面前都微不足道。古人已经体会到这一点,才有"山水无常属,闲者是主人"一说,才有"山可镇俗,水可涤妄"一说。这些朴素的心理经验,无非是指大自然对所有人一视同仁的慷慨接纳,几乎就是齐物论的哲学课,几乎就是共和制的政治伦理课,指示着人们对世俗的超越,最容易在人们心中轰然洞开一片万物与我一体的阔大生命境界。

当然,这一切并不是自然的全部。人们在自然中可以寻找到的,至少还有残酷。台风、洪水、沙暴,雷电,地震,无一不显露出凶暴可畏的面目——人们只有依靠文明才得以避其灾难。自然界的生物链存在方式则意味着,自然的本质不过是千万张欲望的嘴,无情相食,你死我活。敦厚如老牛也好,卑微如小草也好,每一种生物其实都没有含糊的时候,都以无情食杀其生命作为自己存在的前提。即便在万籁俱寂的草地之下也永远进行着这种轰轰烈烈的战争。文明进程之外的原始初民,同样是食物链中完全被动的一环。山林部落之间血腥的屠杀,也许只是一种取法自然并且大体上合乎自然的方式，只能算作野生动物那里生存斗争的寻常事例。他们还缺乏文明人的同类相悯和同类相尊，还缺乏减少流血的理性手段——虽然这种理性的道德和法律也可以在世界大战一类事故中荡然无存，并不总是特别的牢靠。

由此看来，文明人所热爱的自然，其实只是文明人所选择、所感受、所构想的自然。与其说他们在热爱自然，毋宁说他们在热爱文明人对自然的一种理解；与其说他们在投奔自然，毋宁说他们在投奔自然所呈现的一种文明意义。他们为这激情满怀的大漠孤烟或者林中明月，不过是自然这面镜子里社会现实处境的倒影，是他们用来批判文明缺陷的替代品。他们的激情，不能证明别的什么，恰恰确证了自己文明化的高度。换一句话说，他们对待自然的态度，常常不过是对现存文明品质的某种测试：他们正是敏感到文明的隐疾，正是敏感到现实社会中的类型原则正在危及个异，现时原则正在危及永恒，权利原则正在泯灭人类的共和理想，才把自然变成了一种越来越重要的文明符号，借以支撑自己对文明的自我反省，自我批判以及自我改进。他们对自然的某种绿色崇拜，不仅仅是补救自己的生存环境，更重要的，是补救自己的精神内伤。

迄今为止，宗教一直在引导着文明对自然的认识。教堂总是更习惯于建立在闹市尘嚣之外，建立在山重水复之处，把人们引入自然的旅途。真正的教徒总是容易成为素食者，至少也有戒杀惜生的信念和习惯。迄今为止，艺术也一直在引导着文明对自然的认识。音乐、美术以及文学的创作者们，无一不在培育着人类对一花一草一禽一畜的赞美和同情，无一不明白情景相融和情景相生的道理，总是把自然当做人类美好情感的舞台和背景。他们如果不愿意止于拒绝和批判，而有意于更积极的审美反应，有意表达更有建设性的精神寄托，他们的眼光就免不了要指向文明圈以外，指向人造品的局限视界以外，不论是用直接或间接的方式，他们的诗集总是不由自主地在自然的抚慰之下或拥抱之中得到苏醒。他们的精神突围，总是有地平线之外某种自然之境在遥遥接应。赤壁之于苏东坡，草原之于契诃夫，向日葵之于凡·高，黄河之于冼星海，无疑都是有精神接纳地的意义。正是在这里，宗教和艺术显示了与一般实用学问的差别，显示了自己的重要特征。它们追问着文明的终极价值，它们对精神的关切，使它们更愿意在自然界伸展自己的根系。

作为一种文明活动，它们当然并不代表人与自然的惟一关系。在更多的时候，以利用自然、征服自然、改造自然甚至破坏自然为特征的人类生存方式构成了文明的主流。现代的商家甚至可以从人对自然的向往中洞察到潜在的利润，于是开始了对感悟和感动的技术化生产，开始制作自然的货品，拓展自然的市场。宗教已经受到了市场的鼓励，其活动场所正在成为旅游者的诸多景点，其活动规程正在成为吸引游客的诸多收费演出。艺术同样已经受到了市场的鼓励，正以奇山异水奇风异俗的搜集和展示，成为各种文字和图像的创作动力，制作出吸引远方客人的导游资料或代游资料。文化搭台经济唱戏，艺术门类正在被日益壮大的旅游业收编，正在主宰着人与自然的诗学关系，正在搜索着任何一块人迹罕至的自然，运用公路、酒吧、星级宾馆、景区娱乐设施把天下所有的自然风光一网打尽并且制作成快捷方便的观赏节目；至少也可以用发达的现代视像技术，用风光照片、风光影视片以及异国情调小说一类产品，把大自然的尸体囚禁在广为复制的各种媒体上，变成工业化时代的室内消费。

旅游正在成为一场悄然进行的文化征讨。它是强势文明区与弱势文明区互为"他者"的观赏与交流，它的后果，一般来说是强势文明的一体化进程无往不胜一统天下，也是文明向自然成功地实现扩张、延展和渗透。它带来了新的市场、利润以及物质繁荣，当然是人类之福。但它一旦商业化和消费化，似乎也可能带来物质生产方式对人类精神需求的挤压和侵害。对于当今的很多文明人来说，有了钱就有了自然，通向自然之路已经不再艰难和遥远。问题在于：在这种工业技术所覆盖的自然里，我们还能不能寻找到我们曾经熟悉的个异、永恒以及共和理想？还能不能寻找到大震撼和大彻悟的无声片刻？这种旅游业正在帮助人类实现着对自然的物质化占有，与此同时，它是不是也可能在遮蔽和销毁着自然对于人类的精神性价值？

如果说微笑中可以没有友情，表演中可以没有艺术，那么旅游中当然也可以没有自然。这是一个游客匆匆于今为盛的时代，是一个什么都需要购买的时代：自然不过是人们旅游车票上的价位和目的地。这个目的地正在扑面而来，已经送来了旅游产品的嘈杂叫卖之声、进口啤酒的气息、五颜六色的泳装和太阳伞。也许，恰好是在这个时候，某一个现代游客会突然感觉到：他通向自然的道路实际上正在变得更加艰难和更加遥远。他会有一种在旅游节目里一再遭遇的茫然和酸楚：童年记忆中墙角的一棵小草，对于他来说已经更加遥不可及再会无期。

北海的早晨

■ 斯　好

　　四周静悄悄的,北海还在酣睡中。浩浩的湖面上,只我一个人。桨声汩——汩——汩,分外鲜明。北海如绿色的云波,悠悠地向我身后飘荡了。

　　湖上弥漫着薄薄的白雾。小船在雾中行,如在梦中游荡。一带山峦树木横在远处,隐隐约约,朦朦胧胧,如一围灰色的梦的城墙。几组台榭楼阁倚在湖畔,幢幢的影子,隐隐的轮廓,全都显着无限的醉意。沿岸伞一样撑着的一株株茂密的柳树,望去参差差、毛绒绒的,一团团如泼在天边的墨,又如雨天里浓浓聚着的云。纷披的柳条中,不时转出一两点灯光,淡淡的,晕晕的。湖面是更见迷蒙了,乳白色的晨雾浮起在半空,轻烟一般笼罩着水面。湖水愈发温柔,愈发安详了——它静静地平躺着,安然地享受着晨雾徐徐的、轻柔的爱抚,那神态,真好像母亲怀中含乳憨睡的婴儿呢。

　　浮在湖上的美丽琼岛,也和湖面一样,披拂着纱似的晨雾。琼岛本来就是为云雾而建的,如今在晨雾的缭绕下,果然有"蓬莱"一般的胜境,岛上星布的楼阁,葱茏的草木,全部裹在雾霭中,袅袅婷婷,绰绰约约,朦胧中漏出清丽,妩媚中显着飘逸,有着极动人的风韵,正称得上"烟裹风梳态自浓"!而沿湖一列月牙形的雕梁画栋,临着水,拂着雾,宛然而来,盈盈如飘,袅袅地环绕在琼岛浑圆的肩上,更像是仙界里一条飘逸的纱巾了——琼岛真是烟云尽态,秀若天成呵!

雾霭渐渐消散了,晓月白晰的脸庞渐渐露了出来——说它是月,还不如说是云——它白得像一片云,薄得也像一片云,一片半圆形的云,轻轻地、静静地贴在空中,湖面水平如镜,碧澄澄的水波光滑柔软得如同绿色的软缎。小舟划过,裁出一道逶迤的波痕,盈盈地拖着,只一忽儿,便又无声地聚拢过来,重新合成了一匹完整宽广的缎子。偶尔一阵微风掠过,一圈圈泛起的涟漪如少女般甜蜜的微笑,霎时充满了整个湖面。有时,风大一些了,光滑的湖面迅疾地皱起波痕,起伏着,奔涌着——整个湖面便如同一川闪闪的碎玉了。

太阳蓬蓬地升起来了。

半个小时之前,这湖面还是迷蒙蒙的,湖水还是绿森森的。可此刻,湖上湖下,全都金辉四泄,溢彩流光!太阳神采飞扬地高踞在一片松柏、楼阁、山峦之上,金色的光焰如圣水一般,浓浓地泼洒在宽阔的湖面。湖水上如同镀上一层金,湖面,则像一轮千百倍地放大了的金灿灿的明月了!……靠岸一角粼粼奔涌着的水面上,涌起了一滩异样的银光,朝阳正斜对着这水面,一束强烈的金光集中地俯射下来,便如同倒下了一滩亮闪闪的白金!

——就连湖畔的垂柳,也染成银白色的了。更妙的是,邻近的水面上,也奔涌着莹莹的银光了,而且是颗颗点点地、疏疏地匀匀地分布着的,望去如同硕大的金玉盘上滚动着的粒粒珠玑,有着说不尽的湿润与晶莹。

披着光辉,映着湖光,快乐的游人往来穿梭在醒来的湖上。到处是成群的、鱼阵似的扁舟;到处是昂首挺胸、嘎嘎作响的脚踏游艇;到处是兴奋的儿童,鲜艳的少女,还有眉开眼笑的白发老人!看吧,这里，快乐的中学生，正和着激越的手风琴，意气风发地唱着"青春啊青春！"那里，天真活泼的孩子，在辅导员的带领下，正一起挥动双桨，争先恐后地朝彼岸划去。红、蓝、绿、黄各色的游艇上，则端坐着一对对童心复萌的老人。他们航海家一般地昂着脸，把着舵，两脚忙忙地踩着踏子，吱嘎——吱嘎，吱嘎——吱嘎，底部水车般的扇斗一斗斗地扇起水来，一斗一斗地向前泼去。游艇便拖着沸水一般的白色浪花，在一片隆隆的机器声中，昂然向前驶去……湖面上，到处是歌声，到处是笑声，到处是桨声、机器声——一片喧哗闹腾中，似乎到处都在应和着一个声音：我们多快活，我们多快活！

晨风越来越猎猎有声了，湖水也越来越起伏奔涌了，整个湖面如同天边的迎风的旗海，此起彼伏，悉悉索索地抖动着，飘扬着……

不论我到哪里，只要我活着，天空、云彩和生命的美就会和我同在！——卢森堡昂扬的声音，久久地萦绕在我的耳畔……

阿拉干的胡杨

■ 高建群

"罗布人有许多东西遗落在路上了,但是,有一条关于胡杨的俚语,我还记着,这就是:胡杨有三条命——生长不死一千年,死后不倒一千年,倒地不朽一千年!"一位叫热合曼的老人对我说。

"胡杨在我们的叫法中,还有一个名字,叫三叶树。它的底部长的是窄长的柳叶,中间长的则是圆圆的大杨叶,顶部——它的顶部是椭圆形的小杨叶。三种树叶奇怪地长在一棵树上,所以我们叫它三叶树!"另一位叫亚生的老人对我说。

两位老人,向我说这话的时间是1998年秋天的日子。说这话时,那个叫热合曼的老人105岁,那个叫亚生的老人102岁。说话的地点是在阿拉干一片死亡的胡杨林里。

通常,他们被认为是最后的两个罗布泊人,或者换言之,是两千年前曾经建立过辉煌的楼兰绿洲文明的楼兰人,尚留在这个世界上的最后两个后裔。尽管,几年前在哈密以南靠近库鲁克塔格山的地方,有一个村庄的人自称是罗布泊人,而在我们前往罗布泊途中经过的那个叫迪坎尔的小村,也据说是从罗布泊迁徙出来的,但是,专家的说法和民间的说法,都认为现存世上的罗布泊人,只剩下最后两个了,他们就是居住在米兰的热合曼和亚生。

米兰与楼兰一样,是一座废弃了的城市。历史上,它与楼兰互为犄角之势,一个是国都,一个是屯兵和囤田的地方。20世纪中叶,兵团人来到这里,在这里建立了生产兵团农二师的一个团场,这里重新成为塔克拉玛干北缘的一个绿洲城市。

团场在成立时,收容了散居在米兰河边的一些当地居民,组成一个民族连。热合曼和亚生,就是这样结束了他们世世代代的渔猎生活,融入到现代社会中的。据说,当时收容的这一拨人有几十个,后来他们纷纷谢世了,只剩下了热合曼和亚生。

这是中亚细亚灼热阳光下的最后两滴水,他们说一声干涸,也许就会像罗布泊的水一样,完全干涸的。这是我面对两张沧桑的脸时的感觉。我是在这曾经建立过辉煌楼兰绿洲文明的楼兰人消亡之前,见过他们的两个最后幸存者的人。这对我是一个重要的经历。我此生注定会遇到一些重要人物,这次算是一次。

据说在来到米兰河之前,最后的罗布泊人住在一个叫"阿不旦"的地方。所谓的阿不旦,它翻译过来,就是适宜于人类居住的有水的地方。清朝末年,当英国人斯坦因深入罗布泊腹地时,他曾经到过阿不旦,那时罗布人大约还有几百之众,分别居住在两个小村子里。

在罗布泊一年一年的盈亏中,在罗布泊像钟摆一样一次一次的位移中,逐水而居的罗布人总是在不停地搬迁。他们将他们每一个新建的村庄都叫"阿不旦",在这里建立起新生活的愿望,并希望这一次搬迁将是最后的搬迁。当然,这只是他们的一厢情愿,少则几十年,多则上百年,随着罗布泊的继续收束和碱化,他们又得循着塔里木河水系,向上游走,继续寻找他们的新的"阿不旦"。

也许在几千年的岁月中,罗布人就是这样过来的,辉煌的楼兰绿洲文明,就是这样延挨着日月,最后只剩下这两滴闪烁在20世纪末阳光下的水滴的。

瞩望岁月,瞩望从罗布人到楼兰人这一段黑暗的、为历史所遮掩和残酷遗忘的岁月，真令人不寒而栗。

那么遥远年代的楼兰人，那个曾在塔克拉玛干大沙漠以北，罗布泊以南，建立起中亚细亚绿洲文明的楼兰人，他们又是从哪里来的呢？史学家们说，欧洲一支古老人种，大约在距今2500多年到3000年的时候，由于一场战争的失败，于是举国举族开始向亚洲迁徙。他们越过欧亚大陆桥，来到罗布泊的岸边。他们发现这水草丰美、鸥飞鱼跃的罗布泊，和他们的爱琴海故乡很相似，于是决定在这里定居。他们中农耕渔猎的一支，建立楼兰国；游牧的一支，建立大月氏。

对于史学家言之凿凿地为我们提供的这一段楼兰前史，我不敢妄作评论。史学家是根据小河墓地金发碧眼的楼兰木乃伊美女推测的，还是根据楼兰城出土的布帛木简推测的，抑或是根据宗教残迹的犍陀罗风格来推测的，这些我都不懂。我这里只想说的是，这个推测曾引起我许多遐想，因为此前的我曾接触过匈奴民族的西迁史。两股潮水，一个自西而东，一个自东而西，它们撞头的地点正是在罗布泊。那该是怎样的一幅景象啊！

定居后的楼兰人，还接纳了另一部分强健的血液，这就是贵霜王朝的遗民。这贵霜王朝，就建在今天阿富汗高原上。当时世界的格局是这样的：东方有汉王朝的中华帝国，西方有分裂为二的罗马帝国，而在中间地带，即被英国人类学家汤恩比称之为：欧亚大平原的地方，有两个帝国，一是在今天土耳其的伊斯坦布尔地面建立的安息王朝，一是上面提到的贵霜王朝。

贵霜王朝在一夜间突然神秘地灭亡了。它的国家，它的民众，它的文字和语言，都从历史进程中消失。然而一些年后，那种被称为"佉卢文"的发源于古印度的贵霜文字，重新在楼兰以及左近地面和田、喀什出现，并且堂而皇之地成为楼兰国与汉语并行使用的官方文字。

据此我们可以想见,楼兰国当时接纳的规模。

一个民族只剩下这最后的两个人了,要靠这两个名叫热合曼和亚生的风烛残年的老人,来承担整个民族的记忆,那是一件太沉重的事情。所以在阿拉干,在那狰狞万状的死亡胡杨林里,热合曼说,他把许多的记忆都遗忘在路上了。

但是有一个关于胡杨的俚语他没有遗忘。这俚语上面说了,它就是:"胡杨有三条命——生长不死一千年,死后不倒一千年,倒地不朽一千年!"

阿拉干是一个地名。

100年前,阿拉干是塔里木河咆哮着注入罗布泊的入海口。

塔里木河发源于葱岭,它在塔里木盆地绕了一个半圆之后,在收容了叶尔羌河、开都河等一系列水流之后,从此处注入罗布泊。

胡杨是中亚细亚的树木。胡杨是苦难的树木,和伴生它的楼兰民族一样苦难。在这里,水到哪里,胡杨便生长到哪里,因此塔里木河两岸,是两条绿色的胡杨林带,而阿拉干这地方,当年更是有着遮天蔽日的胡杨林。但是往事如烟,随着塔里木河的断流,随着风沙一年一度的侵蚀,胡杨林正在大片大片地死亡。

我曾经在塔中地面,见过一大片死亡的胡杨林。它们还没有完全死亡,只是处于濒死状态。粗壮的树木,奇形怪状地仆倒一地。记得有一棵树已经死了,但在树身一人高的地方,却令人感动地生出几片绿叶——那是柳叶,正像亚生告诉我的那样。

我还在帕米尔高原下面,塔克拉玛干大沙漠深处,见过一片死亡胡杨林。那地方翻译成汉语叫"野猪沟",当年也许是一个水湫,但如今已经完全干涸,为四面的沙丘所包围。那一片胡杨林,皮全部脱了,像白骨的颜色,就连最细小的枝条也蜕成白色。但它们仍端端地立在地上,穿行其间,给人一种世界末日般的凄凉情景。我们在那死亡了的胡杨林里曾歇息过一夜。夜里有些冷,生篝火的时候,我们折了胡杨的细枝。这细枝像火柴棒一样,一点就着。自然,在翌日早晨离开时,我们没有忘记用沙子:将灰烬掩埋起来,因为只要有一星火,这座"死后不倒一千年"的胡杨林,就会从地面上从此消失。

但是带给我巨大刺激的,或者说带给我最大感动的,还是这阿拉干的胡杨。

我不知道这是不是因为有最后的两个罗布人就在我身边,充当我向导的缘故。

中亚细亚的太阳,在正午的时候,很亮很白,亮得炫目,白得刺眼,但正午一过,太阳稍稍西斜一点儿,林中便昏暗了起来。

有些树木倒毙了,横躺在那里,你得迈过去。有些树木虽然死了许多年了,但是还端端地立在那里,在完成着它们早已确定的宿命。这些树木或站或立,模样都十分的庞大、粗糙、丑陋、可怕。那些像狮、像虎、像蟒蛇的丑陋外状,是时间的刀功,是岁月的产物。它们仿佛我们在侏罗纪公园中,看到的那些史前怪兽、或者像高烧病人,在梦境中出现的令人恐怖的想象。

出了林子,透一口气,向远处望去。流动的黄沙已经将塔里木河古河道填满,流沙呈现出一层一层的波浪,那是风的形状。远处有些沙包,那沙包也许是塔里木河高高的堤岸。沙包子上,偶尔会有一棵高大的胡杨,只剩下斑驳的树身了,像一件某动物的生殖器一样直翘翘地立在那里,苍凉,悲壮,举目望天。

作为我个人来说,距离死亡大约还有一段路程的,但是在阿拉干,我看到了进程中的死亡,和死亡中的进程,包括树,包括人。

当然最大的死亡还是我右手位置这个名闻遐迩的罗布泊。它就在这阿拉干的胡杨之侧静静地躺着，完成着它沧海桑田、山谷为陵的宿命。

记得我在行文的途中，曾提到阿拉干是塔里木河注入罗布泊的入海口。我在那里令人刺眼地提到"海"这个字眼。此刻我想说的是，"海"这个字眼不是随便提出的，因为在遥远的年代里，罗布泊确实是一个海。

它现在是一点水也没有了，成为死亡之海。但是在两千年以前，它有十万平方公里的水面，司马迁在《史记》里称它"蒲昌海"。如果再要向上追溯，那么在一亿五千万年之前的侏罗纪，它还是一个大洋，那大洋的名字叫准噶尔大洋。只是在地壳运动中，洋底拱起，水才被逼到罗布泊这一隅的。那拱起的地壳，形成一个大的盆地，这盆地因为天山山脉的隆起而分割为二。天山北麓的盆地叫准噶尔，盆地的中心包着一个古尔班通古特大沙漠；天山南麓的盆地叫塔里木，盆地的中心包着一个塔克拉玛干大沙漠。

有一种坚硬的、冰冷的东西，它叫时间，它在主宰着功造和毁灭。

末了，关于胡杨，我还想啰嗦两句。据说在内蒙的额济纳旗，即古代的边塞诗人们喜欢咏叹的那个"居延海"，或是西夏史上那有名的"黑城"，或者再直观一些说吧，就是两千年春夏之交的那几次沙尘暴袭击北京的那策源地，还有少许的活着的胡杨林存在，但是我没有去过那里，所以不便在此饶舌。而我的不便饶舌也是有理由的，因为它们已经不是阿拉干的胡杨了。

末了，还有一点关于胡杨的知识要谈，这也是热合曼和亚生告诉我的。他们说，活着的胡杨，在整个夏天，叶子会是一种纯粹的墨绿，但是等到每年的 10 月 25 日这一天，中午 12 点的时候，如果有太阳，好像接受到一项指令似的，所有的胡杨树叶会在那一刻变得金碧辉煌。

西湖重

■ 陈祖芬

今年杭州的第一朵荷花开了。

这是杭州电视台都市报道的头条新闻。主持人建议市民到西泠桥边,把荷花一天天长大的过程拍下来。

也是这一天,杭州的《都市快报》有篇醒目的报道,叫做:《第一朵荷花开了》。

杭州的市花是桂花,并不是荷花。第一朵荷花引来的欢欣、热闹,叫我想起 21 世纪来临前的千禧宝宝。

不知道还有哪个城市会把荷花宝宝放到新闻头条?

杭州会。这种对美的希冀和对美的体会!

杭州还会什么?

会喝茶。沿着西湖一圈走,密密树荫一层层,处处皆有喝茶人。或许西湖,本是个茶水壶?

一座飘着茶香的城市,天天在传递着一份生活的感动。

围着西湖转的,还有音乐,观光车上永远播放的小提琴协奏曲《梁祝》。

一座被爱情滋润的城市,鲜活美丽,淡妆浓抹总相宜。湖边绿丛中的蝴蝶多为纯白,而且常常双飞,那一定是梁祝相伴常回故里。

湖边的草坪上,似有若无地飘着江南丝竹。便有游人叹曰:太美了,应该到杭州来结婚!更有游人叹曰:应该在西湖各个景点都结一次婚!

也有的外地人,一时想不开,赶到西湖边转一圈,然后纵身一跳投入湖里寻短见。捞上来后问他为什么大老远的专程到杭州来投湖。他说死也要死得美一点,幸福一点。

今年3月沃尔玛亚太区总裁来杭州,说他注意到杭州市民脸上都挂着微笑,杭州人很幸福的。

今日杭人的好心情,增加了沃尔玛来杭城建超市的信心。今年初有调查,在全国的城市里,杭州人的幸福指数最高。而我,十几年来,每到杭州的第一感,不是幸福,而是不公平,太不公平!那么多的游客从全国各地从世界各地,飞机火车汽车地奔波,为了一睹西湖的芳容。可是杭州人呢?生下来就在西湖边,家住杭州天天旅游,这世界还有没有公平了?

杭州比湖更动人的,是树。我常常觉得杭州的汽车不是从马路上开来的,是从树丛里驰出的。汽车也不是开进城市,而是驰入林子。

杭州的梧桐在空中搭成密密的树廊,高高的古树把人们带进未开垦的蛮荒。真觉得杭州的天空都让树住了。杭州市区有古树名木1923株。有1420年的银杏,有1200年的樟树,面对这些300岁、500岁、1000岁的前辈,不能不心生感佩!

西湖水域面积扩大了0.9平方公里,西湖景区游览面积增加了5平方公里,恢复到300年前西湖的规模。站在新修的杨公堤,偶一抬头,常常觉得对面就是远古。现代和古代,只一堤之隔。

杭州最不缺少的,是公园。因为西湖边上随便取一个景,随便切一块下来皆是公园。杭州人爱打伞,防晒或防雨。杭州的伞,大都粉白、粉红、粉绿、粉兰,开在绿荫丛中,像一片片移动的花朵。有一次我在绿世界里看到一种特大的绿叶,赶紧趋步上前,竟是康师傅饮料的绿色广告伞！总是看绿看花了眼，把绿色的都看成了叶。

杭州还有一个最不缺少的，是文化。

如果想把写西湖的诗文数一数，那么不如去数西湖边那花、那草、那树。很有些忧伤的宋词，"半堤花雨，对芳辰消遣，无奈情绪"，"湖水湖烟，峰南峰北，总是堪伤处。新增杨柳，小腰犹自歌舞"。即使是伤湖之词，那杨柳新塘，那小腰堪伤，那花雨芳辰，也令人神往！

西湖里一叶叶扁舟，讲着悠远的、不尽的故事。西湖的水，本来就是千年诗词。西湖边的背街小巷里，关着太多的记忆，关于民国、明清、南宋和各朝各代的文化因子。杭城无处无典故，无处不景观。杭州的历史文化只有杭州的自然风景配得上，杭州的自然风景也只有杭州的历史文化配得上。杭州从《济公传》到《白蛇传》，更有伍子胥、西施、钱镠、岳飞、于谦、文天祥、张煌言、李叔同和一代儒宗马一浮等等名人志士。道光年间礼部主事，杭州人龚自珍，是150年前与马克思同时期的思想家。他杭州老家的东面有伍公祠（伍子胥），北面有胡公祠（胡宗宪），栖霞岭下有岳王庙，三台山麓有于谦祠，吴山顶有为按察御史周新建的城隍阁。真是清官大荟萃，又是冤案博览会。有人说龚自珍只能出生在西湖文化浓烈的杭州，这与蔡元培、鲁迅一定是浙江人一样。

清诗人袁牧有诗曰："赖有岳于双少保，人间始觉重西湖。"

关于岳飞，有一个很合民意的手机短信：世上拥有最多儿辈的丈母娘是谁——岳飞的母亲岳母。

西湖重，因了岳飞、于谦，又不仅仅因为岳飞、于谦。还有张苍水的临刑绝呼："好山色！"抗清英雄张苍水"带镣长街行，告别众乡亲"——官巷口的刑场，已是素衣素服的白茫茫一片杭州人前来送行。张苍水气象万千地拜别乡亲，又柔情万种地看一眼那温润绵延的山岭。"好山色！"这是英雄留给这个世界的最后的声音。

西湖重，还因为前"市长"、杭州太守苏东坡。

最重杭州的人，不是你，不是我，是杭太守苏东坡。

山上的鸟都认识他，水里的鱼都认识他！写西湖也没有人写得过苏东坡的诗句"欲把西湖比西子，淡妆浓抹总相宜"。苏东坡在杭州抒发情怀的诗就有400首！诗人毛泽东41次到西湖，但不写一诗。毛泽东说苏轼的《饮湖上初晴后雨》写得太绝了，就"不敢造次"。

西湖重，还因为今日杭人为明日杭城绘制一幅幅的蓝图。我从报上看到杭州市领导的一席话：西湖不仅是杭州的西湖、浙江的西湖，更是中国的西湖、世界的西湖。西湖及周边地区的每一寸岸线、每一块绿地、每一处设施、每一处景观，都要让市民和游客共享，实现公共资源利用效益的最大化、最优化。2003年环西湖全线打通，环湖七大公园门票全部取消。西湖的美，如幻如梦。西湖出售的，是梦，是大气，是包容。

人在湖边走，边走边与那湖、那树对话，享受到的，是一种无障碍的视觉语言。

年轻人喜欢极限运动，老年人喜欢无障碍通道。西湖的早晨，便是老年人的乐园。环西湖一圈15公里，几乎被老年人尽享。西湖的中午属于打工族。他们用倒班和公休日来消费西湖，哪怕烈日当空。西湖的傍晚，属于下班族。西湖的晚上，属于情侣族。

也有人没有工夫去消受西湖，因为，那缠身又缠身的公务。

今日杭城的"太守"们点击率很高的一个声音，叫做：还湖于民。

杭州，兼具历史和浪漫，兼具创业与和谐。杭州有个阿里巴巴，阿里巴巴有个马云。报载"阿里巴巴收购雅虎中国的全部资产""这是迄今为止，中国互联网史上最大的一起并购"。

杭人喝茶喝出一个中国茶都，并购并来一个雅虎。这些年有一个常用词：可持续发展。我在杭州看到的，是可持续幸福。杭州有长桥，有断桥，有孤山。但是长桥不长，断桥不断，孤山不孤。温柔和谐不温不火，然而又有风风火火的速度。《福布斯》中国最佳商业城市排行榜，2004年和2005年，杭州都名列第一。杭州又一前"市长"白居易说最忆是杭州，《福布斯》说第一是杭州。2006年4月，杭州开了首届世界休闲博览会。

杭州人在不温不火的茶香中，有声有色地创业。

5月5日报载"我最心仪的就业城市"调查显示，杭州名列第三，前两名是上海、北京。上海和北京自有全国其他城市不可比拟的优势。那么杭州呢？

写这篇文字的时候，想起去年9月中旬克林顿也来杭"西湖论剑"的日子。荷花谢了，莲蓬摘了。杭人美，"采莲女郎莲花腮，藕丝衣轻难剪裁"。（明·杨基诗）杭人拿起一只莲蓬，剥出一颗颗莲子，剥去莲子上那一层嫩绿，于是把一粒粒玉白含进口中。那暗绿的莲蓬上，是一个个去了莲子后的完整的空洞，竟如雕琢的工艺品一般，叫我拾捡了收起来。

杭人的淡定，一如宋人吴惟信的诗句："湿了荷花雨便休，晚风归柳淡于秋。"

杭州人，喝着龙井，剥着莲蓬，论剑称雄，写着今日的西湖重。

旱季高原

■ 汤世杰

对于已被轻柔、呵护、缠绵、缱绻这类字眼宠坏了的现代人来说，"旱季"这个字眼听上去肯定不像"雨季"那么滋润入耳，它给人的感觉是干枯、燥热、汗流浃背、灰尘满天，无论哪一种都不大美妙。然而，高原的自然哲学是独特的、自成一家的。就像毕加索的作品，复杂或许会变得简单，而简单又会被弄得复杂一样，在高原，季节并不能按通常的逻辑去诠释。比如，春夏秋冬一年四季，就先被简化成了雨季和旱季这两季，一季就是半年。从头年十二月直到第二年的五月，干热的旱季是漫长的，就像阴湿的雨季是漫长的一样。高原的春天恰好就在旱季里到来，这时，湿漉漉的雨季早已成了遥远的记忆。但随后，当我们要对季节做出评判时，事情却显出了它复杂的一面。你会发现，已被诗人们津津乐道、翻来覆去写得体无完肤的雨季，并不像他们廉价赞美的那样充满了诗情画意。真正悟透了旱季之后，你反倒会从这个枯干的字眼里品读出别一种粗犷和湿润。不错，许多人喜欢旱季，一如他们喜欢春天，何况，高原的春天正值旱季呢？我正是那些人中的一个，为此我真感到无上荣幸。当我说春天适于远行时，我其实是在说旱季才是出行的季节。事实上，高原人在邀请远方的朋友来作客时总是说，你最好能赶在雨季之前来，一到雨季，你就寸步难行了——他们绝没有骗你、吓唬你，他们说的是实话，简直就称得上是真知灼见。

是的，春天是美妙的，但春天是多种多样的，此春天跟彼春天并不一样。当北方还没有脱下臃肿肮脏的雪袍，柳枝还只敢半睁半闭它柔嫩的芽眼，以防冷不丁扑来的寒潮凛冽、锐利的袭击；当杏花春雨的江南，飘洒的细雨像蚕儿吐出的缕缕丝线，执意要把江南织成一个精巧透明的蚕茧，大地伸出千万把花一样开放的油纸伞，小心翼翼地忍受着梅雨没完没了的淫虐，却依然四处一片泥泞……这时，春天早就沿着大大小小的山岭浩浩荡荡、大大咧咧地来到了高原。没有斜风细雨，没有莺飞草长，高原的春天是干热枯焦、风尘仆仆的，甚至可以说是粗糙的、丑陋的；尽管也有花红叶绿，石缝里也会冒出一茎倔强的新绿，但高原的春天永远不会像江南那样矫情放纵：满目皆是亮眼的绿，甚而连每个叶片上都挂着一个湿漉漉而又明晃晃的太阳。高原的旱季似乎从一开头就不怎么讨人喜欢，就像所有独具创见的艺术家一开头都会遭到世俗的非难一样。烈日如火，数月无雨，空气像一块晾得太久的毛巾，连最后一缕水气也已被抽干吮尽，稍有扰动，便会发出唰唰唰的、撕裂一般的响声。远远看去，土地冒着淡淡的白烟，叫人想起锅里正在烤制的煎饼，似乎还能闻到一股隐隐的糊香味儿。柏油公路在太阳的薰烤下几欲融溶、流淌，看上去就像一条随时都会开动的肮脏的、黑乎乎的传送带。乡村土路上，牛车的木轮嘎嘎吱吱，把干硬得像卵石一样的牛粪、马粪和雨季留下的、宛如同长城的辙沟一起，精心地辗成盈尺厚的灰土，等雨季到来，便再一次被搅合成粘稠的稀泥。而从它们身边延伸出去的、蛛网一样的村寨小路则像被晒蔫了的蛇，迅速地风化着，一踩就是一团黄灰。无论走到哪里，空气里都有一股呛人的尘土的味道。而几乎在每一条路边，树木花草奋力抽出的鲜嫩亮丽都好景不长，转眼就蒙上了厚厚的灰土，变得面目全非，就像刚刚从地底下挖出来的文物。天气干燥,陡然来这里住上几天的外地人,或许会在某天早晨吃惊地发现自己的鼻子已开始淌血……

但旱季无疑又是高原最好的季节。傣族的泼水节、白族的三月街、彝族的采花山……节日一个跟着一个。当诸多民族都不约而同地在旱季举行他们一年一度的生命狂欢时,看来事情就绝非偶然,其间洋溢着的,无疑是对终于摆脱了雨季的庆幸和欢欣——惟有这时,他们才可以撒开大步在高原自由地行走,自由地舞蹈和歌唱,他们再也无须顾及他们漂亮的发辫会被淋湿,也不用担心双脚会踩进淤泥而不能尽情地蹦跳,嘴里会被灌进冰凉苦涩的雨水而不能放开喉咙大声歌唱。他们深知这是他们最轻松也最自由的季节,一到雨季,那些挂在半空中、悬崖下的望天田将等着他们去耕种,那时他们会跟整个高原一样,被绵绵无尽的雨水淋得像只落汤鸡。乡村土路泥泞不堪,而且极有可能在某天早晨就突然变成一条乖戾无常、汹涌湍急的季节河,气势汹汹地阻断他们前行的道路;除了鸟儿,你就休想前行一步。污浊的积水在原野和丛林里汇成的沼泽和泥潭就更加糟糕也更其可怕,它们几乎每一个都是深不可测的陷阱。在那些阴霾潮湿的日子里,丛林里潜伏窥伺多时的刺槐、藤萝、毒蕈像阴谋家一样地孳生蔓延、蜂拥而上,试图绞杀一棵又一棵参天大树……作为雨季的走卒,蚊蝇趁着潮湿疯狂地交配繁殖,一只蚊子也许在一个晚上就能变成一个庞大的"轰炸机群",无论你走到哪里,都无法逃脱它们嗡嗡嘤嘤的围追堵截。雨季因而不是出行的季节,连最伟大最有经验的猎人也只能待在家里,一遍又一遍地擦拭他的猎枪。其实又何止猎人?多少年前,高原之南那场时有时无又没完没了的战争,一个个战役都精心地选定在旱季开始,也在旱季里结束——战争的游戏如果安排在雨季,就再也不是游戏,只会变成一场真正的玩命；于是双方才以雨季的名义达成一项不成文的协议，各自偃旗息鼓，养精蓄锐，等着旱季的到来……

是的，雨季真的不是出行的季节。那时，人们眼巴巴地盼望着雨季的结束和旱季的到来。他们知道，跟雨季的拖泥带水、暧昧含混甚至阴险狡狯相比，旱季则要干爽明快、通达耿直得多——如果雨季像个阴险小人，旱季就是个顶天立地、说一不二的汉子。尽管酷热难耐，但作为对阴郁的、潮湿的、让人心都要长毛的雨季的反拨和补偿，唯有在旱季里，高原才有一年一度不可缺少的热烈、奔放与辉煌，人们才得以放肆甚至过量地亲近阳光，否则，他们就难以在随后到来的雨季中，凭着心中储存的热烈与光明，熬过那些阴沉、晦暗、不明不白、漫漫长夜似的时光。

这就是旱季和旱季的高原：空旷，赤裸，随时都毫无遮掩地展示在你面前，让你无论从哪个方向朝它投去目光，都能看到它真实伟岸的身影，而真实已是我们这个世纪最昂贵的奢侈品。雨季就大不一样了，淫糜的雨水把高原的每条沟壑、每道岩缝都填得满满当当，空气因充满了水汽而变得粘稠致密，高原开阔的空间转眼就变得拥挤起来；当这块粗犷的山地被雨季非常小家子气地"装扮"起来时，那模样就像一个彪形大汉被一些小花小草所包裹，显得不伦不类而又滑稽可笑。雨季是世俗的。在跟旱季高原的多年交往中我终于发现，对那种世俗的、廉价的、脂粉气十足的装扮，高原是鄙视的，弃绝的，它并不大喊大叫，只默默地隐忍着，等雨季一过，便轻轻一抖，将那些妖艳忸怩的小花小草扔得无影无踪。旱季高原钟情的是那种天地之灵秀的大智大美：如果它是一个正当盛年的壮汉，莽莽的原始森林就是它茂密的毛发；如果它是一个百战不殆的拳王，就只以金沙江、澜沧江做它搏击的腰带；而如果它是一个睿智而又历经沧桑的老人，那么，高原上空那满天的云絮才堪与它飞动的思绪媲美……旱季的高原总让我想起那些英勇无畏的、巨人般的斗士，即便焦渴难耐、浑身似火，也从不哼哼唧唧，向老天俯首称臣；它依然高高地挺立着，把头伸向云天之外，眺望着远方和未来；那姿势尽管有些笨拙，却在笨拙中显出了某种古雅的高贵……

自然，高原的旱季偶尔也会让我想起非洲，想起那里的沙漠和千里赤野，那些被干旱和饥饿折磨得骨瘦如柴的儿童，当然也会想起一本叫做《走出非洲》的书里那些美妙的文字和动人的故事。尽管有时我也担心高原有朝一日会真的变成又一个非洲（但愿我的这个担心纯属多余），但高原的旱季跟非洲的干旱毕竟不同。在高原，旱季里枯干的只是攀附在土地表面的野草闲花，那些参天大树则早就把根须扎到了像历史一样深厚的土地深处。高原从不会亏待那些正直顽强的生命，问题是你必须在到达了那个境界之后，它才会捧出在头年的雨季吸得饱饱的、憋了一冬的雨水让你渴饮。天边那些大团大团的云朵，正是它为那些生命上演的优美的现代舞，它们灿烂如银，轻盈自在，跟肤色深红、敦厚持重的高原相比，看上去似乎大相径庭，其实那才是高原真正的魂魄，纯洁，美丽，对自由充满了至死不渝的渴望。

……春天，撑一把油纸伞在西子湖边的霏霏细雨中散步固然惬意，我倒宁愿在高原的旱季里独自上路，从那里走向远方。一个没有在旱季里走过高原的人，不能说是真正到过这片山地。我的固执想拥抱的其实是生命中那种热烈的精神。我知道，毫无疑问地，生活里也有漫长的雨季。当你在人生晦暗霉湿的雨季中待得太长太久，以至手脚酸痛、肺腑郁闷时，当你在家庭柔情滴沥的雨季里待得腻烦生厌，以至觉得自己已是一块"注水牛肉"时，当你在温吞吞的书斋里面对稿纸而无从下笔时,总之,当你不想在生活的雨季里被潮湿无情地霉烂,不想在成就一番事业之前速朽时,你不妨出去到旱季的高原里看看走走。旱季有的是辉煌的烈日,(它常让我想起梵高的向日葵,想起那些金黄灿烂的色彩),能把我们渐渐稀释的血液晒得浓稠如初、滚热沸腾,也能把我们因缺少日照而苍白失血的面容、肌肤晒得像釉一样黝黑光亮;旱季那刮得人睁不开眼的、带着沙子的热风,能像铁砂打磨钢铁一样地磨砺我们生命的锋刃;乡野里更有粗犷热烈的山歌,能唤起我们的生命中原本不应丧失的豪情,让我们身心健康。如是,我们才会少一点江南似的纤弱、琐细,也少一点无病呻吟和目光短浅,变得粗犷、豪放、博大、开阔。是的,我宁愿在旱季里上路。我坚信我在这一季获得的教益,将足够我在人生雨季里那项庞大的支出。因而我想说,旱季尽管是干燥枯焦、风尘仆仆的,但它同时也是伟大的,不可替代的。

倾听原野

■ 李登建

原野疲惫地躺下来，劳作后的汉子似地摊平四肢，对着天空敞开宽厚、结实的胸膛。这个季节，那拥挤着、嬉闹着、任性地在这边掀起排排绿浪，从那边凹出条条金谷的庄稼都纷纷撤退，一群群地蹲在村旁场院里；贪恋热闹，日夜在田亩上欢唱着穿梭织网的飞鸟，不知逃向了何方；就连悠来荡去的小驴驹、牛犊子也踪影杳杳了。空旷、沉寂、不痒不痛，无遮无拦，一眼可望穿八百里……

只有树们还站在这儿。

就在我对面的这些树，叫你简直不敢相认，它们变得这么丑陋了，它们脱去了银光闪闪的铠甲，憔悴、枯瘦，黧黑的枝干疙疙瘩瘩，且密布着一道道小口子，如同农人生了冻疮的皲裂的手，僵直地扎煞着，再没有往日那潇洒、优美而夸张的舞姿，漫天鹅毛大雪飘洒时才会替它们包一层絮棉。有一株树许是负载过太多太重的果实，树身前倾，压弯的枝条几乎触到地面，显得矮小、衰老、衣衫褴褛，你不由得好生怜悯，它自己却并不在意，好像正沉浸于一团美梦，肯定又梦见头顶抽出簇簇新芽，新芽上缀满露珠的宝石……

这片林子后面的树则散漫、自由、轻松得多，它们或三五一伙地小憩在地头，或稀稀落落地顺着沟渠蹓跶成一趟儿，或独个儿在田间伫望、徘徊……很像丹青妙手恣意挥毫遗落的墨痕。远树无枝，远人无目，你看不清它们的模样，谁被雷电劈断、烧焦了半边身子，谁因为根毛吸不足水分早早枯干了须发，谁的膀子上长了一堆圆鼓鼓的毒瘤，你全然不知晓。甚至它们各是啥树种你也说不上来，你喊不出它们的名字，其实对它们来说这不重要，原野上的树有无姓名是无所谓的。再蔓延开去的树就模糊了间距、姿势，仅剩一抹灰了，浅灰，深灰，很长很长犹如峰峦起伏的山脉，绵绵地横亘在天边。

冬天的日头总是躲得那么远，像只断了线的风筝使劲往霄外挣，有时藏在如铅的云层好几天不露面，宇间混浊晦暗，酷似我读过的俄罗斯油画《伏尔加河上的纤夫》背景的色调。"平林漠漠烟如织"，浓浓淡淡的雾霭终日在低空缭绕。它的忧郁感染了树们，一株株面色阴冷。空气仿佛凝滞了，即使近前的树也不见树梢晃动。它们就这样默默地呆在那儿。它们没有言语。浑朴的原野睡熟了一般。广阔的原野越发坦荡如砥无际无垠。

我走下河岸，来到林子中，与树们紧挨着站在一块儿，量量这棵多粗，比比那棵多高，一寸一寸地抚摸树们苍白失血的肌肤，踮踮脚，捻一撮硬硬的皮屑。它们冰凉的躯体泛着温热，我能感觉到它们的脉跳、喘息和微颤，能感觉到它们在思虑什么，为了什么愁闷。此时我好像才真真切切地看到它们活得并不轻松，活得如此艰难，它们在把痛苦、忧伤咀嚼千遍后咽进肚里，在悄无声息地承受着命运压给的一切。我的心异常沉重、疼痛，我为它们悲哀：你们怎么就不怨恨、不愤怒、不呼号、不抗争？！

原野太平静了，平静得令人绝望。

隐隐地，原野深处传来丝丝声音，细听又似乎什么都没有，不，是渐渐清晰，渐渐扩大，像钢铁铮铮的撞击声，像海潮裂岸的轰鸣，像万钧雷霆的震荡,它迅速滚过整个原野,无数头巨兽般疯狂地摇撼着原野,要把原野翻个个儿,一阵剧颠,树冠上方支离破碎的天穹在噼噼啪啪地往下掉。虽然我还分辨不出这声音是哭是悲是怒,但我已经被一股无敌的力量、蓬勃的生机所裹挟、所推动,我眼前喧嚣起汹汹涌涌、铺天盖地的绿意,我听见一个崭新的世界正婴儿般呱呱叫着诞生!

我不知道这声音来自树们,还是我的幻觉。

原野的平静也是一种大平静。

等待风。

辋川尚静

■ 朱　鸿

辋川是一个长长的峡谷，王维曾经在这里居住。如果一个二十世纪的人，为尘世所烦而效仿王维的行为，到辋川生活，那一定荒唐，尽管辋川尚静。

辋川确实很静，一条河流，两岸青山，仅仅是这种结构就区别了乡村的小巷和城市的大街。那里的人烟总很稠密，但这里却稀疏得忽儿就融化在风云之中。我是坐着三轮车到辋川的，同行的农民陆续地到了站，转身即消失在树林中。点点房屋，筑在岩石之侧，并不容易发现。

我到这里没有什么明确的目的，只是为了感觉一下辋川的气息。倘若这就是目的，我以为这目的潇洒而苦涩，这就是味道。司机将我拉入辋川的深处，收了使他满意的钱，兴奋地驾驶着他的三轮车走了。辋川一下子归于沉寂，孤独的我，望着在河床里滚动的白水，竟觉得恐惧，这恐惧没有对象，只是这里的空，这里的无声无息。

王维栽种的银杏，挺立在雨后的河岸，树皮满是裂纹的粗壮的主干，被水淋成了黑色，从它的叶子上流下的水，继续洗濯着树皮。它实在是老了，呈现着一种挣扎的状态。它已经在辋川生长了千年之久，风云掠过它高高的枝头，小而圆的叶子将水唰唰地摇落，我看到，那叶子翻动得忽白忽绿，晶莹如迸溅的水花。这样葱茏的叶子，生长在几乎腐朽的枝头，这些奇崛的枝头很多都像烧焦的干柴，触之就会掉灰,然而我由此知道了生命的顽强,年迈而伟岸的银杏,压得我十分渺小,仰望才可看到它的全貌。山峰罗列在它的周围,尽管那些都是秦岭的余波,但在峡谷,我仍感到它们的伟大,它们需要仰望。唯有溪水在我一侧,它源远流长。

王维在辋川的别墅,在开始是宋之问的,这个歌功颂德的诗人,因媚附权贵而得宠朝廷,但最终的下场却是被唐朝赐死。王维迁往辋川的时候,宋之问已经作鬼,那么他是如何购得这里的别墅呢?我能猜测的只是,辋川的美一定迷惑了王维,不然,他怎么单单选择了宋之间的别墅?终南山中,可以供他居住的地方应该很多。时间将他的别墅早就摧毁了,幸运的是,支撑某个柱子的扁圆的石墩,竟然穿过层层的岁月而保留下来,而且完整地放在银杏旁边,那些湿漉漉水汪汪的苔藓,绣住了它的每条皱纹和每个斑痕。

秋天的雨顺利极了,仿佛云微微扭动一下它就有了。辋川的雨是明净的,线似的,一根一根拉到峪谷,却空得它无声无息。山坡上的红叶,渲染在碧翠的草丛,颗颗青石,则架在杂树的根部,危险得随时都会滚落,然而,濛濛的雨送给它们一层薄薄的梦,梦悬在辋川的山坡上。王维一定见过这样的梦,甚至入过这样的梦,不然,他的诗画怎么那样惟妙惟肖,有声有色!王维之后三百年,苏轼书摩诘蓝田烟雨图而赞叹:味摩诘之诗,诗中有画;观摩诘之画,画中有诗。摩诘就是王维,是王维的字。

王维购得辋川,那是他过得富贵的证明。贫穷的诗人,是不可能拥有一个辋川别墅的。其情况是:他在二十岁左右就及第进士,从此步入他的仕途,他担任过大乐丞,并以监察御使的身份出使塞上。王维四十岁的时候做了左补阙。恰恰是这个年岁,他开始迷恋山水,来往于朝廷与辋川之间。他既做官吏,又当隐士,往返于人类斗争与自然情调的两极。朝廷的险恶,伤害着他的心,辋川的美妙,却给他的心以慰藉,他就是这么生活的。王维这样的生存状态,是他最智慧最实际的选择,也是他无可奈何的选择。除此之外,他的任何作法都可能是下策。人总是希望自己生活得比较幸福一些,以王维的气质,他不能完全陷入官场的名利之争,同时以王维的经历,他也不能彻底寄情辋川的田园之乐,他必须两者兼顾,这样他就得到了入世的好处而扔掉了入世的坏处,同时避免了出世的苦处而感到了出世的乐处。在入世与出世之间,存在着一个广阔的地带,他奔走其间。人似乎只能这样生存,不然,完全媚俗与完全脱俗,都可能导致深刻的痛苦。我不赞成一个学者对王维的抱怨,这位学者认为,他缺少陶潜那种勇气,他没有彻底地决裂于官场。这是一种刻薄的认识!

雨中的辋川并不知道人的思想,它只是自然而然地呈现着它的状态。秀峰沉默,乱石相依,雨悄悄地缝合着万物。秋风过处,衰柳飘荡,黄叶旋飞。曲折的路径,流水激溅,浅草明灭。松、柏、杨、槐之类,高高低低互相掺杂,组成了绿的森林,覆盖着辋川的沟沟坎坎。偶尔一树柿子,落了肥叶,唯红果占据枝头。白水流过幽深的峡谷,遇石而绕,触茅而漫,柔韧地走过河床。

公元756年,安史之乱,已经五十五岁的王维被叛军逮捕,软禁于洛阳的一个寺庙。他服药致病,装哑而活,但他终于敌不过安禄山的骄横,无奈地接受了伪职。唐朝征服了叛军之后,皇帝对那些接受伪职的人统统定罪,然而,王维在软禁之中,曾向探望他的朋友裴迪诵诗,此诗受到皇帝的嘉许,对他的处理仅作降职。这是王维的幸运了。其诗是这样的:

>万户伤心生野烟,百官何日再朝天。
>秋槐叶落空宫里,凝碧池头奏管弦。

尽管如此,安史之乱毕竟摧残了这个老人,他逐渐变得消沉了,或者,他变得更加淡泊,更加寂寞。他常常拄着拐杖,站在门外,眺望辋川的落日炊烟。暮色之中,稀疏的钟声,归去的渔夫,飘走的花絮,柔弱的菱蔓,都使他感到惆怅,他看着看着,就转身回到他的屋子。他已经深深地陷入空门。王维的母亲就信仰佛教,这影响了他的心灵,但到了晚年,他才彻底地皈依佛教。他食素而不茹荤,认真地打禅。他坐在枯寂的辋川,闭着眼睛,寻找着解脱烦恼的路径,企图超越生死之界。香烟袅袅,烛光闪闪,王维的心凄凉而宁静。

>独坐悲双鬓,空堂欲二更。
>雨中山果落,灯下草虫鸣。
>白发终难变,黄金不可成。
>欲知除老病,唯有学无生。

人生真的像王维觉悟的这样么?我不知道,唯有达到王维的境界才能理解王维,但我没有。我只感觉,自然如我面前的辋川,社会如我身后的市井,都有美的一面,它们都能给我以享受。然而,我的辋川之行,却明显地含有烦于我那圈子的成分,是的,我很烦,某些时候我简直不堪负荷。从我栖身的圈子走出,到辋川换换空气,我确实感到一种轻松。

雨中的银杏是那样独具丰采,它的圆润的树叶像打了发蜡似的明滑,辋川强劲的风反复地翻动着它们,但银杏的树身则牢固地埋在土中，风怎么吹它都不动。这是辋川最古老最高贵的植物，水汩汩地流过它黑色的树皮。王维种植的银杏，成了他在这里生活的主要标志，然而，它终究要倒下的，留下的，将只有辋川。

辋川很静，长长的峡谷已经完全沉浸在秋日的烟雨之中，所有的树木和石头，都化作迷濛的一团，一只鸟也没有，一只兔子也没有，甚至除我，一个人也没有，唯有风声雨声和河流的浪声。这样一种空，一种自然给我产生的空，是恐惧的。一瞬之间，我真是惊惧起来。我害怕从山中钻出一个野兽或怪物。这样想着的时候，我似乎已经有了对付它们的准备，于是忽然吊起的心慢慢放了下来。这时候，我感觉身后有脚步的挪移，飒飒的，仿佛是谁用树枝在地上划动，我猛地回头一看，却是一个穿着蓑衣的农民，他站在雨中，轻轻地问我：

"你要三轮车么？"

树会记住许多事

■ 刘亮程

如果我们忘了在这地方生活了多少年,只要锯开一棵树(院墙角上那或房后面那几棵都行),数数上面的圈就大致清楚了。

树会记住许多事。

其他东西也记事,却不可靠。譬如路,会丢掉(埋掉)人的脚印,会分叉,把人引向歧途。人本身又会遗忘许多人和事。当人真的遗忘了那些人和事,人能去问谁呢。

问风。

风从不记得那年秋天顺风走远的那个人。也不会在意它刮到天上飘远的一块红头巾,最后落到哪里。风在哪停住哪就会落下一堆东西。我们丢掉后找不见的东西,大都让风挪移了位置。有些多少年后被另一场相反的风刮回来,面目全非躺在墙根,像做了一场梦。有些在昏天暗地的大风中飘过村子,越走越远,再也回不到村里。

树从不胡乱走动。几十年,上百年前的那棵榆树,还在老地方站着。我们走了又回来。担心墙会倒塌,房顶被风掀翻卷走、人和牲畜四散迷失,我们把家安在大树底下,房前屋后栽许多树让它快快长大。

树是一场朝天刮的风。刮得慢极了。能看见那些枝叶挨挨挤挤向天上涌,都踏出了路,走出了各种声音。在人的一辈子里,人能看见一场风刮到头,停住。像一辆奔跑的马车,摔掉轮子,车体散架,货物坠落一地,最后马扑倒在尘土里,伸脖子喘几口粗气,然后死去。谁也看不见马车夫在哪里。

风刮到头是一场风的空。

树在天地间丢了东西。

哥,你到地下去找,我向天上找。

树的根和干朝相反方向走了,它们分手的地方坐着我们一家人。父亲背靠树干,母亲坐在小板凳上,儿女们蹲在地上或木头上。刚吃过饭,还要喝一碗水,水喝完还要再坐一阵。院门半开着,能看见路上过来过去的几个人、几头牛。也不知树根在地下找到什么。我们天天往树上看,似乎看见那些忙碌的枝枝叶叶没找见什么。

找到了它或许会喊,把走远的树根喊回来。

爹,你到土里去找,我们在地上找。

我们家要是一棵树,先父下葬时我就可以说这句话了。我们也会像一棵树干一样,伸出所有的枝枝叶叶去找,伸到空中一把一把抓那些多得没人要的阳光和雨,捉那些闲得打盹的云,还有鸟叫和虫鸣,抓回来再一把一把扔掉。(不是我要找的,不是的。)

我们找到天空就喊你,父亲。找到一滴水一束阳光就叫你,父亲。我们要找什么。

多少年之后我才知道,我们真正要找的,再也找不回来的,是此时此刻的全部生活。它消失了,又正在被遗忘。

那根躺在墙根的干木头是否已将它昔年的繁枝茂叶全部遗忘。我走了,我会记起一生中更加细微的生活情景。我会找到早年落到地上没看见的一根针,记起早年贪玩没留意的半句话、一个眼神。当我回过头去,我对生存便有了更加细微的热爱与耐心。

如果我忘了些什么,匆忙中疏忽了曾经落在头顶的一滴雨、掠过耳畔的一缕风,院子里那棵老榆树就会提醒我。有一棵大榆树靠在背上(就像父亲那时靠着它一样),天地间还有哪些事情想不清楚呢。

我八岁那年,母亲随手挂在树枝上的一个筐,已经随树长得够不着。我十一岁那年秋天,父亲从地里捡回一捆麦子,放在地上怕鸡叼吃,就顺手夹在树杈上,这个树杈也已将那捆麦子举过房顶,举到了半空中。这期间我们似乎远离了生活,再没顾上拿下那个筐,取下那捆麦子。它一年一年缓缓升向天空的时候我们似乎从没看见。

现在那捆原本金黄的麦子已经发灰,麦穗早被鸟啄空。那个筐里或许盛着半筐干红辣皮,一直举过房顶,举到半空喂鸟吃。

"我们早就富裕得把好东西往天上扔了。"

许多年后的一个早春。午后,树还没长出叶子。我们一家人坐在树下喝苞谷糊糊。白面在一个月前就吃完了。苞谷面也余下不多,下午饭只能喝点糊糊。喝完了碗还端着,要愣愣地坐好一会儿,似乎饭没吃完,还应该再吃点什么,却什么都没有了。一家人像在想着什么,又像啥都不想,脑子空空地呆坐着。

大哥仰着头,说了一句话。

我们全仰起头,这才看见夹在树杈上的一捆麦子和挂在树干上的那个筐。

如果树也忘了那些事,它便早早地变成一根干木头。

"回来吧,别找了,啥都没有。"

树根在地下喊那些枝和叶子。它们听见了,就往回走。先是叶子,一年一年地往回赶,叶子全走光了,枝干便枯站在那里,像一截没有走的路。枝干也站不了多久。人不会让一棵死树长时间站在那里。它早站累了,把它放倒。(可它已经躺不平,身躯弯扭得只适合立在空气中)。我们怕它滚动，一头垫半截土块，中间也用土块堰住。等过段时间，消闲了再把树根挖出来，和躯干放在一起，如果它们有话要说，日子长着呢。一根木头随便往哪一扔就是几十年光景。这期间我们会看见木头张开许多口子，离近了能听见木头开口的声音。木头开一次口，说一句话。等到全身开满口子，木头就基本没话可说了。我们过去踢一脚，敲两下，声音空空的。根也好，干也罢，里面都没啥东西了。即便无话可说，也得面对面呆着。一个榆木疙瘩，一截歪扭树干，除非修整院子时会动一动。也许还会绕过去。谁会管它呢。在它身下是厚厚的这个秋天、很多个秋天的叶子。在它旁边是我们一家人、牲畜。或许已经是另一户人。

　　那时候我的记忆是多么孤独。我将一个人沿着荒远的回忆之路，一直走下去。我知道它们全在那里，一个布条一个头发丝都不会少；树、鸟、鸡、麻袋、米、筐和绳子、锨、农具、开门声和狗叫，连傍晚洒在落叶和锨刃上的细碎阳光，都一点没有流逝。

　　但我知道有些东西已永远地不在世间。

　　我走的时候我是多么希望那些曾经的旧东西相伴身边。至少，能有一棵老榆树活在身边，与我共享全部昔年。

鸟　群

■ 周晓枫

只要有土地,就会有千姿百态的生命,土地是最伟大的魔术师。让人不能忽略的是,正是鸟类带来植物的种粒,展开最初的繁荣。鸟是灵异之物,有别于其他,鸟持有某种神秘的身份:它创造,它飞翔,它用歌唱的方式说话,它是唯一能模仿人类语言的生灵,如果愿意,它的旅迹可以横贯地球的两极——鸟是神的拟态。人们想象中的天使,就是根据人与鸟的结合形象设计而出。

鸟是天堂撒下的花籽。流浪的鸟,会让任何一棵树享有新娘的光荣。微风过处,它们隐身在很低的草间;瞬间穿越乱密的枝条,确定通畅的航道,并且不影响飞行的速度;树叶茂盛,在这绿色的宫殿中,精灵们在错杂的阶梯间弹跳,孩子一样的天真;夏日的正午,鸟儿疾速飞过,投射下来一小片清凉的暗影,这些细碎的斑点在大地上跳动——我听得见那好听的声音。

动物的行动大约有爬、走、游、飞几种方式。爬有失身份,上帝曾以此作为对蛇的长期刑罚。平凡的走,反映出世间的庸常倾向和从众心理。游太多受到外界环境的制约,看着鱼单调的生活不觉得有什么长久的乐趣,进而看出鱼鳃的鼓合似也在模仿扇翅的动作。只有飞最自由。

据说,两亿年前,昆虫是地球上唯一会飞的动物。这非凡的本领后来被鸟所超越。鸟类的技术显然更娴熟,方式也更为崇高,相比之下，除了蜻蜓和蝴蝶等有限的几种，其他虫类所谓的飞，更像是奇异的跳高或跳远方式。因为飞，鸟的视角比别的动物都要高远。并且，鸟中最普通的野鸭都既会飞，又会走，还可以游——它们才称得上见过大世面。

我小时幻想的超凡技能唯有飞，甚至有一段时间，每个夜晚我都在黑暗中偷偷练习，幼稚而徒劳地挥动双臂，以为经过不懈的努力，小小的胳膊也可以终有一日飞动起来。我还不明白有些愿望终生无效，有些幻想存在的目的，只是为了映照出现实生活的窘态。直至成年以后的睡眠中，我依然会梦到自己悬浮于空中，算是对早年寂寞理想的呼应。

鸟在头顶，注定要我仰视。

我对鸟抱有永久的惊奇，它们令我感慨于造物的精巧安排：啄木鸟每天在坚硬的树干上敲呀敲的，却不会得脑震荡；仙鹤穿着细黑的高筒靴子，不怕站在寒冷的雪地上；鹈鹕松弛的下嘴唇，松鸦严谨的八字胡；黑鹭的蝙蝠侠斗篷，企鹅的黑白晚礼服……

它们的声音怎样打动我的心肠，花腔的情歌，押韵的诗诵，战斗时的号角，将死前的叹息……在我看来，甚至靓女故作港台腔"哇"的惊叹之声，也不若乌鸦来得爽直。

除了风格迥异的鸣啭方式，它们还有各自独特的飞翔节奏，或高或低，或收或展：海鸥的圆舞，佛法僧的弧步，雨燕的华尔兹，大雁的集体舞……鸟优美地起伏身体，天空中充满生动的舞蹈。

鸟有留鸟和候鸟之分。我们的身边，有些是此地的永久居民，有些只是匆匆过客。

候鸟整整歌唱了春夏两个季节，现在它们就要赶上秋天的末班车走了。这些阳光与花朵的忠实信徒，这些充满无限诗情的浪漫主义者,这些不畏艰险的伟大旅行家,一年一度,就要踏上遥遥的征程。作家这样羡慕着鸟的迁徙习性:"野鹅比起我们更加国际化,它们在加拿大用早饭,在俄亥俄州吃中饭,夜间到南方的河湾上去修饰自己的羽毛。"候鸟的一生中充满对未知远方的好奇,和不断更改生活的勇气。

候鸟有着准确的潮汐规律,偏心的神把时序的秘密偷偷泄露给它们。冬天里的人们,不要丧失对温暖的信仰,抬头凝望寂旷的天空吧:候鸟终将飞来,这些忠诚的纤夫,将再一次把巨大的春天拉回。

当秋天的潮水退去,就像沙滩上留下了贝壳,留鸟驻守在它正在降温的祖国。天灰暗下来,就要下雪了,那些冬天的传单正在抓紧印制。

雪是大自然进行的一项残酷的游戏,它以优美的方式藏起了鸟儿们基本的口粮,如同藏起一件随意的玩具——然而,找寻失败的鸟儿将输掉性命。辽阔的雪野标明了小动物们广泛的受灾面积,饥寒交迫中,弱小的生命能贮有多少抗争的能量?对于拒绝移民的留鸟,生活提出了艰难得近于苛刻的要求,它们在近于赤贫的土地上,寻找着极为有限的供给——我看到枯干尖硬的槐荚,滑过喜鹊焦急的喉咙。

不仅只在春日欢宴,鸟儿才会放声歌唱,冬天的寂静中,我们也可以听到鸟鸣,好像是它们在贫苦中的宣言——我明白一个人藏在诺言里的力量是如何被坚持着。

启 事

《中国百年散文典藏书系》收纳了百年以来的中国经典散文。读者可以从这数百篇文学佳作中,体味到散文的经典气象,领悟到不同的人生和社会内容。

书系在编选过程中,努力联系各位作者,承蒙他们的热情帮助和支持,本书才得以顺利出版,在此深表谢忱。遗憾的是,也有部分作者经多方联系未果,恳请相关作者及时拨冗与我们联系,我们将做出妥善处理。

编 者

电　　话:010-65369521

通讯地址:北京市朝阳区金台西路2号人民日报出版社